새로 읽는

1

[고대편]

지은이 최강현

정부 지정 표준본 단제

홍석창 화백, 가로 115cm × 세로 170cm, (사) 현정회, 서울 단제성전 소장, 1978년도 지정
(박현, 『한국고대 지성사 산책』 쪽 51에서 인용)

단제상(명문당 소장)

민가서 햇빛 본 성조상
(박성수 저, 『檀君紀行』에서 인용함, 九月山 三聖祠 소장)

서울 사직단에 있는 단제상
신상균 조각, (사) 현정회, 1977년 국민경모 단제상, 문공부심의번호 77-16
(이덕일 외, 『고조선은 대륙의 지배자였다』 쪽 44에서 인용)

빼앗긴 들에도 봄은 오는가?

이상화(李相和 : 4234 – 4276, 1901 – 1943)

지금은 남의 땅
빼앗긴 들에도 봄은 오는가?

나는 온몸에 햇살을 받고,
푸른 하늘 푸른 들이 맞붙은 곳으로,
가르마 같은 논길을 따라
꿈속을 가듯 걸어만 간다.

입술을 다문 하늘아! 들아!
내 맘에는 나 혼자 온 것 같지를 않구나!
네가 끌었느냐? 누가 부르더냐?
답답해라. 말을 해 다고.

바람은 산 뒤에 속삭이며,
한 자국도 섰지 마라 옷자락을 흔들고.
종달이는 울타리 너머
아씨같이 구름 뒤에서 반갑다 웃네.

고맙게 잘 자란 보리밭아!
간 밤 자정이 넘어 내리던 고운 비로,
너는 삼단 같은 머리를 감았구나.
내 머리조차 가뿐하다.

혼자라도 기쁘게 나가자!
마른 논을 안고 도는 착한 도랑이
젖먹이 달래는 노래를 하고,
제 혼자 어깨춤만 추고 가네.

나비 제비야! 깝치지 마라!
맨드라미 들마꽃에도 인사를 해야지.
아주까리 기름을 바른 이가 지심 매던 그 들이다.
다 보고 싶다.

내 손에 호미를 쥐여다오.
살진 젖가슴과 같은 부드러운 이 흙을,
발목이 시도록 밟아도 보고,
좋은 땀조차 흘리고 싶다.

강가에 나온 아이와 같이
셈도 모르고 끝도 없이 닫는 내 혼아!
무엇을 찾느냐? 어디로 가느냐?
우습다. 답을 하려무나.

나는 온몸에 풋내를 띠고,
푸른 웃음 푸른 설움이 어우러진 사이로,
다리를 절며 하루를 걷는다.
아마도 봄 신명이 집혔나보다.

그러나 지금은 들을 빼앗겨 봄조차 빼앗기겠네.

이상화 초상
어문각, 『한국문예사전』 쪽 450에서 인용함

책머리에

　이 책은 『새로 읽는 한국고전문학사』로 "고대편", "중고편", "고려편", "조선편"의 4권 4책이 한 질로 된 경천동지할 새로운 이론이 제시된다. 이 책은 이미 4344(2011)년에 "지성과 교양"이라는 출판사에서 『김삿갓을 닮지 말자 〈젊은이가 읽을 한국 상고 문학사〉』와 『젊은이가 읽을 한국 중고 문학사』로 출판하였던 것을 계약 만료 및 여러 가지 사정으로 인하여 도서출판 "명문당"과 새로 계약을 맺어 책 제목을 바꾸고, 고려편과 조선편을 덧붙여서 4권의 다발 묶음으로 하여 『새로 읽는 한국 고전문학사』로 출판하게 된 것이다.

　필자의 뜻과 달리 도서출판 「지성과 교양사」에서 처음에 4권의 다발 책으로 출판을 하지 못하게 되므로, 부득이 새문사와 『고려문학사』만을 출판하기로 한 것이 4년을 허송하고, 이제야 도서출판 "명문당"에서 기쁜 마음으로 『조선문학사』편까지 4권의 다발책[叢書]으로 출판하여 주기로 승락하여 마침내 밝은 세상에 빛을 보게 되었다.

　이 책에서는 자구의 수정과 새 자료를 덧붙이기도 하고, 상고시대 우리 천손족(天孫族)이 살던 옛 고향을 일연(一然 : 3539–3621,

1206-1289) 스님의『삼국유사(三國遺事)』에 있는 "환웅(桓雄)" 천황
께서 지금의 중화인민공화국 섬서성(陝西省)에 있는 서안(西安) 근
처의 "삼위태백산(三危太伯山)"에 천부인(天符印) 세 개와 무리 3천
명을 거느리고 내려오셔서 신시(神市)를 열고 홍익인간(弘益人間) 정
치를 펴시었다는 기록을 따르기로 하였다. 삼위산은 지금의 돈황시
(敦煌市)에 있는 차이나 미술의 보고가 있는 곳이고, 태백산은 높이
가 3,767m이고, 지금은 태백시와 함께 관광 명소로 개발하려는 곳
이므로, 우리 선조님들이 살았던 원 고향은 지금은 남의 땅 중화인
민공화국의 것이 되었지만, 진(秦)나라 이전시대 그 지역의 토박이
들은 바로 우리 선조님들이었기 때문에 지은이는 이를 바탕으로 하
여 한국 고대문학사를 새로 서술하기로 하였다.

머리말

　아시아 대륙과 유럽을 통일한 징기즈칸(成吉思汗)의 몽골제국이 뒤에 원(元)나라가 되어 그들의 수도를 지금의 중화인민공화국(中華人民共和國)의 수도인 북경(北京)에 두었다는 사실(史實)은 전 세계인들이 다 아는 사실(事實)이다. 그러나 그 몽골제국의 빛나는 역사가 오늘날에는 중화인민공화국의 지난날의 한 왕조인 원(元)나라의 역사, 곧 원사(元史)로 둔갑되어 있다. 이 잘못된 역사를 바로잡으려는 몽골대학의 바트투르 교수의 몸부림은 우리 천손족들에게 주는 교훈이기도 하다.

　그것은 저 아득한 우리들의 옛날 단제(檀帝) 이전의 신시(神市) 시대 환한 나라[桓 · 韓國]에서 밝다나라[檀國 · 倍達國 · 白頭國]까지의 화려한 우리 천손족(天孫族)의 역사가 송두리째 오늘날 차이나의 역사로 둔갑되었음을 우리들 스스로가 모르고 있는 데다가 근래에 와서는 중화인민공화국이 압록 · 두만 양강〔韓半島〕이북의 대륙에 있었던 우리 조상들의 찬란한 역사인 고구려(高句麗)와 발해국(渤海國)의 역사까지도 저희 한족(漢族)의 역사 속에 싸잡아 넣으려는 폭거(暴擧)를 만천하에 드러 내놓고 방자히 행하고 있다. 이런 현실을 우리들은 속수무책으로 수수방관만 하고 있어야 하는 오늘의 우리 실정이 너무도 안타깝다.

　몰지각한 우리의 일부 선인들의 사대주의(事大主義) 사상과 왜제(倭帝)의 천손족(天孫族) 말살의 식민주의 정책에 길들여진 이제까지의 역사학자들에 저항하며 용감하게 우리 역사 도로 찾기의 성스러운 싸움에 목숨 바쳐 얻은 많은 결과물들이 아직도 우리의 무관심 속에 묻혀 있다.

　이 현실을 필자는 나라와 겨레의 성원(成員)들이 뚜렷한 "한 동아리 의식[共屬意識]"과 "주체의식(主體意識)"을 가지고 있지 아니하기 때문이라고 본다. 오늘날의 지구촌(地球村)시대의 인간 사회에서 가장 영향력이 큰 집단은 바로 겨레 또는 나라인 것이다. 그것은 오늘날 지구촌을 이루고 있는 국제사회(國際社會)의 기본 단위이기 때문이다. 겨레 또는 나라와 같은 공동체의 정체성(正體性)은 그들만의 조상 대대로 이어져 오는 생활 관습과 사상과 행동을 통하여 그들만의 문화 전통(文化傳統)을 형성하고 계승하여 발전한다.

　우리 천손족(天孫族)은 아득히 먼 옛날의 자랑스럽게 빛나는 문화와 역사를 빼앗기어 잃어버린 지 오래 되었다. 이른바 한족(漢族)들의 지배가 시작된 "한사군(漢四郡) 시대" 이후 깊이 뿌리내리기 시작한 사대사상(事大思想)과 조선 망국 후의 식민사관(植民史觀)에 의하여 우리의 역사는 물론 우리의 고전문학(古典文學)도 많이 찢기고 훼손되어 위축 일로를 지금까지 계속 달리고 있다.

　필자는 이 책에서 우리 천손족의 시조를 하느님으로 보고, 우리나라 역사의 시원을 환인(桓因) 할아버지의 신시시대(神市時代)에 둔다. 그 문헌적 근거는 신라(新羅) 때의 박제상(朴提上)의 『부도지(符都志)』를 비롯한 안함로(安含老) 스님의 『삼성기전(三聖紀全)』상, 최고운(崔孤雲)의 『천부경(天符經)』, 발해국(渤海國)의 대야발(大野渤)이 지었다는 『단기고사(檀奇古史)』, 고려 때의 원동중(元董仲)의 『삼성기전(三聖紀全)』하, 홍행촌수(紅杏村叟) 이암(李嵒)의 『단군세기(檀君世紀)』, 복애거사(伏崖居士) 범장(范樟)의 『북부여기(北夫餘紀)』, 일십당주인(一十堂主人) 이맥(李陌)의 『태백일사(太白逸事)』, 북애노인(北厓老人)의 『규원사화(葵園史話)』, 계연수(桂延壽)의 『환단고기(桓檀古記)』 등에 이르기까지의 잃어버렸던 우리 천손족들의 역사서들에 바탕을 둔 민족주체사(民族主體史)를 근거로 하여 새로운 천손족 상고문학사를 엮는다.

특히 단재(丹齋) 신채호(申采浩)이나, 육당(六堂) 최남선(崔南善), 안호상(安浩相), 임승국(林承國)·김득황(金得榥)들의 연구 업적에 힘을 얻어 이 『새로 읽는 한국 상고문학사』를 저술하여 천손족 젊은이들에게 읽히고 또 읽히어 천손족의 자부심을 가지고 홍익인간주의(弘益人間主義)의 실천자가 되게 하고자 하였다.

그 밖에 이 책에서는 옛날 우리 겨레에 관한 일부 기록이 비록 한족(漢族)에 의하여 잘못 기록된 역사서일지라도 사마천(司馬遷)의 『사기(史記)』, 진수(陳壽)의 『삼국지(三國志)』·범엽(范曄)의 『후한서(後漢書)』·방현령(房玄齡)의 『진서(晉書)』 등에 근거하여 서역(西域)으로부터 동으로 진출하여 온 한족(漢族)이 지금의 차이나 대륙에

들어오기 전에 살았던 원토박이들인 이족(夷族) 전체를 싸잡아 우리의 조상으로 다룬다.

필자가 우리의 상고문학사(上古文學史)를 서술하면서 상고사(上古史)의 역사 문제에 장황한 서술을 하는 것은 이제까지 정설화(定說化)된 우리의 역사가 압록·두만 두강 이남에서 차이나의 들러리 역사로 인식되어온 잘못을 씻어버리고 진정한 우리 역사를 먼저 깨닫게 한 뒤, 그 지식을 바탕으로 하여야 참된 우리의 조상들이 남긴 진정한 상고문학사를 바로 알릴 수가 있을 것이라는 믿음과 고충에서 비롯된 것이다.

옛날 한인(漢人) 사가(史家)들은 우리 천손족(天孫族)을 이족(夷族) 또는 동이(東夷)라고 하면서 그들의 입맛에 따라 거란(契丹)·말갈(靺鞨)·맥(貊)·선비(鮮卑)·숙신(肅愼)·여진(女眞)·예(穢)·읍루(挹婁)·흉노(匈奴) 등으로 일컬어서 갈기갈기 찢어서 서로 다른 소수민족으로 나누어 우리 천손족의 세력을 약화시키어 놓았다. 그 사실을 모르는 우리 선인들은 그들의 말을 그대로 믿고 따라서 우리들 스스로가 열악한 환경에서 사는 몽매한 소수민족으로 착각하고 한족문화를 존숭하고, 거란(契丹)·말갈(靺鞨)·맥(貊)·선비(鮮卑)·숙신(肅愼)·여진(女眞)·예(穢)·읍루(挹婁)·흉노(匈奴) 등 우리 동족을 오히려 야만(野蠻)으로 천대하였다. 이제는 이러한 한족(漢族)들이 갈라놓은 비한족(非漢族)의 여러 종족들을 필자는 하나로 묶어서 우리 천손족의 선조(先祖)로 다루어야 한다고 주장한다.

　　그래서 이 책에서는 이제까지 차이나인들의 시조(始祖)로 생각하여온 반고(盤古)·복희(伏羲)·염제(炎帝)·헌원(軒轅)·소호(少昊)·전욱(顓頊)을 비롯하여 요(堯)·순(舜)·우(禹)·탕(湯)·관자(管子)·공자(孔子)·맹자(孟子)·묵자(墨子)·순자(荀子)·장자(莊子)·한비자(韓非子)·공손용자(公孫龍子)·손자(孫子)·오자(吳子)·열자(列子)까지를 우리의 훌륭한 선조로 보고 선진문학(先秦文學)도 우리의 문학사 속에 포함시키어 잃어버린 우리 역사와 고전문학을 새로 찾아 이제까지의 잘못된 우리의 옛 역사와 문학사를 바로잡고 발해문학까지만 다룬다. 그리고 요(遼)·금(金)·청(淸)나라의 문학사는 뒷날 후학들에게 과제로 남겨 둔다.

　　또 필자는 이 책을 통하여 이제까지 우리의 문학사에서 비주체적(非主體的) 자폄(自貶)의 낱말로 잘못 써온 많은 학술용어들도 바로잡아 고치어 쓰고자 노력하였다. 보기를 몇 가지만 들어 보이면, "향찰문자(鄕札文字)"라든가 "향가(鄕歌)"·"언해(諺解)"·"패관문학(稗官文學)"·"개화기문학(開化期文學) 등의 용어들을 모두 고치어야 한다는 주장을 실행으로 보여주려 노력하였다. 우리 선인들이 사용한 "향찰문자(鄕札文字)"라는 글자들이 따로 없었기 때문에 그 말 자체가 존재할 수가 없다. 글자[文字]는 세계 어느 나라의 어떤 글자도 다 그 모양[形態]이 있는데, "향찰문자(鄕札文字)"는 그 글자의 모양이 없기 때문에 존재하지 아니하는 것이며, 존재하지 아니하기 때문에 그 이름도 또한 붙일 수가 없는 것이다. 지금 우리가 읽을 수 있

는 문헌상으로는 고려시대 혁연정(赫連挺)이 지은『대화엄수좌양중
대사균여전(大華嚴首座兩重大師均如傳)』에서 최행귀(崔行歸)가 처음
쓴 "향찰(鄕札)"이라는 말의 뜻은 이미 사용되고 있는 한문(韓·漢文)
이라고 하는 뜻글자의 뜻과 그 소리를 빌어서 신라인들이나 고구
려·백제인들이 독특하게 그들의 일상적인 입말[口頭語]을 적는데
활용한 표기의 방법이지 향찰(鄕札)이라는 글자가 따로 있었던 것은
아님을 올바로 알아야 한다. 그러므로 이제라도 그 잘못이 분명하게
드러났으면, 더 이상은 그 잘못을 되풀이하여서는 아니 되므로 그
잘못된 학술 용어를 더 이상은 쓰지 아니하여야 한다는 것이 필자의
소견이요 주장이다. 말은 쓰지 아니하면, 저절로 죽는 것이므로 이
제부터는 쓰지 말 것을 강조한다. 그 밖의 학술 용어들도 필자 나름
대로 그 구체적인 이유가 있어서 바로잡아야 한다고 주장하는 것이
니, 그 자세한 내용은 이 책을 꼼꼼히 읽어서 속뜻을 깊이 음미하여
보면 쉽게 확인할 수가 있을 것이다.

　이 책은 모두 네 권으로 엮어진다.

　첫째 권은『새로 읽는 한국고전문학사 1 (고대편)』로 이제까지의 한
국 고전문학사 중에서 고대문학에 관하여 어떻게 논술되어 왔는지
그 지리적 배경과 문학 양식의 범위와 시간적 한계의 실상들을 점검
하고, 필자는 지리적 배경은 황하(黃河) 문화 지역과 압록·두만 두
강 이남까지로 하고, 문학 양식은 바위그림에서 노랫말과 제자백가
서(諸子百家書)와 금석문(金石文)까지를 포함하고, 시간적으로는 원

시(原始)문학에서 선진(先秦)시대와 삼한(三韓)시대 문학까지를 논의하여 서술하였다.

둘째 권은 『새로 읽는 한국고전문학사 2 (중고편)』으로, 신라·고구려·백제·가야·탐라국·발해국까지의 문학에 관하여 논술하였다.

셋째 권은 『새로 읽는 한국고전문학사 3 (고려편)』으로, 고려시대의 문학사를 종합적으로 다루었다.

넷째 권은 『새로 읽는 한국고전문학사 4 (조선편)』으로, 근세 조선왕조의 문학사를 두루 살펴본 것이다.

끝으로 이 원고의 초고를 함께 읽으며 필자에게 많은 도움을 준 한국학 중앙연구원의 한국학대학원 학생들과 연세대학교 대학원생들에게 고마운 뜻을 전하며, 아울러 성오재(省吾齋)·제봉(堤鳳) 두 분 선생께도 바쁘신 중에 귀한 시간을 내어 읽고 그 소감을 들려주신데 대하여 깊이 감사의 뜻을 올린다.

또 천손족(天孫族) 겨레의 정통성(正統性) 계승 발전을 사명으로 알고 영리성이 없는 이 책의 출간을 흔쾌히 승낙하여 보기 좋은 책으로 엮어서 세상에 바치는 일을 맡은 도서출판 명문당의 김동구 사장님과 편집부 이명숙님을 비롯한 여러 직원들께도 고마운 마음을 전하면서 일반 독자 여러분들께도 아낌없는 꾸지람을 베풀어줄 것을 기원한다.

단제기원 4352(2019)년 5월
한국기행문학 연구소 지은이 씀.

──── 먼저 알기[범례] ────

1. 국조 단군 → 국조 단제(檀帝)로 고쳐 부름.
2. 우리 겨레의 통칭은 될수록 천손족 또는 부여족이라고 그 영역을 넓혔다.
3. 선진시대 문학 → 지금의 중화인민공화국이 저희 글자라고 하는 세종대왕 창제의 우리 국자인 훈민정음처럼 우리의 것을 바로 찾기 위하여 이제까지 중공 전설이라고 자랑하는 복희 신농과 공자와 장자들도 우리의 조상으로 모시었다.
4. 주나라, 제나라, 초나라, 한(韓)나라, 몽골, 거란, 원나라, 청나라들도 우리 조상 나라로 다루었다.
5. 향가 → 온빈글노래〔完全借字歌〕로 고쳐 부름.
6. 향찰 → 빈글쓰기글자〔借字表記文字〕이나 실재하지 아니함.
7. 이두 → 부분 빈글쓰기〔部分借字表記文〕로 고쳐 부름.
8. 한문 → 한나라 글자가 아니기 때문에 뜻글이라고 함.
9. 『삼국유사』를 우리나라 최초 문학사로 다룸.
10. 『동문선』은 조선시대에 된 한국고전문학사로 다룸.
11. 처음 나오는 사항은, 뜻글쓰기와 생몰연대를 단제기원으로 겸하여 씀을 원칙으로 함.
12. 개화기 → 일본인들이 우리나라 개항기 때에 저희는 문명인이고, 조선인들은 미개인들이라고 부른 데서 연유됐기에 쓰지 아니하고 개항기로 고쳐 씀.
13. 인용문의 앞에는 반딧불이를 달고 한 단 아래로 낮춰 표기하였음.
14. 각주의 뜻글 → 띄어쓰기에 따라 뜻이 달라지기에 원문대로 붙여쓰기를 취하였음.
15. 익어진 뜻글말 → 될수록 새로운 우리말로 고쳐 썼음.
16. 제주도문학 → 탐라문학
17. 발해문학 → 발해국문학(바다와 구별함)
18. 인명 뒤의 "선생·박사·교수" 등 호칭은 붙이지 아니함.

차례

I. 머리말

무용총(舞踊塚) 수렵도(狩獵圖)
중공 길림성 집안현 통구에 있는 고구려 고분, 출처 : 위키피디아

I. 머리말

　지금 우리가 살고 있는 오늘의 지구상의 세계는 60년 전의 우리나라 시골의 한 작은 마을처럼 좁은 공간이 되었다. 그래서 우리는 지금의 이 세계를 "지구촌(地球村)"이라 하고, 이 시대를 "지구촌시대"라고 일컫는다.

　이 "지구촌시대"의 생활 상황은 요즈음 우리나라 큰 도시에서 살고 있는 대부분의 국민들이 선호하는 아파트 생활과 비유될 수 있다. 마치 지구촌이 한 채의 아파트라고 한다면, 그 아파트에 들어 살고 있는 가정들은 국제 연합(UN)에서 인정하는 회원국 또는 비회원국인 200여 개의 나라들과 흡사하다.

　이때에 한 아파트에서 내 아이만 내 집에 가두어 키울 수는 없다. 아파트 안의 다른 집 어린이들과 섞이어 서로 오가며 또래끼리 어울려 살아가게 자유롭게 풀어놓아야 한다. 이것은 지구촌시대를 맞이하여 내 아이를 세계적 인물(世界的人物)로 키우려는 오늘날 우리나라의 교육 풍조와 같다. 내 아이를 지구촌시대의 주인공이 되게 키우려면 그럴수록 내 아이와 옆집 아이와의 차별성(差別性)이 강조되어야 한다. 그 차별성은 곧 내 아이의 자기인식(自己認識)의 정체성(正體性)을 바로 알리어 주는 교육에서 비롯된다.

내 아이의 자기인식의 정체성을 바로 알리어 주려면 먼저 내 집과 남의 집을 분별할 수 있는 판단력을 길러 주어야 한다. 다음으로는 부모와 조국을 바르게 알고, 자존적 긍지(自尊的矜持)를 가지게 하여야 한다.

이것을 확대하면 민족 주체의식 정립(民族主體意識定立)·애국적 국가관 확립(愛國的國家觀確立)·홍익인간적 세계지도의식(弘益人間的世界指導意識)을 드높이는 바른 교육으로 이어지게 된다.

특별한 경우가 아니면, 국적(國籍)과 인종(人種)에 관계없이 의사만 소통하면, 64억 세계인이 모두 지구촌 가족(地球村家族)으로 어울려 살아가야만 하는 것이 오늘의 현실이다.

이러한 상황에서 더욱 뜨거워지는 세계 곳곳에서의 갈등은 영토 확장의 야욕과 종족 보존의 민족 갈등과 종교적 세력 확대를 위한 갈등 등 갖가지 분쟁들이 계속되어 고귀한 인명의 살상(殺傷)을 가져오는 전쟁으로 끊임없이 이어지고 있다.

그중에서도 우리가 당면한 문제는 분단이 이리 오래되도록 찢어진 국토와 둘로 나뉜 남북 국민을 하나로 통합하지 못하고, 오히려 분단 영구화의 분위기로 치닫고 있는 민족적 위험 상황 이외에 날로 달로 성장 일로를 달리어 세계 64억 인구와 200여 나라들의 주목을 집중시키며 공포의 대상이 되고 있는 세계적 강국 중화인민공화국의 이른바 "동북공정(東北工程)"의 문제와 일본의 "독도 영토화 야욕(獨島領土化野慾)"의 문제로 사면초가(四面楚歌)의 위기를 당면하고 있는 것이 바로 우리 대한민국이 직면하고 있는 오늘의 현실이다.

필자는 이 현실을 대한민국 4300년대의 총체적 난국이라고 생각한다. 그리고 이 난국을 헤쳐 나가기 위하여 다음과 같은 일들에 관하여 집중적으로 2세 교육을 시행하여야 한다고 주장한다.

먼저 우리가 할 수 있는 것이 "나=환·한국인(桓·韓國人)=이족(夷族)=천손족(天孫族)"임을 바로 알고 자라나는 우리의 후손들에게 바로 교육하여 천손족의 정신적 단결을 이루어야 한다.

다음에는 나를 알고, 적을 알면, 어떤 싸움에서도 결코 위험에 빠지지 아니한다는 먼 옛날 우리 조상님의 가르침을 실천으로 옮기기 위하여 적을 바로 아는 일에 전념(專念)하게 하여야 한다.

세 번째는 적(敵)을 알아서 싸우지 아니하고 이기는 공영(共榮)의 비책(秘策)을 익히게 하여야 한다.

네 번째로는 오늘의 현실을 인정하되, 지난날의 잘못을 과감히 바로잡는 용기와 그 잘못을 바로잡는 데에 최대한(最大限)의 실천력을 쏟아 붓도록 길러야 한다.

다섯 번째는 그 위에 "나=이족=환·한국인=천손족"의 등식(等式)을 우리의 자신은 물론하고, 세계 온 인류 사회에 확실하게 인식시키어야 한다.

그래서 필자는 이 저술을 통하여 선진시대(先秦時代)에 중원대륙(中原大陸)에서 활동하던 우리 선인들이 남긴 옛 문화와 문학을 이제까지 수천 년 동안 까맣게 잊고 있었던 사실을 밝히어 그동안 우리의 잘못된 인식(認識)을 진리탐구의 신념을 통하여 바로잡고자 하였다.

Ⅱ. 한국 상고문학사의 현황

각저총(角抵塚) 씨름도
중공 길림성 집안현 태왕향 우산촌에 있는 고구려 고분, 출처 : 위키피디아

Ⅱ. 한국 상고문학사의 현황

필자는 이 책에서 "문학(文學)"의 뜻을 평범한 국어사전의 풀이대로 "자연과학·정치학·경제학·법률학 등 이외의 학문을 묶어서 이르는 말로, 곧 순문학·사학·철학의 여러 분과를 포함한 일컬음"으로 파악하면서 "정서(情緒)와 사상을 상상의 힘을 빌어 말과 글로 써서 나타낸 예술작품, 곧 시·소설·희곡·수필·비평"따위를 포함한다.

아울러 문학사는 "문학의 역사적 발전과정을 연구하는 학문"으로 그 뜻을 매기어 이제까지의 우리 선학들이 우리의 문학사(文學史)를 어떻게 다루어 왔는가를 연대순으로 살펴보고자 한다.

1. 고려시대에 지어진 국문학사 『삼국유사(三國遺事)』

　　이제까지 우리 국어국문학계에서는 근대에 외래 학문의 영향을 입어 출판되기 시작한 "문학사(文學史)"라는 이름으로 된 책들만을 문학사로 다루어왔는데, 필자는 고려시대 후기의 고승 일연(一然)스님이 지은 『삼국유사(三國遺事)』를 고려시대의 국문학사로 본다. 이를 한국정신문화연구원에서 편찬한 『한국민족문화대백과사전』에서 그 설명을 일부 인용하여 소개하며 그 옳고 그름에 관하여 나의 소견을 밝혀 본다.

　　《삼국유사(三國遺事)》는 고려 후기의 고승 일연(一然)이 1281년(충렬왕 7)경에 편찬한 사서(史書) 5권. 목판본.(중략)《삼국유사》는 한국고대의 역사·지리·문학·종교·언어·민속·사상·미술·고고학 등 총체적인 문화유산의 원천적 보고로 평가되고 있다. 이 책에는 역사·불교·설화 등에 관한 서적과 문집류, 고기·사지(寺誌)·비갈(碑碣)·안첩(按牒) 등의 고문적(古文籍)에 이르는 많은 문헌이 인용되었다. 특히 지금은 전하지 않는 문헌들이 많이 인용되었기에 더 중요한 의미를 가진다. 《삼국유사》는 신화와 설화의 보고이다. 또한 차자표기(借字表記)로 된 자료인 향가, 서기체(誓記體)의 기록, 이두(吏讀)로 된 비문류, 전적에 전하는 지명 및 인명의 표기 등은 한국고대어 연구의 귀한 자료가 된다. 이 책이 전해준 우리 민족의 문화유산 중 최대로 꼽히는 것의 하나는 향가이다. 14수의 향가는 우리나라 고대문학 연구의 값진 자료이다. 《삼국유사》는 또한 한국고대 미술의 주류인 불교미술 연구를 위한 가장 오래된 중요한 문헌이기도 하다. 탑상편의 기사는 탑·불상·사원건축 등에 관한 중요한 자료를 싣고 있다. 이 책은 역사고고학의 대상이 되는 유물·유적, 특히 불교의 유물·유적을 조사·연구함에 있어서 기본적인 문헌으로 꼽힌다. 《삼국유사》에는 풍류도(風流道)를 수행하던 화랑과 낭도들에 관한 자료를 상당히 전해주고 있다. 이 자료들은 종교적이고 풍류적인 성격을 많이 내포하고 있어서 주목된다.(하략)

고 한 것으로 보면, 분명 일연(一然)스님의 『삼국유사(三國遺事)』를 고려시대에 지어진 우리 국문학사 책으로 다루어도 충분하다고 본다.

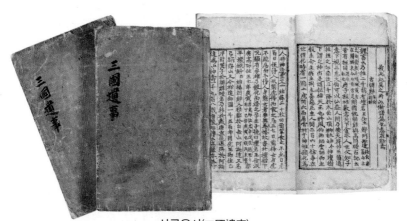

삼국유사(三國遺事)
일연(一然)이 1281년에 지은 문학사(규장각 도서관 소장)

위에서 인용한 『삼국유사(三國遺事)』의 내용에 관하여 그 당
시의 안목으로 본다면, 오늘날의 눈으로 본 "한국고대의 역
사 · 지리 · 문학 · 종교 · 언어 · 민속 · 사상 · 미술 · 고고학
등"이 모두 넓은 뜻의 문학에 딸린다. 일연스님은 이 글들을
『삼국유사(三國遺事)』5권 9편 144개항에서 연대순을 중시하
여 서술하고 있다. 이처럼 문학작품의 소개와 서술을 연대순
으로 배열하여 설명한 것은 문학통사(文學通史), 곧 문학사(文
學史)라고 하여도 크게 잘못된 일은 아니라고 할 것이다.

특히 이 책의 첫머리를 "왕력(王曆)"이라고 하여 우리나라
역사의 연표(年表)를 제시하고, 이어서 "기이(紀異)"항을 설정
하여 고조선(古朝鮮) · 위만조선(衛滿朝鮮) · 마한(馬韓) 등 여러
나라들의 건국실화(建國實話)를 소개하고 있는 것은 오늘날의
현대식 국문학사 책에서 "건국신화(建國神話)"라고 하여 책머
리에서 소개하는 보기들과 같은 일이므로 『삼국유사』를 꼭 역
사서라고 말할 수만은 없다고 본다.

또 육당(六堂) 최남선(崔南善 : 4223-4290, 1890-1957)은 그가
엮어 간행한 『신정삼국유사(新訂三國遺事)』에서 《삼국유사》의
가치론을 펴면서,

(전략) 朝鮮의 古代에 關하야 神典될 것, 禮記될 것, 神
統志 乃至 神話及傳說集될 것, 民俗誌될 것, 社會誌될 것, 古語

彙될 것, 姓氏錄될 것, 地名起原論될 것, 詩歌集될 것, 思想事實
될 것, 信仰 특히 佛敎史 材料일 것, 逸事集일 것은 도모지가 唯
一한 三國遺事를 가젓슬 뿐이니(하략)[1]

라고 하면서 역시 "三國遺事는 朝鮮 古代史의 最高源泉이며
一大百科典林"이라고 하였다. 그러나 필자의 견해로는 육당이
말한 "조선 고대사의 최고 원천"이라는 것은 우리나라 건국 사
화(建國史話)가 실려 있음을 이른 것이고, "하나의 큰 백과전림
[一大百科典林]"이라고 한 것은 당시의 문학이 오늘날의 문
학·사학·철학을 모두 합친 사전(事典)이라는 뜻이니, 오늘날
의 국문학사(國文學史)와 별로 다름이 없다.

『삼국유사』가 국문학사 책이라는 사실을 좀 더 구체적으로
더듬어보면, 다음과 같다.

① 권1의 「기이」 제1의 36개항이 거의 구전 설화집이다.
② 권2의 23개항은 19개항이 신라국의 왕실 중심의 설화집
   이고, 2개항이 남북부여와 백제의 설화이고, 1개항이 백
   제의 무령왕(武寧王)의 이야기이며, 1개항이 가락국기(駕
   洛國記)로 가야국(伽倻國)의 건국사화(建國史話)이다. 이
   는 역사 이야기로 볼 수도 있지만, 문학작품으로 보는 것

---

1 崔南善, 『新訂三國遺事』, (三中堂, 1946) 쪽 8-10, 띄어쓰기만 고치어 소개하였음.

도 틀리는 것이 아니다.

③ 권 제3의 「흥법(興法)」 제3은 6개항이 모두 고구려와 신라에 불교가 전래 보급된 불교사화(佛敎史話)이고, 「탑상(塔像)」 제4도 31개항이 모두 불교 보급의 설화들이니, 역시 문학작품들로 보아 무방하다.

④ 권 제4의 「의해(義解)」 제5는 15개항이 모두 신라의 높은 스님들의 이적(異蹟)과 예술(藝術)에 관한 불교 기담 일사(奇譚逸事)들이다. 이것도 또한 문학의 영역에 포함하여도 무방하다.

⑤ 권 제5의 「신주(神呪)」 제6의 3개항도 불교 보급에 이물(異物)들과 고승의 관계담을 소개한 불교문학으로 볼 수 있는 내용들이다. 「감통(感通)」 제7의 10개항은 3개항이 완전차자가(完全借字歌：신라노래)가 삽입된 문학 작품이고, 나머지 7개항도 모두 불교 설화라고 볼 수 있는 작품들이다. 「피은(避隱)」 제8의 10개항도 2개항은 완전차자가가 삽입된 문학 작품이고, 1개항은 노랫말을 잃어버린 실전가요(失傳歌謠)의 배경 설화이고, 나머지 7개항도 불교 보급과 연관된 지명연기설화(地名緣起說話)이거나, 사찰연기담(寺刹緣起譚)들이니, 이도 역시 문학작품으로 파악할 수 있다.

끝으로 「효선(孝善)」 제9의 5개항의 내용도 모두 효행(孝行)과 선행(善行)을 통한 불교 전파와 관련이 있는 사원연기설화(寺院緣起說話)들이기 때문에 역시 문학작품으로 보아도 무방하다. 그리고 일연스님은 그 항마다 이야기들을 시대순으로 배열하여 통사성(通史性)을 살리어 배열하였기 때문에, 필자는 이 『삼국유사(三國遺事)』를 고려시대에 지어진 우리나라 국문학사(國文學史)의 효시(嚆矢)라고 주장한다.

2. 조선시대에 지어진 국문학사 『동문선(東文選)』

조선 성종 때에 사가(四佳) 서거정(徐居正) 등이 편찬한 『동문선(東文選)』에 관하여 한국정신문화연구원 간행 『민족문화대백과사전』에서의 해설을 보면, 아래와 같다.

동문선(東文選) 성종의 명으로 1478(성종 9)에 편찬된 우리나라 역대 시문선집. 130권. 목록 3권, 합45책. 활자본·목판본. 당시 대제학이던 서거정(徐居正)이 중심이 되어 노사신(盧思愼)·강희맹(姜希孟)·양성지(梁誠之) 등을 포함한 찬집관(纂集官) 23인이 작업에 참여하였다. 《동문선》은 이 책 이외에 또 신용개(申用漑) 등에 의하여 편찬된 것과 송상기(宋相琦) 등에 의하여 편찬된 것 등 세 가지가 있는데, 서거정의 것을 정편 《동문선》, 신용개의 것을 《속동문선》, 송상기의 것은 신찬 《동문선》이라고 구별하여 부르기도 한다. 신라의 김인문(金仁問)·설총(薛聰)·최치원(崔致遠)을 비롯, 편찬 당시의 인물까지 약 500인에 달하는 작가의 작품 4,302편을 수록하였다. 목록 상권 첫머리에 서거정의 서문과 양성지의 〈진동문선전(進東文選箋)〉이 실려 있다. 서거정은 취사선택의 기준을 제시해서 '사리(詞理)가 순정(醇正)하고 치교(治敎)에 도움되는 것을 선택하였다고 명시하였다. 또한, 우리나라의 시문이 삼국시대에 시작되어 고려시대를 거쳐 자신이 살고 있는 시대에 극성해졌다고 보고, 역대의 빛나는 시문이 중국의 것과는 다른 특질을 가진 우리의 글임을 강조하고 이를 집대성하여 후세에 길이 전하여야 할 필요성이 있음을 역설하였다. 내용을 보면, 권1－3은 사(辭)·부(賦), 권4·5는 오언고시, 권6－8은 칠언고시, 권9·10은 오언율시, 권11은 오언배율, 권12－17은 칠언율시, 권18은 칠언배율, 권19－22는 오언절구·칠언절구·육언절구, 권23－30은 조칙(詔勅)·교서(敎書)·제고(制誥)·책문(冊文)·비답(批答), 권 31－45는 표전(表箋)·비답, 권46－48은 계(啓)·장(狀), 권49－51은 노포(露布)·격서(檄書)·잠(箴)·명(銘)·송(頌)·찬(贊), 권52－56은 주의(奏議)·차자(箚子)·잡문, 권57－63은 서독(書牘), 권64－95는 기와 서(序), 권96－98은 설(說), 권99는 논(論), 권100·101은 전(傳), 권102·103은 발(跋), 권104는 치어(致語), 권105는 변(辯)·대(對)·지(志)·원(原), 권106은 첩(牒)·의(議),

권107은 잡저, 권108은 책제(策題)·상량문, 권109-113은 제
문·축문·소문(疏文), 권114는 도량문(道場文)·재사(齋詞), 권
115는 청사(靑詞), 권116-121은 애사(哀詞)·뇌(誄)·행장·비명
(碑銘), 권122-130은 묘지(墓誌) 등이다.

　위에서 보는 바와 같이 가급적 많은 작품을 수록하려 하였
다. 문체의 종류로 보면 55종에 걸쳐 있어 차이나《문선(文選)》
의 39종보다도 많으며, 뒤의《속동문선》의 37종보다도 많다.
그 가운데는 단 1편의 작품만 있는 노포(露布)와 같은 것도 설정
되어 있어 당시로서 자료 여건이 허락하는 한 가급적 다량을 선
취하려고 하였음을 알 수 있다. 작가의 경우에도 최치원·김부
식(金富軾)·이인로(李仁老)·이규보(李奎報)·이제현(李齊賢)·이
곡(李穀)·이색(李穡)·이첨(李詹)·정도전(鄭道傳)·권근(權近) 등
이 책의 편찬 직전까지의 인물들을 차례로 싣고 있다. 29인의
승려와 약간의 무명씨를 포함 500인 가까이 실려 있는데, 그 가
운데에는 하나의 작품만 가지고 등장한 작가가 220여 인에 이
른다. 이는 당시 문헌의 인멸로 그들 작품의 전부가 전해지지는
않더라도 그들의 활약으로 인하여 우리 문학의 저변이 확대되
었다는 인식 아래 한두 편의 작품도 포괄하여 수록한 것으로 보
인다. 그 가운데 시는 약 4분의 1 정도에 그칠 뿐이고 나머지는
문(文)이다. 문 가운데에도 조칙·교서·제고·비답·주의·차
자·첩·책제 등 정교(政敎) 관계 문장과 표전·축문·소·도량
문 등 의례성(儀禮性)이 강한 문장에 해당되는 것이 1,130편 가
량 된다. 특히 '표전' 하나만 460여 편으로 전체 작품 수의

10%를 넘어서고 있는 점이 특징이다. 표전의 내용은 신하가 임금에게 올리는 글로서 주로 임금에게 축하나 감사를 올리는 경우나 사양할 경우, 진상할 때에 올리는 의례성이 강한 글이다. 이를 통하여《동문선》의 선문(選文) 방향이 지배층의 봉건적 상하관계를 원만하게 유지하고 통치층의 권위를 드러내고자 하는 전형적인 관각적(館閣的) 문학관의 산물임을 짐작할 수 있다. 뿐만 아니라 유교국가의 관찬서(官撰書)이면서 도량문·재사·청사 등 도교와 불교 관계의 의례문(儀禮文)을 195편이나 싣고 있는데, 이는 당시 지배층의 이념이 철저하게 유교적이지는 않았다는 반영이 된다. 동시에 그 내용이 대부분 국가와 임금, 귀족의 복을 빌어주는 의례적인 것이라는 점에서 앞서와 같은 통치층의 권위를 장식하는 효용에서 실려진 것으로 볼 수도 있겠다. 이들 작품의 거개가 사륙변려체(四六騈儷體)로 된 화려한 문장이어서 전체적으로 형식미를 추구하고 있는 선정기준을 엿보게 한다. 작품의 선정에 있어 내용에 대해서는 크게 문제 삼지 않았던 것으로 보이는데, 그 예로 최충헌(崔忠獻) 부자를 미화하고 찬양한 시문이 많이 실려 있고, 승려의 비명이나 탑명(塔銘), 그리고 불교의 교리를 설파한 원효(元曉)의 일련의 불서의 서문이 승려의 시 82편과 함께 실려 있다. 그러나 혜심(慧諶)·일연(一然)·보우(普愚) 등 쟁쟁한 선승(禪僧)들의 선시(禪詩)는 거의 한편도 실려 있지 않은데, 이는 작품 선정자의 미의식에 맞지 않았기 때문이 아닌가 한다.《동문선》은 관료 귀족의 미의식에 맞는 화려하고 호부(豪富)·숭엄(崇嚴)한 미, 우아·

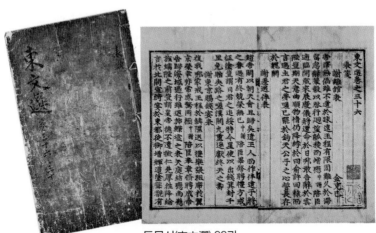

동문선(東文選) 36권
목판본, 국립중앙도서관 소장

온유의 미에 지배되어 있으며, 비장미(悲壯美)나 골계미(滑稽美)
의 범주에 드는 것은 드물다. 거의 철저하게 상층 지배층 중심
의 시문을 포괄적으로 망라하고 있다고 볼 수 있다.(중략) 오늘
날의 관점에서 보면 풍부한 양을 남겨 당시의 문학뿐 아니라 문
화 전반에 대한 인식까지도 엿볼 수 있다는 점에서 후세에 커다
란 혜택을 주고 있는 것이다. 삼국시대 이래 조선 초까지의 우
리나라의 문학자료를 나름대로 집대성하였다는 의의와 함께
우리의 문학전통을 중국의 그것과 병행하는 독자적인 것으로
인식하였다는 점에서 그 의의가 크다. 후대에 주자학적 문학관
에 의해 경직된 선집보다는 훨씬 다양하고 다채로운 면모를 보
여주고 있는데, 특히 신라·고려시대의 기록과 도교·불교 관계
자료의 중요성은 지대한 것이다.(하략)

라고 하였는데, 여기서 장황하게 인용문이 길어진 것은 이 해설만으로도 『동문선』이 당시로서는 매우 훌륭한 오늘날의 한국 문학사(文學史) 책이라고 볼 수가 있기 때문에 필자는 『삼국유사』를 고려시대에 이루어진 국문학사 책으로, 『동문선』을 조선시대에 이루어진 국문학사 책으로 다루어야 한다는 사실을 확인하며 강조한다.

3. 4250-4270(1917-1946)년대의 상고문학사

　단제기원(檀帝紀元) 4250년대 이후는 우리나라가 나라를 잃고, 일본 군국주의(軍國主義) 식민통치하에서 조선의 상징처럼 남아 있던 고종황제가 독살이라는 악행(惡行)으로 시해(弑害)당하고, 기미년 3·1독립운동이라는 민족 봉기가 있었는가 하면, 우리 국민의 개인적 존재의 상징인 성과 이름[姓名]과 우리 국민들이 늘 쓰고 있는 나랏말[國語]까지 빼앗기었다. 일본제국주의자(日本帝國主義者)들은 "내선일체(內鮮一體)"라거나 "내선동조(內鮮同祖)"라는 등의 표어로 우리 천손족과 일본족은 한 몸이며, 일본인과 천손족인 우리는 같은 할아버지의 같은 자손이라면서 자라나는 우리나라의 천손족 어린이들에게 강제로 교육시키어 성스러운 우리 천손족 겨레를 동화시켜 이

지구상에서 영원히 없이하려 온갖 악행(惡行)을 행하던 시대이
었다. 이른바 대동아전쟁(大東亞戰爭)이라는 명분 없는 전쟁을
일으키어 마침내 세계 제2차 대전으로 발전하자 일본 군국주
의자들은 학도의용대(學徒義勇隊)·보국대(報國隊)·정신대(挺
身隊) 등의 이름으로 우리나라 중학생 이상의 학생들과 청장년
들과 10여 세 이상의 젊은 여자들을 강제로 징용(徵用)하거나,
또는 취업을 미끼로 징발(徵發)하여 죽음의 길로 끌어다가 참
혹하게 죽이기를 일삼았다.

　마침내 일본이 패전할 날이 가까워지면서는 일본 제국주의
자들은 천손족 10대의 초등학교 어린 학생들에게는 전시 후방
지원 요원(戰時後方支援要員)이라는 이름으로 소나무진이 많은

일본 昭和의 항복 광경

광솔 가지 따기, 미루나무 꽃가루 솜털 수집 등으로 군수물자 (軍需物資) 조달의 갖가지 일에 뽑아내어 천손족 말살에 미쳐 날뛰었다.

드디어 4278(1945)년 8월에 원자폭탄 2개의 뜨거운 맛을 보고는 아메리카 합중국의 태평양 함대 소속의 미주리함상에 서 일본국의 살아 움직이는 귀신(鬼神)인 소화천황(昭和天皇) 이 맥아더원수의 발밑에 무릎을 꿇고 엎드린 채 울먹이는 음 성으로 무조건 항복을 선언하고 서명하면서 우리 천손족은 조 국 광복(光復)이라는 새로운 시대를 맞이하게 되어 새나라 건 설의 기초를 세우려 정치적 혼란을 겪게 되는 어둠과 광명이 겹치어지는 시기를 맞이하게 되었다.

3. 1. A. W의 「조선의 문학」

이것은 단행본도 아니고, 또 국문학사도 아니다. 그러나 여 기서 제일 먼저 다루는 것은 발표된 연대가 한국문학 전반에 걸쳐 언급한 근대 최초의 글이기 때문이다.

이 글은 아메리카 합중국의 샌프란시스코에서 단제기원 4242(1909)년 2월 10일에 대한인국민회(大韓人國民會)의 기관 지로 창간된『신한민보(新韓民報)』제389호(1916. 4. 13)－391 호(1916. 4. 27)에 연재된 "됴션의 문학"이라는 제목의 논문이 다. 그 집필자는 현재로는 정확하게 누구인지를 알 수가 없으

나, 글의 내용으로 미루어 짐작하건대, 현재로서 우리나라 최
초의 국문학사 책인 안자산(安自山)의 『조선문학사(朝鮮文學
史)』의 내용과 비슷한 곳이 많은 것으로 미루어 볼 때에 집필
자 "A.W"는 안자산의 본 이름인 "안확(安廓 : An, Whack 또는
An, Whag 또는 An, Whak)"의 머리글자인 듯하지만, 지금으로
서는 오직 심증일 뿐이다. 이 책의 중요 차례를 살펴보면,

　一. 문학은 무엇이뇨
　二. 문학의 긔원
　三. 문학 발달의 첫차
　四. 문학의 발달의 그 둘차
　五. 한문학과 됴선민족의 성질

의 5개항으로 구성되어 있는데, 이 중에서 "二. 문학의 긔원"
에는 우리 상고문학에 해당되는 내용으로 아래와 같은 설명이
있다.

　　(전략) 우리 됴선의 문학도 구쥬와 밋 인도와 갓치 종교
의 신화 신가이 만져 닐어나고 그 다음에 력사의 시가이 싱겻스
며 그 후에 쇼셜 희곡 등이 차차 발달한지라 신화는 우리 됴선
의 가장 오린 문학이라 선조가 깃들여 살든바 자연의 상티를
말하며 왕고 인문의 자최를 입으로 전하야 오다가 문자가 싱긴

이후에 이를 긔록한 쟈이니 넷 됴선 비사, 대변셜, 동텬록, 통디록, 신사비사 등이 이것이라. 이러한 글노 말하면 본릐 단군 씨에 신지씨가 국문을 졔뎡하야 나무로 식인 글ㅅ자로 긔록한쟈러니 샹고 중간으로브터 한문이 슈입된 이후 고구려 시디에 닐으러 한문으로 번역 간힝한 쟈니라. 또한 우리 됴선은 단군이 종교를 챵셜하야 三神이 도로쎠 나라를 세우신 고로 종교가 발달되미 셩경으로는 三셩밀긔, 三훈유고, 도증긔 등이 잇스니 그 중에 三훈유고는 가장 먼져 산츌한 쟈라. 이를 또한 우리 됴선의 고유문으로 긔록하얏다가거금 二쳔 三十여년젼에 왕슈긍이 한문으로 번역한 쟈이니 이는, 셰계에 뎨一 오릐된 글이라 함이 가하고 또 시가로는 표훈텬사, 영고악, 무텬곡, 동밍가 등이 잇스니 이는 려디로 대 졔뎐에 화챵하든 찬미가요, 그 밧게 신가 우슈곡, 리원가 등의 산됴가 잇스니 그 가온디 신가는 고구려 시디 대군이 츌젼할 씨에 군가로 불으던 쟈라 그 노리가 차와 갓흐니

어아어아
나리한빗글가미고이, 빅달나라
나리모다 골잘너나리가오소.
어아어아
차마무가하나라다시, 거마무늬
셜뎨다리나리골잘, 다모한라
두리온 챠마무, 구셜하니마무온다

어아어아
나리골잘다모한라고 비온마무,
빅달나라 다리하소, 골졀너나
가미고이, 나리한비금 나리한비금

　이러한 시로 말하면 곳 샹고의 사람의 지혜가 다만 종교에
범위한 고로 화복을 신명에 붓쳐 두려우면 빌고 깃부면 노릇하
던 쟈니라.(하략)[2]

　라고 인용한 "아아어아" 노래는 안자산(安自山)이 그의 『조선
문학사』에서 소개한 신가(神歌)의 내용과 같다. 또 위의 인용
문에서 "三셩밀긔, 三훈유고, 도증긔, 표훈텬사, 영고악, 무텬
곡, 동밍가 등"의 작품 이름을 든 것은 안자산의 『조선문학사』
에서 "神誌秘詞 古朝鮮秘詞 大變說 朝代記 博學記 誌公記 表
訓天詞 三聖密記 道證記 動天錄 通天錄 海東古記 三韓古記 等
이잇다하나"라고 소개한 것들과 비슷한 것들이다. 이는 지금
의 우리나라에서는 많은 관학자(官學者)들이 위서(僞書)라고
무시하며 인정하지 아니하려는 귀중한 우리의 역사와 문학의
자료들이다.

----

2 조규익, 「1910년대 國文學論의 한 모습」, 『崇實語文』 14, 崇實語文學會, 1998.

3. 2. 안자산(安自山)의 『조선문학사(朝鮮文學史)』

일본 제국주의자들에 의하여
철저히 착취되고, 고문당하여 피
를 흘려야 하는 암울한 때에 자
산(自山) 안확(安廓 : 4212 - 4298,
1879 - 1965)이 피를 말리며 지
어서 4255(1922)년에 간행한
『조선문학사(朝鮮文學史)』는 근
대 한국문학사로는 최초의 큰
저술이다.[3] 이 책의 상고문학 분
야의 차례만 뽑아보면, 아래와
같다.

안확(安廓)
(문광부 2003. 1 문화달력)

第一章 緖論(第一節 文學과 文學史, 第二節 文學時代의 區
別)
第二章 上古文學(第三節 上古의 思想, 第四節 倧의 話, 第五
節 歌謠)

이다. 여기서 필자의 눈길을 끄는 것은 "제오절 가요(歌謠)"이
다. 안자산(安自山)은 이 항에서 다음과 같이 논술하고 있다.

----

3 安自山, 『朝鮮文學史』, 韓一書店, 4255(1922).

(전략) 後世에 漢文으로 釋飜한 書籍이 甚多하야 神誌秘詞 古朝鮮秘詞 大變說 朝代記 博學記 誌公記 表訓天詞 三聖密記 道證記 動天錄 通天錄 海東古記 三韓古記 等이잇다하나 此書가다 兵燹에 遺失하니 痛哉惜哉로다

近日 大倧敎에서 發見한 神歌四節이잇스니,

어아어아 나리한비금가미고이 비달나리다모 골잘너나도가오소.

어아어아 차마무가한라다시 거마무니설데다리 나리골잘다모한라두리온차마무 구설하니마무온다

어아어아 나리골잘다모한라하니 무리설데마부리야 다미온마차마무나하니유모거마무나

어아어아 나리골잘다모한라고비온마무 비달나라달이하소 골잘너나가미고이 나리한비금나리한비금

此의 鮮明을 書한데는

어아어아 우리 大皇祖노픈 恩德倍達國의우리들의 百千萬人 잇지마세.

어아어아 善心은활이되고 惡心은관혁이라 우리百千萬人 활줄가티바로 善心 고든 살가티一心이에

어아어아 우리百千萬人 한활장에 無數貫革穿破하니 熱心가튼 善心中에 一点雪이 惡心이라.

어아어아 우리百千萬人 활가티굿센마음 倍達國의光彩로다 百千萬人노픈 恩德 우리大皇祖우리大皇祖

此歌는何代의作인지未知하나 古史記中에東明聖王이비록祭
祀가안이라도恒常此曲을唄하고 又廣開土王이每樣戰에臨할時
는士卒로하야곰唱케하야써軍氣를助하얏다한것이라 그런데其
文辭는古語인듯하되 文體는首尾照應과起承轉落이分明하야近
來漢詩體와洽似하니 想컨대後人의僞作이안이면改作인가하노
라(하략)[4]

라고 한 새 자료의 제시와 그 평(評)이다. 여기서 우리는 안자
산(安自山)의 뚜렷한 배일 저항의식(背日抵抗意識)과 확고한 민
족 주체의식(民族主體意識)을 엿볼 수가 있다. 이 신가(神歌) 작
품은 이후에 출판된 그 어떤 국문학사 책에서도 찾아볼 수가
없다. 그리고 필자가 원문 소개를 본래대로 고집한 것은 우리
글짓기의 흐름과 고어의 바른 뜻을 전하려다가 오히려 뱀의
다리 그림으로 잘못될 것을 우려함이다.

3. 3. 권상로(權相老)의 『조선국문학사(朝鮮國文學史)』

이 책은 퇴경(退耕) 권상로(權相老 : 4212-4298, 1879-1965)
에 의하여 유인본(油印本)으로 4280(1947)년에 간행된 것이다.
왜제 치하(倭帝治下)에서 불교 중앙 전문학교의 교재로 쓰던 것
을 광복 이후에 지금의 동국대학교(東國大學校) 교재로 쓰기 위

---

4 앞 주의 책 쪽 10-11. 띄어쓰기와 옮겨 적기를 원전을 그대로 따랐다.

하여 다시 간행한 것이다. 그 앞부분의 중요 차례를 보면,

第1章 文學의 定義와 史의 範圍,

第2章 朝鮮文學의 總論,

第3章 古代人의 思想과 文字의 前提,

第4章 朝鮮의 古代文學,

第5章 漢文의 輸入,

第6章 朝鮮文學의 起源,

第7章 三國以前文學 甲 檀箕時代, 乙 三韓時代

로 되어 있는데, "제2장 조선문학의 총론"에는 신지(神志)의
「비사(秘詞)」에 관한 언급이 있다. 이것은 안자산(安自山)의
『조선문학사(朝鮮文學史)』에서 볼 수 있는 언급과 비슷하다.

4. 4280(1947－1956)년대 상고문학사

이 시대는 조국이 광복된 뒤 무질서 속에서 대한민국 정부
수립과 제2차 세계대전과 맞먹는 규모의 전쟁 피해를 가져온
김일성 반란에 의한 이른바 "6·25 동란" 또는 "한국전쟁"이라
는 남북 동족끼리의 전쟁을 겪기도 하고, 그 전쟁의 잿더미 위
에서 경제 부흥을 꿈꾸며 일하려는 국민을 배반하고, 국가 경

영과 민주주의 수련에 익
숙하지 못한 당시 여야당
의 정치인들과 우남(雩南)
이승만(李承晚 : 4208-4298,
1875-1965) 대통령 1인 독
재의 부정부패가 뿌리내리
는 그러한 시대이었다. 국
어국문학계에서는 이때부
터 각 대학교의 부실한 교

이승만(李承晚)
출처 : (사) 이승만건국대통령기념사업회

재들을 보완하려는 새로운 교재 개발로 많은 국문학사의 책들
이 출간되었다.

4. 1. 이명선(李明善)의 『조선문학사(朝鮮文學史)』

이 책은 4281(1948)년에 조선문학사(朝鮮文學社)에서 간행된
것으로, 상고문학에 관한 시대구분을 아래와 같이 하고 있다.

제1장 고대(古代)의 원시문학(原始文學),
　　제1절 고대[태고-삼국] ① 삼한(三韓), ② 삼국(三國)
　　제2절 원시문학 ① 제천과 가무, ② 서사시, ③ 황조가,
　　　　④ 영신군가(迎神君歌), ⑤ 기타의 가요

로 되어 있다.

이 책은 유물론적 사관(唯物論的史觀)에서 우리 문학사를 다
룬 최초의 책으로서의 특징을 지니고 있다.

4.2. 우리어문학회 『국문학사(國文學史)』

이 책은 왜제(倭帝) 시대 경성제국대학 출신들이 중심이 되
어 전공 분야에 따라 한 편씩의 논문을 모아 엮어서 4281
(1948)년에 일성당서점(一成堂書店)에서 간행한 것이다. 그 상
고문학의 범위를 보면,

第一章 上古文學
　第一節 國文學의 發生
　　古記錄・原始文學의 內容・「영신가(迎神歌)」・壇君神話

만을 쪽 1-7에서 간결하게 다루고 있다. 이것은 결국 뒤에 간
행되는 많은 국문학사서들에 큰 영향을 주었다.

4.3. 김사엽(金思燁)의 『조선문학사(朝鮮文學史)』

이 책은 청계(清溪) 김사엽(金思燁)이 4281(1948)년에 정음
사(正音社)에서 간행한 것으로 상고문학사에 관한 목차를 보
면,

第二編 上古文學史
　第一章 三國以前의 文學
　　第一節 時代의 槪觀
　　第二節 文學의 萌芽

를 쪽 30-35에서 가볍게 설명하고 있을 뿐이다.

4. 4. 조윤제(趙潤濟)의 『국문학사(國文學史)』

이 책은 도남(陶南) 조윤제(趙潤濟)가 4282(1949)년에 동국
문화사(東國文化社)에서 간행한 것으로, 상고시대 문학에 관하
여는 "태동시대(胎動時代∶신라 통삼 이전)"와 "형성시대(形成時
代∶통삼 이후 신라 일대)"로 나누어 다루었으나, 우리의 개국조
인 단제(檀帝)에 관하여는 기존의 다른 책들과 같이 "단군신화
(檀君神話)"로 다루고 있다. 이 책은 당시로서는 우리어문학회
『국문학사』와 쌍벽을 이룰 만큼 학계에 영향력이 컸다.

4. 5. 계봉우(桂奉瑀)의 『조선문학사(朝鮮文學史)』

이 책은 독립운동가 북우(北愚∶뒤바보, 四方子) 계봉우(桂奉
瑀∶4213-4292, 1880-1959)이 4×6배판의 공책 1권(241면), 2
권(195면)으로 4283(1950)년에 지은 것이다. 그 제1권(241면)
의 중요한 차례를 요약하여 보이면, 다음과 같다.

머리말

括論

1. 文學이란 어떤 것인가?

2. 文學이란 어떻게 起源하였는가?

3. 文學이란 어떻게 分類하여야 될가?

 (1) 說話   (2) 歌謠

 (3) 小說   (4) 演戲

 (5) 漢文學

제1편

 1) 文學의 發芽期

  1. 神誌秘詞 2. 神歌 3. 檀君과 天符經 4. 西京 5. 大同江

  6. 至德歌 7. 箜篌引 8. 讓百濟王書(馬韓王)

제2편

 2) 文學의 生育期 — 四國과 南北國의 文學

  1. 高句麗의 文學 2. 百濟의 文學 3. 新羅의 文學

제3편

 3) 文學의 長成期

  1. 歌曲 2. 音樂과 舞踊 3. 時調 4. 漢文學

으로 되어 있다.[5]

 여기서 필자의 관심을 끄는 상고시대 문학에 해당하는 내용은

---

5 趙東杰, 「북우 계봉우의 생애 및 연보와 著述」, 『韓國學論叢』 19, 國民大學校韓國學研究所, 1996에서 인용함.

"1) 文學의 發芽期"의 것들이다. 이 부분은 그 내용이 안자산의
『조선문학사』의 서술과 거의 일치하여 민족적 연면성(連綿性)과
우수성(優秀性)과 주체의식(主體意識)의 끈끈함이 비슷하다.

4. 6. 유창돈(劉昌惇)의 『국문학사요해(國文學史要解)』

이 책은 4285(1952)년에 유창돈(劉昌惇)이 명세당(明世堂)에
서 간행한 대학 입학시험 준비서이다. 따라서 상고문학 영역은
다른 기존의 문학사들과 다를 것이 없다. 다만, 국문학사에 관
한 사항들을 가나다순으로 요약 배열한 것이 특징이다.

4. 7. 『국문학사(國文學史)와 고전문학선(古典文學選)』

이 책은 최창국(崔昌國)이 고등학생들의 대학 입학시험 준비
를 하는데 도움이 되게 지어 4288(1955)년에 범조사(凡潮社)
에서 간행한 것이다. 상고문학에 관하여는 제2장에서 "시가
(詩歌)의 발생, 도솔가(兜率歌), 향가문학(鄕歌文學)"들을 다루
고 있다.

4. 8. 이숭녕(李崇寧) 외 『국어국문학사(國語國文學史)』

이 책은 국어학자 심악(心嶽) 이숭녕(李崇寧:4241-?, 1908-
?)과 국문학자 나손(羅孫) 김동욱(金東旭:4255-4323, 1922-
1990)이 공동으로 저술하여 4288(1955)년에 을유문화사(乙酉

文化社)에서 간행한 것이다. 상고문학에 관하여는 "제2장 국문학의 분화(分化), 제3장 한문학의 전래, 제4장 가요의 전개"로 항목을 나누어 종전의 저술들과 큰 차이가 없는 내용을 담고 있다.

4. 9. 서수생(徐首生)의 『요령국문학사(要領國文學史)』

이 책은 4289(1956)년에 대구(大邱)의 삼광출판사(三光出版社)에서 백강(白江) 서수생(徐首生)가 발행한 것으로, 상고문학에 관하여는 "제1편 상고문학사"라는 항에서 국문학의 발생과 제천의식(祭天儀式) 및 시가(詩歌)의 흐름을 다루고 있어서 그 범위가 우리어문학회 『국문학사』와 다름이 별로 없다.

5. 4290(1957 – 1966)년대 상고문학사

이 시대는 남북한 대립 속에서 4286(1953)년 휴전 협정이 이루어진 뒤 전쟁의 잿더미에서 경제 부흥의 출발은 똑같이 하였지만, 공산주의 계획 경제 체제인 북한과 자본주의 자유 경제 체제인 남한 사이의 경제 발전 규모가 북부 남빈(北富南貧)의 양상으로 심화되면서 북한은 정치적으로도 안정되어 가는데 반하여 남한은 정치적으로 자유와 민주를 외치면서 부익

4·19혁명 시위 사진(중앙청을 지나 경무대로 시위하는 장면)
출처 : 4·19혁명기념도서관

부 빈익빈(富益富貧益貧)의 양극화 현상이 깊어지며, 국가 공무
원들의 부정부패(不正腐敗)가 국민의 생활 불안으로 연결되어
갔다.

그 결과는 4293(1960)년 이른바 4·19민주 시민혁명에 의하
여 12년 1당 독재의 자유당 정권이 무너지고, 민주당 정권으로
바뀌었으나, 아침부터 저녁까지 시위대의 난동으로 조용한 날
이 없어 10개월이 못되어 이른바 5·16군사혁명에 의하여 군사
독재시대로 들어가는 과정으로 사회가 겉으로는 많이 안정될
뿐 아니라 학생들이 나름대로 학업에 열중하는 분위기의 시대
가 되었다.

5. 1. 황진섭(黃鎭燮)의 『새판 국문학사 해설(國文學史解說)』

이 책은 황진섭(黃鎭燮)이 고등학교 국어과 교재 및 대학 입
학시험 준비서로 지어서 4291(1958)년에 동화문화사(同和文
化社)에서 간행한 것이다. 상고문학에 관하여는 "제2편 상고
및 삼국시대 문학사"에서 "삼국 이전의 신화(神話)·전설(傳
說)·설화(說話)와 신라·백제·고구려의 시가문학"을 다루고
있어서 다른 저서들과 크게 다름이 없다.

5. 2. 정용준(鄭龍俊)의 『요령국문학사(要領國文學史)』

이 책은 4292(1959)년에 정용준(鄭龍俊)이 경기문화사(經紀
文化社)에서 출판한 것이다. 그 편집 체재는 "작가편(作家篇)·
작품편(作品篇)·사항편(事項篇)·문헌편(文獻篇)"으로 나누고,
각 편은 다시 "상고·중고·근고"로 나누어 서술하고 있는데,
그 내용은 기존의 국문학사 책들과 비슷하다.

5. 3. 이병기(李秉岐) 외 『국문학전사(國文學全史)』

이 책은 가람(嘉藍) 이병기(李秉岐)·백철(白鐵)들이 공저로
4292(1959)년에 신구문화사(新丘文化社)에서 간행되었다. 기
존의 국문학사 책들이 대학 입학시험 준비서나 대학 교재에
가까운 정도이었던 데에 비하여 풍부한 새로운 자료의 제시와

함께 학문적 연구서다운 새로운 이론을 제시하는 국문학사 책으로, 제1부 고전문학사는 가람이 집필하고, 제2부 현대문학사는 백철이 집필하여 신선한 인기를 모았다.

　상고문학에 관계되는 부분의 목차를 소개하면 아래와 같다.

第一部 古典文學史

　第一編 麗朝以前의 文學

　　第一章 古代文學－藝術의 起源－三國以前

　　　一. 時代의 槪觀

　　　　1. 原始綜合藝術

　　　　2. 藝術의 分化

　　　二. 文學의 起源과 國文學

　　　　1. 國文學 硏究의 特殊性

　　　　2. 文學의 起源

　　　　3. 國文學의 起源

　　　三. 漢字의 傳來

　　　四. 神話와 傳說

　　　　1. 神話·傳說의 意義

　　　　2. 神話·傳說의 白眉

　　　　3. 傳說과 說話의 發展

　　　五. 歌謠

　　　　1. 詩歌의 起源

2. 抒情謠의 出發

이라는 항을 세워 설명하고 있는데, 이제까지의 식민사관(植民史觀)이나, 큰나라 섬기기사상[事大主義思想]을 뛰어넘지 못하고 있는 것이 흠이라고 하겠다.

또 우리나라 개국조 "단제사화(檀帝史話)"도 기존의 "단군개국설화(檀君開國說話)"라는 말을 그대로 습용(襲用)하여 설화(說話)로 다루고 있다.

5. 4. 북한의 리응수 외의 『조선문학사』

이 책은 북한에서 리응수(제1권 1-14세기)·윤세평(제2권 15-19세기)·안함광(제3권 20세기 이후)이 분야별로 나누어 지은 전 3권 중 제1·2권은 4288(1955)년에 대학용 문학 교재로 교육도서 출판사에서 출판한 것이다. 이 책은 이듬해 중화인민공화국 길림성 연길시(吉林省延吉市)에 있는 연변대학(延邊大學) 문학 교재로 쓰기 위하여 북한 정부의 인준을 받아 연변신화서점(延邊新華書店)에서 4290(1957)년에 다시 출판한 것이다. 이 책에서 상고문학 부분의 차례를 보면 아래와 같다.

제1편 1-9세기 문학
　　1-7세기(전반) 문학

제1장 조선 원시 인민들의 예술 생활

제2장 년대기의 발생

    1. 단군기

    2. 동명왕기

    3. 가락국기(駕洛國記)

제3장 초기 국어 시가와 4언(言) 한시

    1. 황조가(黃鳥歌)

    2. 공후인(箜篌引)

    3. 영신가(迎神歌)

들로 되어 있어서 우리 천손족(天孫族)의 역사를 약 2,000년 잘라 버리는 잘못을 범하고, 그 내용도 남한의 우리어문학회『국문학사』보다도 뒤떨어진다.

5. 5. 북한의 『조선문학통사』

이 책은 북한의 과학원에 속한 언어문학 연구소의 문학연구원에서 4292(1959)년에 간행한 것이다. 상고문학에 관한 언급은 "제1장 7세기 전반기까지의 문학"에서 "I. 조선 원시 인민들의 예술 생활 정형"과 "II. 계급국가 발생과 삼국의 형성 발전 시기의 문학"을 설명하여 대한민국의 우리어문학회『국문학사』계의 국문학사 책들과 문학의 범주와 내용들이 큰 차이가 없다. 다만, 유물사관(唯物史觀)에 의한 계급사회의 투쟁사적 문학으로 서술한 것이 다르다고 하겠다.

5. 6. 박노춘(朴魯春)의 『자료한국문학사(資料韓國文學史)』

이 책은 노강(蘆江) 박노춘(朴魯春:4245-4331, 1912-1998)
이 4295(1962)년에 유인본(油印本)으로 새글사(社)에서 펴낸
것이다. 그 목차에서 한국 상고시대 문학에 관한 부분만을 뽑
아 옮겨 보이면 아래와 같다.

> 第1篇　原始時代 및 上古時代(三國時代와 統一新羅時代)
> 　　第1節　時代의 特色
> 　　　　　　民族文化의 形成
> 　　　　　　口碑文學
> 　　　　　　外來文化의 侵蝕
> 　　第2節　原始綜合藝術體
> 　　　　　　文學의 싹
> 　　　　　　祭天歌舞
> 　　　　　　祭天歌舞의 樣相
> 　　第3節　三國 以前의 文學
> 　　　　　　神話・傳說
> 　　　　　　歌謠

로 되어 있어서 기존의 다른 국문학사들보다는 책의 이름대로

문학 자료 나열에 한 발짝 더 나아진 감이 있을 뿐 우리 상고
민족의 활동무대를 압록·두만 두 강 이남으로 축소하고 발해
국(渤海國)의 문학을 배제하고 있는 것은 일본제국주의자(日本
帝國主義者)들의 식민사관(植民史觀)을 바탕으로 한 우리어문
학회『국문학사』에서 벗어나지 못한 실정이다.

5. 7. 정형상(鄭炯相)의『학습 국문학사(學習 國文學史)』

이 책은 4297(1964)년에 정형상(鄭炯相)이 학생들의 학습참
고서를 겸하여 엮은 것으로 홍룡출판사(興龍出版社)에서 출판
하여 당시로서는 학생들에게 상당히 인기가 높았던 교재이었
다. 이 책에서의 한국 상고문학에 관하여 언급한 목차만을 소
개하면, 아래와 같다.

제2장 上古文學

I. 原始 國文學
  1. 원시국문학의 성격
  2. 文學의 胎動
  3. 原始 文學의 分布
  4. 神話·傳說·說話
  5. 詩歌 文學
II. 漢文化의 傳來와 文學의
  定着

III. 三國의 歌謠
  1. 고구려의 歌謠
  2. 백제의 歌謠
  3. 新羅의 歌謠
IV. 三國의 說話
  1. 고구려의 說話
  2. 新羅의 說話
V. 三國의 漢文學

1. 한문의 傳來	1. 雜戱
2. 문학의 定着	2. 人形劇
3. 鄕札·吏讀·口訣	3. 假面劇
4. 新羅의 鄕歌文學	VI. 三國의 漢文學

으로 되어 있어서 종전 경성제국대학 출신들의 국문학사관과
같은 것이 흠이라고 필자는 평한다. 그러나 학생들에게 인기가
높았던 이유는 요점 중심으로 요약정리가 잘 되어서인 듯하다.

5. 8. 『입문(入門)을 위한 국문학사(國文學史)』

이 책은 4299(1966)년에 전규태(全圭泰)가 새글사(社)에서
발간한 것이다. 상고문학에 관하여는 기존의 우리어문학회
『국문학사』계의 다른 국문학사와 별로 다른 점이 없다.

6. 4300(1967-1976)년대 상고문학사

이 시대는 5·16 군사혁명의 주도자인 박정희(朴正熙 : 4250-
4312, 1917-1979) 대통령의 지도 아래 국가 경제 부흥의 일환
으로 한·일국교 정상화와 중공업 발전 계획 및 경부 고속도로
건설과 새마을운동 등을 "우리도 잘 살아보세"와 "할 수 있
다."는 구호로 오늘의 경제적 번영을 이룰 수 있는 기틀과 평

박정희 前 대통령과 휘호
출처 : (좌) 위키피디아, 출처 : (우) 박정희대통령기념관

화적 남북통합의 자유 대한민국을 건설하기 위한 "일하며 싸우자!"는 구호의 실천시대이었다. 경제 발전의 희망이 부푸는 반면 1인 장기 집권의 음모가 현실로 바뀌려는 정치 상황에 따른 유신반대 시위가 격화되는 그런 시대이었다.

6.1. 전해순(全海淳)의 『알기 쉬운 표준국문학사(標準國文學史)』

이 책은 고등학교 전해순(全海淳)이 대학 입시 교재로 꾸미어 4303(1970)년 2월에 영문사(英文社)에서 발행한 것이다. 200쪽이 못되는 작은 책이다. 상고문학 부분을 소개하면, 아래와 같다.

제2장 상고문학(上古文學)
1. 시대의 특색

　　2. 문학의 태동(胎動)

　　　　[1] 문학의 발생(發生)

　　　　[2] 시가(詩歌)

　　　　[3] 신화(神話) · 전설(傳說) · 설화(說話)

　　3. 한문의 전래와 한문학의 대두

　　　　[1] 한문(漢文)의 전래

　　　　[2] 역사의 편수와 비석(碑石)의 건립

　　　　[3] 한문학(漢文學)의 대두

　　4. 가요(歌謠)의 전개(展開)

　　　　[1] 향가(鄕歌)의 의의(意義)

　　　　[2] 향가(鄕歌)의 형성

　　　　[3] 향가(鄕歌)의 작품

　　　　[4] 고구려 · 백제의 가요(歌謠)

　　　　[5] 가사 부전(歌詞不傳)의 신라 가요

　　*익힐 문제

로 되어 있으나, 내용면에서는 새로운 것이 없다.

6. 2. 박상수(朴相洙)의 『대학입시를 위한 새 국문학사연구 (國文學史硏究)』

　이 책은 박상수(朴相洙)가 책의 제목 그대로 "대학입시(大學 入試)"를 위한 "국문학사 연구"를 책제로 하여 일지사(一志社)

에서 4304(1971)년에 간행하여 암기 위주의 대학 입학시험에
인기가 높았던 것이다.

이 책에서 책 제목을 "연구"라 하였으나, 입시문제 예측 연
구인지는 몰라도 학문적인 국문학사의 연구는 아니다. 이 책
에서의 상고문학 영역에 관한 언급을 뽑아보면, 대략 아래와
같다.

> 1. 상대 문학
> 　〔학습 주안점〕(중략)
> 　〈시대 개관〉(중략)
> 　　1. 상대 예술 일반
> 　　2. 국문학의 발생
> 　　3. 한자 전래
> 　　4. 신화와 전설 및 상대 시가
> 　　　(1) 우리 나라의 건국 신화
> 　　　(2) 설화상에 남은 시가
> 　〈수련문제〉

의 경향으로 되어 있는데, 내용은 지은이 스스로가 "대학 입학
시험 준비서라는 성격에서, 나의 견해이기보다 이미 정평(定評)
지어져 있는 '국문학사' (조윤제 저), (중략) 등을 십분 반영하였
음을 밝혀 둔다."라고 밝혀 놓은 사실로도 과거 왜제시대 경성

제대 출신들의 설을 그대로 습용하고 있음을 알 수가 있다.

6. 3. 김준영(金俊榮)의 『한국고전문학사(韓國古典文學史)』

이 책은 김준영(金俊榮)이 4304(1971)년에 금강출판사에서
발행한 것인데, 책의 제목으로 "한국고전문학사"라고 한 것은
이 책이 처음이다. 이 책에서 상고문학에 언급한 그 차례를 보
면, 아래와 같다.

　　　　제Ⅱ편 각론(各論)
　　　　　제1장 상고(上古)의 문학
　　　　　　제1절 한자(漢字)의 전래(傳來)
　　　　　　제2절 시가(詩歌)

라고 하여 아주 간결하게 다루고 있다. 그러나 우리나라 국문
학사 책들 중에서 현대문학의 대(對)를 이루는 고전문학 분야
만을 독립시키어 단행본으로 엮은 최초의 한국고전문학사라
는 점에서는 첫 번째 화살이 되었지만, 일제의 찌꺼기로 우리
문학을 현대문학 영역과 고전문학 영역으로 양분하는 관습을
굳히는데 일조를 하게 되었다.

6.4. 여증동(呂增東)의 『한국문학사(韓國文學史)』

이 책은 여증동(呂增東)이 4306(1973)년에 형설출판사(螢雪出版社)에서 발행한 것이다. 상고문학에 관하여는 "제1편 기원전"에서 언급하고 있는데, 이 역시 서술 체재가 서력기원을 중심으로 시대구분을 한 것 이외에 한국 상고문학의 내용에 관한 것은 기존의 저서들과 별로 다르지 아니하다.

6.5. 김윤식(金允植) 외의 『한국문학사』

이 책은 김윤식·김현들의 공저로 4306(1973)년에 민음사(民音社)에서 간행한 것이다. 현대문학과 외국문학을 공부한 두 사람이 저술한 것이라서 상고문학에 관한 부분의 언급은 전혀 없다. 한국문학사로서는 뿌리가 없는 나무요, 머리가 없는 이상한 동물에 지나지 아니한다.

6.6. 김석하(金錫夏)의 『한국문학사(韓國文學史)』

이 책은 김석하(金錫夏)가 4308(1975)년에 신아사(新雅社)에서 발행한 것이다. 상고문학에 관한 것을 목차로 소개하면, 아래와 같다.

第一章 古代文學(統一三國以前)
　　1. 古代文化와 政治·社會·宗教

2. 綜合藝術

3. 古代文學과 意識의 原型

4. 敍事詩와 抒情詩

5. 古代詩歌의 特質

6. 古代敍事文學(說話)의 特質

7. 漢文의 傳來

8. 主要著作解題

9. 主要人名

10. 關係論著

로 되어 있다. 서술의 차이는 보이지만, 우리 상고문학의 영역을 기존의 다른 저서들과 마찬가지로 압록·두만 두 강 이남으로 제한하고 있어서 새로운 것이 없다.

6. 7. 『국문학통론(國文學通論)·국문학사(國文學史)』

이 책은 월암(月巖) 박성의(朴晟義:4240-4310, 1917-1977)가 4308(1975)년에 선명문화사(宣明文化社)에서 간행한 것이다. 상고문학에 관하여 그 목차를 소개하면 다음과 같다.

第2章 上古文學(原始-統三以前)

  第1節 三國以前의 文學

    1. 時代의 槪觀

    2. 國文學의 發生
    3. 上古文學의 內容
第2節 三國文學(하략)

으로 되어 있어서 기존의 다른 국문학사들과 별로 다른 것이
없는 주장을 펴고 있다.

6.8. 장덕순(張德順)의 『국문학사(國文學史)』

이 책은 성산(城山) 장덕순(張德順:4254-?, 1921-?)이 4308
(1975)년에 동화문화사(同和文化社)에서 간행한 것이다. 상고
문학에 관하여는 "제1장 구비문학(口碑文學)"항에서 "제2절 설
화(說話)", "제3절 민요", "제4절 무가(巫歌)", "제2장 고대가요
(古代歌謠)"항에서 "제1절 황조가(黃鳥歌)", "제2절 귀지가(龜
旨歌)", "제3절 공후인(箜篌引)"으로 나누어 설명하고 있다.

6.9. 김동욱(金東旭)의 『국문학사(國文學史)』

이 책은 나손(羅孫) 김동욱(金東旭)이 4309(1976)년에 일신
사(日新社)에서 간행한 것이다. 상고문학에 관하여는 "제2장
상대문학(上代文學)"에서 "1. 상대문학(上代文學)의 전개(展開)
2. 민족서사시(民族敍事詩) 3. 향가(鄕歌) 4. 연극(演劇)의 기원
(起源) 5. 상대 한문학(上代漢文學)의 성립(成立) 6. 설화(說話)"

로 나누어 설명하고 있으나, 기존의 다른 책들의 서술 내용을 뛰어넘지 못하고 있다.

7. 가야·탐라·발해국을 다룬 국문학사

4300-4310년대(1967-1977)에는 전국적으로 각 대학마다 국어국문학과나 국어교육과가 비온 뒤의 대나무순처럼 설립되면서 국문학개론서들과 국문학사 책들도 많이 발행되었는데, 그 내용은 이미 간행된 과거의 국문학사 책들과 대동소이하였으며, 특히 상고문학에 관한 언급은 더욱 비슷하였다. 헌데 4311-4320(1978-1987)년대에 이르면, 종전의 문학사에서 한 발 나아간 민족 주체의식이 강조된 새로운 문학사가 출현하기 시작한다.

7. 1. 조동일(趙東一)의 『한국문학통사』

이 『한국문학통사』는 4315(1982)년에 조동일(趙東一)이 전 5책의 총서로 지식산업사에서 출간한 것이다. 이 책이 출판되면서 우리 문학사의 영역을 확대하는데 한 발짝 전진하게 되었다. 이제까지는 수십 종의 한국문학사서들이 출판되었지만, 역사학계에서는 이미 오래 전부터 "고구려의 뒤를 이은 우리

나라"라고 하는 발해국(渤海國)의 문학에 관하여 그 어느 책에서도 다루지 아니하여 조동일이 이 책이 나오기까지는 무관심하게 버려져 있던 것을 우리 문학 속에 옮겨 실어 간략하게나마 소개하여 살려내었다. 이 책에서 우리나라 상고문학에 관계되는 차례를 뽑아 보이면 아래와 같다.

> 2. 첫째 시대 : 원시문학
>> 2. 1. 구석기시대의 문화와 언어예술
>> 2. 2. 신석기시대로의 전환
>> 2. 3. 민족문화의 계통과 관련해서
> 3. 둘째 시대 : 고대문학
>> 3. 1. 건국신화, 국중대회, 건국서사시
>> 3. 2. 고조선의 경우
>> 3. 3. 부여, 고구려계의 전승
>> 3. 4. 삼한, 신라, 가락, 탐라쪽의 사정
>> 3. 5. 짧은 노래 몇 편
>> 3. 6. 전설 · 민담시대로의 전환

으로 나누어 다루었으며, 그 지리적 배경도 동이족(東夷族)의 활동무대로 넓혀서 언급하고 있다.

 (전략) 오늘날의 북경지방에서 산동반도를 거쳐 양자

강 어귀에 이르는 넓은 땅에서 살면서 서국(徐國)이라는 나라를
세워 중국 주나라와 치열하게 싸운 동이족의 문화는 우리 문화
와 맥락이 닿는다고 볼 수 있다.(하략)[6]

라고 하여 기존의 여러 국문학사보다 한발 앞선 이론을 제시
하였다.

또 이 책에서는 기존의 학설에 비하여 "가락국 문학과 탐라
문학과 발해문학"을 포함시키어 한국 고전문학사의 진면목을
되찾는 데에 한 발자국을 앞으로 나아간 것이 이 책을 돋보이
게 한다.

7.2. 이가원(李家源)의 『조선문학사(朝鮮文學史)』(上)

이 책은 조동일의 저서가 나온 뒤 십수 년만인 4328 (1995)년
에 연민(淵民) 이가원(李家源)이 필생의 작업으로 태학사(太學社)
에서 『조선문학사(朝鮮文學史)』 상책을 발행한 것이다. 이 책
에서 우리 상고문학을 어떻게 다루고 있는지를 알기 위하여
그 목차를 소개하면 아래와 같다.

第一章 朝鮮 邃古時代의 文學 - 古朝鮮
　一. 檀君朝鮮의 文學

----

6 趙東一, 『한국문학통사』 1, (지식산업사, 1982) 쪽 56.

1. 詩歌

　　〈秘詞〉

2. 傳記

　　〈古記〉

二. 箕子朝鮮의 文學

1. 詩歌

　　〈麥秀歌〉-〈西京〉-〈大同江〉

三. 衛滿朝鮮의 文學

1. 詩歌

　　〈箜篌引〉

라고 하여 한국 상고 문학을 3기로 나누어 "단군조선(檀君朝鮮)의 문학(文學)"의 시가는 신지(神誌)의 작품 「비사(秘詞)」를 소개하였으며, 전기는 『삼국유사』의 단제사화(檀帝史話)를 소개한 것이고, 「공후인」을 위만조선의 문학으로 다룬 것은 이색적이나, 이 책이야말로 기존의 어떤 국문학사 책보다도 자료가 신선하고, 발해국의 문학도 우리 문학으로 다루어서 우리 겨레의 정통성 확립에 새로운 길을 여는데 선도의 역할을 한다.

Ⅲ. 한국 고전문학사의 지향(指向)

무용총(舞踊塚) 무용도(舞踊圖)
중공 지린성 집안현 통거우에 위치한 고구려 고분,
정기환필무용총무용도(鄭基煥筆舞踊塚舞踊圖), 정기환(鄭基煥) 筆,
세로 59cm, 가로 77.6cm, 소장품번호 : 신수 14517, 출처 : 국립중앙박물관

Ⅲ. 한국 고전문학사의 지향(指向)

한국 문학사는 한국 문학의 역사이다.

역사는 겨레와 국토와 시간이라는 세 가지 초석 위에 있었던 지난날의 사실(史實)을 말하는 것이다.

한국 문학사는 곧 한국 문학을 바탕으로 한 역사를 이르는 말이므로, 한국 문학사를 말하려면, 먼저 한국인의 뿌리를 알아야 하고, 또 그들이 살았던 땅이 어디이었는가를 알아야 하며, 또 그들의 삶이 어떠하여 어떤 문학을 즐기고, 어떻게 어디에 남기었는가를 함께 살피어야 한다.

한국 문학은 "환한(桓韓:밝고 빛나는) 나라 문학"을 가리킨다. "환한 나라"는 곧 다른 이름으로는 "밝다나라[檀國·白頭國·倍達國·桓國]"를 말한다. 우리나라 옛 문헌들에서는 "옛 조선[古朝鮮]·근역(槿域)·단국(檀國)·동국(東國)·청구(靑丘)·환

사마천(司馬遷)
출처 : 위키피디아

국(桓國)"이라고 하였으며, 한(漢)나라 사마천(司馬遷 : 2199-
2241, 서력기원전 135-93)은 "동이(東夷)"라고 하였다. 그 후 중
화인민공화국 사람들은 "동이(東夷)"를 저희들의 감정과 지역
과 시대의 흐름에 따라 감정이 좋을 때에는 그들이 살던 고장
또는 옷 빛깔 또는 머리에 쓰는 두건 또는 무기를 상징하는 글
자를 얹어서 "구리(九藜), 동호(東胡), 동이(東夷), 말갈(靺鞨),
맥(貊), 부여(夫餘), 산융(山戎), 생여진(生女眞), 선비(鮮卑), 숙
신(肅愼), 여진(女眞), 예(穢), 융이(戎夷), 융적(戎狄), 흉노(匈奴)
등으로 표현하여 여러 갈래로 찢어서 전혀 다른 겨레들로 나

누어 놓았다. 감정이 나쁠 때에는 흉한 말로 표현하여 "견이(畎夷)", "내이(萊夷)", "방이(方夷)", "백이(白夷)", "빙이(氷夷)", "양이(陽夷)", "우이(于夷)", "융이(戎夷)", "적이(赤夷)", "풍이(風夷)", "현이(玄夷)", "황이(黃夷)" 등 9이(夷)[1] 또는 12이(夷)로 표현하여 왔다.[2] "동이(東夷)"는 지금의 곤륜산(崑崙山) 동쪽 땅에 사는 "이족(夷族)"이라는 뜻인데, 이는 큰 활을 쓰는 교양인(敎養人)·군자(君子)·지도자(指導者)·지성인(知性人)을 가리키며 오래 사는 사람들을 뜻하는 말이다.

이는 곧 지금의 차이나(China) 대륙에 있었던 옛날의 하(夏)·은(殷)·주(周)가 있던 자리에 우리 선조들이 머물러 살며 활동하였다는 사실을 이르는 것이다.[3] 그것은 그곳에서 나온 땅속의 유물들이 우리나라 옛 문화재(文化財)들과 유사한 점이 많은 것을 증거로 삼을 수 있다.[4]

....

1 林惠祥, 『中國民族史』, (臺灣商務印書館, 1936) 쪽 73-93.
2 안호상, 『배달·동이겨레의 한 옛 역사』, 배달(檀)문화연구원, 4305(1972).
3 徐中舒, 『先秦史論稿』, (巴蜀書社, 1992) 쪽 53-55, 131.
4 崔武藏, 「石器의 比較(中國과의 比較)」, 『韓國史論』 13, 國史編纂委員會, 1983.
　李亨求, 「靑銅器文化의 比較(中國과의 比較)」, 『韓國史論』 13, 國史編纂委員會, 1983.
　李炯佑, 「한반도 구석기 문화의 일고찰:중국과의 관계속에서」, 『亞細亞古文化』, 學研文化社, 1995.
　장동균, 『神市本土記』, 아사달, 2002.
　崔在仁, 『上古朝鮮三千年史』, 精神文化社, 1998.
　姜亮夫, 『古史學論文集』, 上海古籍出版社, 1996.
　宋新潮, 『殷商文化區域硏究』, 陝西人民出版社, 1991.
　衛聚賢, 『古史硏究』, 上海文藝出版社, 1990.

이제까지는 이 사실을 큰나라섬기기사상[事大思想]과 식민사관(植民史觀)에 의하여 우리 학생들에게 "우리의 문화재들이 중국의 영향을 받았다."고 가르치며 차이나(China) 문화의 노예로 교육시켜 왔다. 그것은 매우 잘못된 것이므로 앞으로는 조금씩 조금씩 고쳐나가 우리 천손족(天孫族)의 정통성을 바로 세워야 하겠다.

1. 한국인[天孫族]의 뿌리

지금의 대한민국 국민과 북한의 동포들은 천손족(天孫族)이다.

우리 "환한(桓韓:밝고 빛나는) 나라" 사람들의 천손족(天孫族)의 뿌리에 관하여 안함로(安含老)가 지은 『삼성기전(三聖記全)』 상편에서는 다음과 같이 진술하고 있다.

우리 환(桓=韓)의 건국은 세상에서 가장 오랜 옛날이었는데, 한 신이 있어 시베리아의 하늘에서 홀로 변화한 신이 되시니, 밝은 빛은 온 우주를 비추고 큰 교화(敎化)는 만물을 낳았다. 오래 살면서 늘 쾌락을 즐겼으니, 지극한 기(氣)를 타고 놀고, 그 묘함은 저절로 기뻐졌다. 모습이 없이 볼 수 있고, 함이 없이 모두 이루고, 말이 없으면서 다 행하였다.

　어느 날인가 어린 남녀 800이 흑수(黑水)와 백산(白山)의 땅에 내려왔는데, 이에 환님[桓因]은 또한 감군(監群)으로서 천계(天界)에 계시면서 돌을 쳐 불을 일으켜 음식을 익혀 먹는 법을 처음으로 가르치셨다. 이를 환국(桓國)이라 하고, 그를 가리켜 천제 환님[天帝桓因]이라고 일컬었다. 또한 안파견(安巴堅)이라고 하였다. 환님은 일곱 대를 전하였는데, 그 연대는 알 수가 없다. 뒤에 환웅(桓雄)씨가 계속하여 일어나 천신(天神)의 뜻을 받들어 백산과 흑수 사이에 내려왔다. 천평(天坪)에 밭을 일구고 우물을 파고, 그곳을 청구(靑邱)로 정하였다. 천부인(天符印)을 가지고 다섯 가지 일을 주관하시며 세상에 계시면서 교화를 베푸시니, 인간을 크게 이롭게 하시었다. 신시(神市)에 도읍하시고, 나라를 배달(倍達)이라고 불렀다.(하략)[5]

고 하여 환한 나라[桓韓國＝神國＝靑邱國]는 신시(神市)에 환웅(桓雄)님께서 세우신 것임을 밝히고 있다. 그리고 "안파견"은 곧 오늘날의 "아버지[父]"의 본말이고, "아만(阿曼)"은 곧 오늘날의 "어머니[母]"의 원어라는 설을 주장하는 이도 있다.[6]

....

5 "吾桓建國最古有一神在斯白力之天爲獨化之神光明照宇宙權化生萬物長生久視恒得快樂乘遊至氣妙契自然無形而見無爲而作無言而行日降童女童男八百於黑水白山之地於是桓因亦以監群居于天界揚石發火始敎熟食謂之桓國是謂天帝桓因氏亦稱安巴堅也傳七世年代不可考也後桓雄氏"繼興奉天神之詔降于白山黑水之間鑿子井女井於天坪劃井地於靑邱持天符印主五事在世理化弘益人間立都神市國稱倍達.(하략)"
6 김정권 외, 『우리 역사 일만년』, (한배달, 4324) 쪽 37.

또 원동중(元董仲)이 지은 『삼성기전(三聖紀全)』 하편에는 우리 겨레의 뿌리를 아래와 같이 밝혀 주고 있다.

인류의 시조는 나반(那般)이라는 분이다. 처음에 아만(阿曼)과 만난 곳은 아이사타(阿耳斯它)라고 하는 곳이었다. 꿈에 천신의 가르침을 얻어 스스로 혼례를 이루니, 구환족(九桓族)이 모두 그의 후손들이다.

옛날에 환국(桓國)이라는 나라가 있었는데, 백성들은 부유하였으며, 또 그 수도 많았다. 처음에 환인(桓仁)이 천산(天山)에서 살면서 도(道)를 깨쳐 오래오래 살며 몸에는 질병이 없어서 하늘을 대신하여 덕화를 펴서 사람들로 하여금 전란이 없게 하였다. 사람들이 모두 힘을 기우려 농사를 지어 저절로 굶주리고 추위에 떨지 아니하였다. 혁서환인(赫胥桓仁)·고시리환인(古是利桓仁)·주우양환인(朱于襄桓仁)·석제임환인(釋提壬桓仁)·구을리환인(邱乙利桓仁)에 이르러 지위리환인(智爲利桓仁)에 전하니, 어떤 이들은 그를 단인(檀仁)이라고도 하였다. (하략)[7]

여기서는 『삼국유사』에서 인용 소개하고 있는 "고기(古記)"의 "환인(桓因)"을 "환인(桓仁)"이라고 쓰고 있으며, "고기"의

---

7 "人類之祖曰那般初與阿曼相遇之處曰阿耳斯它夢得天神之教而自成昏禮則九桓之族皆其後也昔有桓國衆富且庶焉初桓仁居于天山得道長生擧身無病代天宣化使人無兵人皆作力自無飢寒傳赫胥桓仁古是利桓仁朱于襄桓仁釋提壬桓仁邱乙利桓仁至智爲利桓仁或曰檀仁.(하략)"

"단군(檀君)"을 "단인(檀仁)"이라고 하고 있으나, 우리 겨레의 뿌리는 하느님의 후손이므로 천손족(天孫族)이라고 할 수가 있다.[8]

2. 천손족(天孫族)과 동이족(東夷族)

이제까지의 한국 역사책에서는 우리 겨레를 현 한족(漢族)들의 역사 기록에 의하여 "예맥(濊貊·貊穢)" 또는 "한족(韓族)" 또는 "동이족(東夷族)[9]"이라고 일컬어 왔다. 그리고 한족(漢族)들이 말하는 "거란족(契丹族)", "동호족(東胡族)", "말갈족(靺鞨

---

8 安原田,『통곡하는 민족혼』, 대원출판, 4322.
　　안호상,『배달·동이겨레의 한 옛 역사』, 배달(檀)문화연구원, 4305(1972).
　　崔武藏,「石器의 比較(中國과의 比較)」,『韓國史論』13, 國史編纂委員會, 1983.
　　李亨求,「靑銅器文化의 比較(中國과의 比較)」,『韓國史論』13, 國史編纂委員會, 1983.
　　李炯佑,「한반도 구석기 문화의 일고찰 : 중국과의 관계속에서」,『亞細亞古文化』, 學研文化社, 1995.
　　장동균,『神市本土記』, 아사달, 2002.
　　姜亮夫,『古史學論文集』, 上海古籍出版社, 1996.
　　徐亮之,『中國史前史話』.
　　徐中舒,『先秦史論稿』, (巴蜀書社, 1992) 쪽 53~55, 131.
　　宋新潮,『殷商文化區域研究』, 陜西人民出版社, 1991.
　　衛聚賢,『古史研究』, 上海文藝出版社, 1990.
9 동이족(東夷族)= "동이(東夷)"라는 말이 처음 쓰인 것은 현재 전하는 문헌으로는『예기(禮記)』권 4,「곡례(曲禮)」하이다. 안호상은『배달·동이겨레의 한 옛 역사』쪽 165~273에서 이족(夷族)의 대표적 인물로 태호 복희(太昊伏羲), 염제 신농(炎帝神農), 황제 헌원(黃帝軒轅)을 비롯하여 요·순·우·탕·문무·주공(堯舜禹湯文武周公)들과 노자(老子)와 공자(孔子)를 들고 있다. 또 현재 전하는 우리나라의『청주한씨족보

族)", "맥족(貊族)", "묘족(苗族)", "물길족(勿吉族)", "부여족(夫餘族)", "선비족(鮮卑族)", "숙신족(肅愼族)", "여진족(女眞族)", "옥저족(沃沮族)", "읍루족(挹婁族)", "조환(鳥丸)", "흉노족(匈奴族)"들은 모두 우리와 같은 이족(夷族)임에도 불구하고, 전혀 다른 겨레부치[異民族]로 잘못 교육하여 왔다.

특히 한(漢)나라 시대 사마천(司馬遷)을 비롯한 한족(漢族) 중심의 사가(史家)들이 왜곡된 중화사상(中華思想)과 존주사상(尊周思想)을 바탕으로 분리 차별하면서 그때그때 그들의 기분에 따라 달리 표현하여 모두가 서로 다른 부족 또는 다른 민족으로 이해하게 되었다. 그것은 우리 천손족의 성국(聖國) 고구려(高句麗)와 발해국(渤海國)을 저희 한족(漢族)의 변방 소수민족 국가라고 하여 저희 역사 속에 편입시키려는 것과 똑같은 짓에서 연유된 결과이다.[10] 그 위에 근래에 와서는 옛날 "부여

　　(淸州韓氏族譜)』나『선우씨족보(鮮于氏族譜)』들은 그들의 시조 할아버지를 황제 헌원(黃帝軒轅)으로 하고 있으며,『진주강씨족보(晉州姜氏族譜)』는 그들의 시조 할아버지를 염제(炎帝)로 보고, 염제가 강수(姜水)라는 물가에 살았기 때문에 성(姓)을 강(姜)으로 하여 8세(世)를 이어 오다가 상(商)나라 말에 기자(箕子)가 3,000명을 거느리고 동북으로 옮겨올 때에 대사마(大司馬) 규(逵)가 함께 따라와 한국의 강씨(姜氏)의 시조가 되었다고 설명하고 있으며,『행주기씨족보(幸州奇氏族譜)』(1930)에서도 그들의 조상을 기자(箕子)임을 밝히고 있다. 이러한 사실들을 우리는 사대모화사상에서 나온 억설(臆說)로 볼 것이 아니라 진실(眞實)로 보아야 할 것이다. 또 차이나인 呂思勉의『中國民族史』(大百科全書出版社, 1987)도 참고할 만하다.

10 통일신라시대 이후에 우리 조상님들은 한(漢)나라 사마천(司馬遷)이 훔쳐간 "화하(華夏)"라는 낱말이 본래는 지금의 중공 땅에서 우리 조상님들이 건설한 문화를 일컫던 말인 것을 까맣게 잊은 채 사대사상에 젖어 한족(漢族)을 오히려 "화하(華夏)"라며 존경하고, 본래 "화하(華夏)"인 우리 조상들을 저버리고, 스스로 "소중화(小中華)"라며, 큰 영예로 알아온 잘못이 오늘에까지 이르렀다.

(夫餘)·고구려·발해"의 옛 강토이었던 지금의 만주(滿洲) 지역을 완전히 중화인민공화국의 일부로 굳히려는 억지 연구를 자행하고 있다.[11]

그러니까 앞으로 우리는 저들이 서로 다른 종족처럼 갈라놓은 것을 모두 통합하여 동이족(東夷族)을 중심한 이족(夷族), 곧 천손족(天孫族)으로 보아야 한다.

이제부터는 "천손족(天孫族)" 한 가지로 통일하여 우리의 정체성(正體性)을 우리 겨레의 2세들에게 일깨워 바르게 교육시켜야 한다.

그리고 또 하나 중요한 것은 지금의 차이나 대륙 안에 있었던 진(秦)과 한(漢)나라 이전의 모든 나라들이 전부 우리나라 환한 나라[桓國·韓國]의 역사로 편입되어야 하고, 또 진(秦)과 한(漢) 이후의 나라들 중에서도 한인(漢人)이 아닌 겨레부치가 세운 나라들 곧 고구려와 발해국은 물론 요(遼), 금(金)까지도 우리 겨레들의 나라로 보고 우리 역사와 문학·문화사 속에 포함시켜야 할 것이다.[12]

한편 그렇게도 주체사상(主體思想)을 강조하는 북한의 김정

---

11 季永海 외, 『滿族民間文學槪論』, 中央民族學院出版社, 1991.
　　孫文良, 『滿族崛起與明淸興亡』, 遼寧大學出版社, 1992.
12 권재현, 「중국 金나라 시조는 안동 권씨일 것」, 『동아일보』 26623호, 4340. 2. 28.
　　阿桂 외, 『欽定滿洲源流考』, 乾隆 43(4111, 1778)
　　김원회, 『단기고사는 말한다』, 전망, 1994 등에서 거듭 확인할 수가 있다.

일 집단에서는 우리 겨레의 시원을 아래와 같이 축소 왜곡하여 차이나의 문화적 노예성(文化的奴隸性)을 면하지 못하고 있는 것이 오늘의 현실이다.

조선반도를 중심으로 한 동북아세아 일대의 넓은 지역에서 고유한 원시문화를 창조해온 조선 옛 류형 사람들은 신석기시대 청동기시대에 이루어진 여러 가지 문화 갖춤새가 보여주는 바와 같이 친연관계에는 몇 개의 종족으로 이루어졌다가 원시시대말경에 조선 사람의 조상으로 된 고대 종족들로 통일되어 갔다.″[13]

고 하여 "조선반도를 중심으로 한 동북 아세아 일대"로 그 세력을 좁혀서 언급하고 있다. 이는 현재의 강국 중화인민공화국의 위세에 눌려 정확한 진실을 말하기보다 현재의 위축된 국세(局勢)를 유지하는데 급급하고 있기 때문인 것으로 필자는 풀이한다.

오늘날 중공인들이 저희들의 으뜸 조상이라고 하는 태호(太昊) 복희씨(伏羲氏)는 김교헌(金敎獻:4156-4256, 1863-1923)의 가르침에 따르면,

---

13 장우진, 『조선사람의 기원』, (民族文化, 1995.) 쪽 225.

우리 배달나라 제5세 태우의환웅(太虞義桓雄:단제기원 전 1179-1086, B.C. 3512-3419)의 열두 아들 중 막내이다. 어느 날 삼신(三神)의 영이 몸에 내리는 꿈을 꾸고 만 가지 이치를 두루 알게 되었다. 이에 삼신산에 가서 하늘에 제사 지내고 천하(天河)에서 괘도(卦圖)를 알게 되었다.[14]

는 것이다.

또 중화인민공화국의 북경대학 출판사(北京大學出版社)에서 출간한 『중국고대사강(中國古代史綱)』에는 "상족(商族)은 황하 하류에 살던 하나의 역사가 오래된 부락으로 동이(東夷)의 한 가닥[支派]이다[商族是居住在黃河下游的一介歷史悠久的部落 爲東夷的一支.]"라고 하여 상(商:夏)나라는 곧 동이족들의 나라이었음을 밝히고 있다.[15]

그것은 그 고장에 먼저 오래 전부터 살아왔던 우리의 선조 밝다거레[桓族·檀族] 천손족이 뒤에 들어온 한족(漢族)들에 의하여 밀리고 쫓겨서 동쪽으로 도망하여 오자, 나중에 온 그들이 그곳을 계속 지배하며 살다 보니, 그곳이 바로 그들의 땅이 되고, 그 땅에 묻힌 사람들도 그들의 조상이 되고, 그 땅에서 출토된 문화재들도 그들의 조상(祖上)이 사용한 문화재로 평가

---

14 金教獻 저, 高東永 역, 『신단민사(神檀民史)』, (훈뿌리, 1986) 쪽 29.

15 張傳璽, 『中國古代史綱』上, (北京大學出版社, 1990) 쪽 53.

되고 있는 것이다. 그 증거
는 현재 차이나의 동북 삼
성(三省)인 옛 고구려와 발
해국의 유적이 모두 차이나
의 역사요, 문물(文物)로 변
하여진 현실을 들어 충분히
입증할 수가 있다.

필자는 여기서 지금의 차
이나 대륙의 원 주인이 지
금의 한족(漢族)이 아니고,
우리 이족(夷族)이었음을 다
음과 같은 여러 가지의 그
실증적 근거를 들어 논증한
다.

복희여와도(伏羲女媧圖)
국립중앙박물관 소장

첫째, 지금의 차이나 대륙에 있는 한족(漢族)들은 진(秦) 이후의
외래자(外來者)들이다.

이 사실을 근세 중화민국의 대학자 양계초(梁啓超 : 1873-
1929)는 그의 『중국역사연구법 부보편(中國歷史硏究法附補編)』
에서 "중화민족은 중국의 원주민이 아니고 도리어 이주민이다
[中華民族是否中國之原住民抑移住民]"라고 하였으며,[16] 임혜

....
16 梁啓超, 『中國歷史硏究法』, (臺灣中華書局, 1974) 쪽 5.

상(林惠祥)은 "한족(漢族)의 고유한 성분은 화(華) 혹은 하(夏)라고 하며, 또 제화(諸華) 제하(諸夏)라고도 일컬으며, 혹은 모아 일컬어서 화하(華夏)라고 하는데, 이 책에서는 화하(華夏)계로 부른다. 화하라는 이름은 상고(上古)에서 일어났다."[17] 고 하였으나, 이는 "화하(華夏)"의 어원을 무시한 잘못된 말이다.

그것은 일본인 제교철차(諸橋轍次)의 『대한화사전(大漢和辭典)』에 따르면, "화(華)"는 "꽃(花)"이라는 뜻 이외에 지명(地名), 산명(山名), 성씨(姓氏) 등의 뜻이 있음을 밝히면서 "황색(黃色)", "광택(光澤)", "흼[白]", "곱고 아름다움[鮮美]", "예의와 문화가 성한 곳[禮文盛地]", "중국인이 제 나라를 이르는 말[中華]"이라고 설명하고 있다. 여기서 우리가 주목할 것은 "화(華)"자에 "황색(黃色)", "광택(光澤)", "흼[白]", "곱고 아름다움[鮮美]", "예의와 문화가 성한 곳[禮文盛地]"이라는 뜻이 있다는 점이다. 이것은 바로 우리 천손족(天孫族)의 "밝음·환함·빛남·예의를 숭상함"의 우리 조상들에 관한 저네들의 기록을 참고한다면, "화하(華夏)"는 곧 우리 조상들의 나라 이름이면서 동시에 우리 조상의 상징이었던 것이다. 그것이 외래자인 한족(漢族)들에 의하여 우리 조상들이 대륙에서 쫓겨나면서 살

----

17 "(전략) 漢族之固有的成分爲華或夏又稱諸華諸夏或合稱華夏本書卽名之爲華夏系華夏之名起於上古.(하략)[林惠祥, 『中國民族史』上, (臺灣商務印書館, 1979) 쪽 45.]

아남기에 바쁜 나머지 이념과 자존심과 정체성 유지와 두고
온 잃어버린 땅의 회복에 마음 쏠 겨를이 없어서 무관심하였
던 것이 곧 오늘의 우리들로 하여금 지리멸렬(支離滅裂)의 위
기에 처하게 된 것이다.

둘째, 우리 조상들은 이족(夷族) 곧 천손족(天孫族)이다.

선진(先秦) 이후의 차이나인들은 우리 천손족(天孫族)을 "이
(夷)"라고 불렀다. 그 이(夷)자의 뜻을 후한인(後漢人) 허신(許
愼)은 단제기원 2433(서기 100)년에 자기가 지은 『설문해자(說
文解字)』에서 자세히 밝히어 주고 있다. "이(夷)"는 "동방(東方)
의 사람"이라고 하면서 "대(大)"와 "궁(弓)"에서 비롯되었다고
하였다. 이에 관하여 청나라 사람인 단옥재(段玉裁)는 『설문해
자(說文解字)』의 주(注)에서,

> (전략) 남방의 만(蠻)·민(閩)은 벌레 충(虫)자에서 비롯
> 되었으며, 북방의 적(狄)은 개 견(犬)자에서 온 것이고, 동방의
> 맥(貊)은 돼지 시(豕)자에서 비롯되었으며, 서방의 강(羌)은 염
> 소 양(羊)자에서 비롯되었다.(중략) 오직 동이만은 큰 대(大)자
> 에서 왔으니, 대인(大人)이다. 이속(夷俗)은 인(仁)하고, 인(仁)한
> 이는 오래 사[壽]노니, 군자(君子)가 있어 죽지 아니하는 나라이
> 다. 살피건대, 하늘도 크고, 땅도 크며, 사람도 또한 크니, 대(大)
> 자는 사람의 모양을 본뜬 글자이다. 이(夷)자의 전자(篆字)는 대
> (大)자에서 비롯되었음으로, 하(夏)자와 같다. 하(夏)는 중원 사

산동성 가상현 무씨사당의 벽화
박현, 『한국 고대 지성사 산책』 쪽 34에서 인용함

람이다. 활[弓]에서 비롯되었다는 것은 숙신씨(肅愼氏)가 호시
(楛矢)와 석노(石砮)와 같은 유를 공물로 바쳤기 때문이다."[18]

라고 설명하고 있는 점에서 차이나의 역대 역사서적에서 우리
조상을 "이(夷)"라고 한 연유와 함께 하(夏)가 슬며시 차이나인
으로 둔갑된 사연을 알 수가 있으니, 앞으로 우리는 이 잘못된

....
18 段玉裁, 『說文解字注』, 藝文印書館, 1967.

진실을 바로잡아야 할 것이다. 그리고 "夏"가 크다는 말은 이 제까지 우리 국어에 그대로 남아 쓰이고 있다. "하(大·多·長)" 의 부사어로 쓰이는 것이 바로 그 보기이다.

셋째, 화하문화(華夏文化)는 중화인민공화국의 문화가 아니고, 이족 곧 천손족 곧 우리 겨레의 문화이다.

지금 중공의 산동성 가상현(山東省嘉祥縣)에 있는 무씨사당 (武氏祠堂)에는 우리의 시조 할아버지이신 단제(檀帝)의 사화 (史話)를 조각한 그림돌[畵像石]의 그림이 이미 단제기원 2100 년경에 영광전(靈光殿)이라는 신전(神殿)에 있었던 것으로 밝 혀졌으며, 그러한 문화 유적이 같은 산동성 기남현(沂南縣)의 북채촌(北砦村)과 요녕성 북원가(遼寧省北轅街)에도 있다는 사 실에서 이 지역에 살던 옛사람들은 바로 우리의 조상인 이족 (夷族)이었음을 짐작할 수가 있다.[19]

또 최근에 중공의 학자 유빈(劉斌)은 『齊文化知識百題(제문 화지식 100제)』라는 책에서 아래와 같이 주장하고 있다.

(전략) 고대에는 연해지구를 동이라고 일컬었다. 연해 지구의 문화는 동이문화가 된다. 제나라 땅과 제나라는 바로 동 이의 중심지구이고, 제문화는 바로 동이문화의 주체 문화이 다.(하략)[古代稱沿海地區爲東夷. 沿海地區的文化爲東夷文化.

---

19 최규성, 『이야기로 배우는 한국의 역사』, 고려원 미디어, 1993.

齊地齊國是東夷的中心地區齊文化是東夷文化的主體文化.]

라고 하면서 지금의 산동성(山東省) 일대를 차지하고 있었던 과거 제(齊)나라의 영토 전역을 "화하문화(華夏文化)의 발상지"라고 할 뿐 아니라 옛날 발해국의 옛 땅까지인 지금의 러시아 영토까지도 제문화의 영역이고, 동이문화의 중심지임을 강조하고 있다.[20]

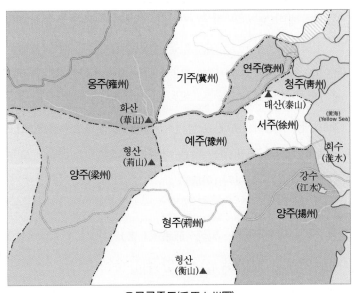

우공구주도(禹貢九州圖)
출처 : 위키피디아

---

20 劉斌, 『齊文化知識百題』, (齊魯書社, 2001) 쪽 2.

넷째, 산동반도(山東半島)와 요동반도(遼東半島)도 조선(朝鮮)의 땅이었다.

이에 관하여 중공 사람 역사학자인 강양부(姜亮夫)는 그의 글에서,

> (전략) 우이(嵎夷·禺銕·郁夷)는 청주(靑州)의 동쪽 땅을 가리키니, 곧 "공자가 살고 싶다."고 한 곳이 산 동쪽에 있는 동이(東夷)이다.(중략) 내이(萊夷)·회이(淮夷)·서이(徐夷)가 모두 여기에 속한다. 우이라고 하는 곳은 『소신미은(小臣謎殷)』에서 말하는 해미(海眉)와 같은 곳이다. (중략) 『후한서·동이전(後漢書·東夷傳)』에서는 또 이르기를, "옛날 요(堯)가 희중(義仲)에게 우이(嵎夷)의 일양곡(日暘谷)에서 살 것을 명하였다."고 하였는데, 대개 해가 솟아오르는 곳을 이르는 것이니, 곧 우이는 조선(朝鮮) 땅이 된다. 대개 조선 땅은 산동반도(山東半島)와 요동반도(遼東半島)가 고대에는 같은 바닷가에 있었기 때문에 모두 우이라고 일컬은 것이다. (하략)[21]

라고 밝히어 우이(嵎夷·禺銕·郁夷·于夷)·내이(萊夷)·회이(淮夷)·서이(徐夷)·해미(海眉)·일양곡(日暘谷＝湯谷)이 모두 우리의 옛 조선(朝鮮) 땅의 일부들인 것을 달리 부른 이름들이었

---

21 姜亮夫, 『古史學論文集』, (上海古籍出版社, 1996) 쪽 25-26.

음을 확인시켜주고 있다.[22]

다섯째, 복희(伏羲)·황제(黃帝)·치제(蚩帝)와 후직(后稷)·이예(夷羿)·순(舜)은 모두 이족(夷族)이다.

지금의 산동성 임치시(臨淄市)의 제문화연구소(齊文化研究所)에서 편 『주진제도(走進齊都)』에는 다음과 같이 기록하고 있다.

(전략) 임치(臨緇)야말로 동이족이 먼저 백성들을 거느리고 앞장서서 찬란한 문명을 창조한 중심구역이며, 근원인 곳이다. 복희(伏羲)가 줄을 매어 그물을 짜서 물고기와 짐승을 잡는데 사용하여 물고기 잡기와 짐승들을 잡는 사냥[魚狩獵]이 이로 말미암아 일어났다.

신농(神農)은 나무를 깎아 쟁기와 보습을 만들어 좋은 밭을 일구는데 써서 농업이 이로 말미암아 일어났다. 신농은 한낮에 저자를 세워 사방의 백성들을 불러 모아 천하의 물건들을 걷어 다른 지역에 가서 각자가 구하는 것을 교역하여 돌아오게 하니, 장사와 무역이 이에서 일어났다. 물질생활을 끊임없이 개선하여 선민들을 상대로 정신문화적 욕구를 이끌어 발전시켰다. 복희는 팔괘와 글자를 만들고, 아울러 앞일을 예측하는 기술을 행하였고, 신농은 풍년을 노래하며 악기를 만들었으며, 치료와 제

----

22 宋나라 范曄撰 『後漢書』 권85, 「東夷列傳」 第75에는 "夷有九種曰畎夷, 于夷, 方夷, 黃夷, 白夷, 赤夷, 玄夷, 風夷, 陽夷 故孔子欲居九夷也"라고 있다.

약 등의 기원을 열었다.

  후직(后稷)은 집과 옷을 만들어 처음으로 몸을 가리게 하였으며, 치우(蚩尤)는 쇠붙이를 만들었고, 이예(夷羿)는 화살을 만들었으며, 배와 수레를 부리었고, 순(舜)은 〈소악(韶樂)〉을 만들었다. 이처럼 임치는 고대 동방문화와 화하(華夏)문화의 발생과 발전과 개창성에 공헌한 곳이다.(하략)[23]

라고 하여 복희·신농·후직·치우·이예·순임금들을 모두 동이족으로 인정하고, 또 그들에 의하여 이른바 "화하문화(華夏文化)"가 이루어졌음을 확인시켜 주고 있다.

  여섯째, 황제 헌원은 북방 몽골로이드인 이족(夷族) 곧 천손족(天孫族)의 후손이다.

  한국의 이태수(李泰洙)는 그의 저서 『한국(韓國)·한민족사(韓民族史)』에서 황제의 출생에 관하여 다음과 같이 말하고 있다.

   황제의 출생에 관해서 기록하고 있는 많은 고문헌들,

---

23 "(전략) 臨淄正是東夷族先民率先開化創造燦爛文明的中心區域和源頭所在伏羲結繩爲网罟用來捕魚狩獵漁狩業由此興起神農斫木爲耒耜用來開墾良田農業由此興起有神農日中立市招致四方之民聚集天下之貨使他們交易而歸各足所求商業貿易由此興起物質生活的不斷改善引發了先民對精神文化的需求伏羲畫八卦刻文字竝行推演豫測之術神農歌豊年制琴瑟更開醫藥本草等源后稷開啓制衣弊體之始蚩尤造冶夷羿制箭修輿舟車舜作〈韶樂〉等都對古代東方文化和華夏文化的發生與發展有開創性貢獻.(하략)"(解維俊, 『走進齊都』, 百花文藝出版社, 2004).

즉 사기(史記)의 오제본기(五帝本紀)를 비롯하여 죽서기년(竹書紀年), 제왕세기(帝王世紀), 통감외기(通鑑外記), 십팔사략(十八史略), 사략언해(史略諺解) 등의 기록들을 간추려 보면 황제(黃帝)의 출생과 그의 민족성을 알 수가 있다.

① 그는 유웅국(有熊國)의 군주(君主)인 소전(小典)의 아들로 태어났다고 하고 있다. 유웅국(有熊國)은 곰(熊)이 많이 살고 있는 나라라는 뜻인데, 곰은 대부분 추운 북방에서만 살기 때문에 황제(黃帝)는 북방에서 살아온 북방(北方)민족, 즉 북방 몽골로이드인 한민족(韓民族)임을 알 수 있게 된다.(하략)

라고 하면서 여러 개항으로 나누어 고증하고 있다.[24]

이는 곧 황제(黃帝)는 한민족(韓民族)이니, 바로 천손족(天孫族)의 후예임이 분명하다. 이와 같은 언급은 최재인(崔在仁)도 그의 저서 『상고조선삼천년사(上古朝

황제(黃帝) 헌원(軒轅) 상
출처 : 위키피디아, 사회역사박물관

---

24 이태수, 『한국·한민족사』, (동화, 2004) 쪽 86-92.

鮮三千年史)』에서 "(전략) 중공의 고전에 나타나는 반고(盤固), 유소(有巢), 수인(燧人), 복희(伏羲), 신농(神農), 황제(黃帝) 등은 모두 동이의 조상인 환웅 천자의 후예라는 것을 알아야 한다."[25] 고 강조하고 있다.

일곱째, 은(殷)나라는 이족(夷族) 곧 천손족(天孫族)의 나라이었다.

현재 차이나 사람들이 저희 선조의 나라라고 주장하는 은 (殷)나라가 우리의 선조가 세운 나라임을 바로 알아야 한다. 은 나라 건국 시조 설(契)의 출생담이 난생설화로 부여계(扶餘系) 임이 그 증거이다. 최근에는 갑골문(甲骨文) 연구자인 차이나 사람 맹세개(孟世凱)가 그의 저서 『하상사화(夏商史話)』에서 "제비[玄鳥]와 상(商)나라의 고사"를 설명하며 상나라의 시조 설(契)은 황하(黃河)의 하류에서 살았던 대단히 큰 이인부락(夷 人部落)의 한 큰 씨족(氏族)의 한 여자인 간적(簡狄)이 물가에서 제비 알을 먹고 낳은 아들이고, 진시황(秦始皇)도 동이족(東夷 族)의 가지[分枝]라고 하고 있는 것에서도 아득한 옛날에는 지 금의 중공 땅에 살았던 원 토박이 사람들이 모두 우리의 조상 들인 이족(夷族=천손족)이었음이 증명되는 것이다.[26]

여덟째, 순임금과 문왕(文王)은 이족(夷族) 곧 천손족(天孫族)이다.

현재 유학(儒學)의 아성(亞聖)으로 일컬어지며 숭앙받는 맹가

25 崔在仁, 『上古朝鮮三千年史』, (精神文化社, 1998). 쪽 23.
26 孟世凱, 『夏商史話』, (中國國際廣播出版社, 2007). 쪽 72-74.

(孟軻)가 그의 저술 『맹자(孟子)』의 「이루장구(離婁章句)」 하(下)
에서,

 (전략) 순(舜) 임금은 저풍(諸馮)에서 나서 부하(負夏)로
옮겼다가 명조(鳴條)에서 돌아가셨으니, 동이인(東夷人)이시다.
문왕(文王)은 기주(岐周)에서 나서 필영(畢郢)에서 돌아가셨으
니, 서이인(西夷人)이시다.[27]

라고 하였다. 삼대지치
(三代之治)의 성군(聖君)
인 요·순·우(堯舜禹) 세
임금님은 물론하고 주
(周)나라의 문왕(文王)까
지 모두가 동이(東夷)의
사람들임이 확실하다.[28]
서이(西夷)는 지금의 서
역(西域)이 아니라 곤륜
산(崑崙山)의 서쪽을 가

순임금 초상
『삼재도회(三才圖會)』 인물권(人物卷)에서

27 "孟子曰舜生於諸馮遷於負夏卒於鳴條東夷之人也文王生於岐周卒於畢郢西夷之人
也."
28 孫淼, 『夏商史稿』, (文物出版社, 1987) 쪽 51.

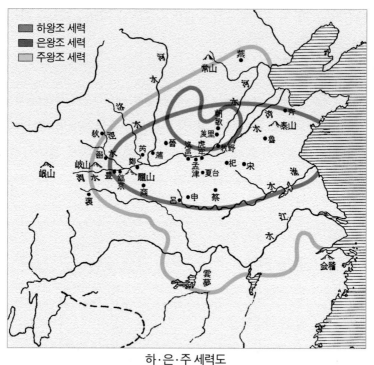

하·은·주 세력도
이하동서설(夷夏東西說)에서 인용

리키니, 문왕도 천손족(天孫族)임을 알려주는 것이다.

아홉째, 동양의 역법(曆法)은 동이(東夷)에서 비롯되었다.

차이나의 역사학자 서양지(徐亮之)는 그의 저술 『중국사전
사화(中國史前史話)』에서 다음과 같은 발언을 하고 있다.

중국의 역법(曆法)은 동이(東夷)에서 비롯되었다. 책력
을 만든 사람은 희화자(羲和子)이다. 그의 선계는 은(殷)나라 상
(商)나라의 동이 조상이다. 동이가 달력을 만든 일은 사실 의심

할 것이 없다.[29]

　이것은 비록 중공인 학자이지만, 진리를 탐구하는 학자적 양심에 의한 진실을 밝힌 것이라고 볼 때에 하(夏)·은(殷)·주(周)가 모두 우리 조상들인 천손족(天孫族)의 나라이었음을 거듭 확인시켜 주면서 은나라 책력을 만든 희화자(羲和子)는 우리의 조상 동이족이라고 명확히 선언하고 있다.

　이 희화자(羲和子)가 우리 이족(夷族)의 선조이었다는 사실에 관하여 역시 중공인 역사학자 강양부(姜亮夫)가 그의 저서에서 "희화자(羲和子)는 희중(羲仲)·희숙(羲叔)"과 "화중(和仲)·화숙(和叔)"의 네 사람을 묶어서 이른 말이라고 밝히고, 이것은 1년 4계절의 담당자로 풀이하며, 이들을 우이(嵎夷) 사람이라고 풀이하였다.[30] 이에 대하여 필자는 거듭 말하지마는 "우이 사람"은 곧 우리 천손족의 옛 어른들이기 때문에 우리 조상들은 천문 역법에도 재능이 뛰어났음을 아울러 확언한다. 또 이 태음력 창조자가 바로 우리 조상 "희화자(羲和子)"라는 사실을 우리나라 국사 책에 분명하게 기록하여 가르쳐야 한다.

----

29 "中國曆法始於東夷造曆者羲和子也系出殷商東夷先公也東夷造曆之事實無疑問矣."

30 姜亮夫, 『古史學論文集』, (上海古籍出版社, 1996) 쪽 25.

열째, 속말갈(粟靺鞨)·식신(息愼)·읍루(挹婁)는 같은 이족(夷族)
이다.

차이나 측 역사 기록물들에 나타난 "환한 겨레[桓族] 곧 밝다
겨레[檀·端·丹族 倍達族]"의 다른 이름인 "이족(夷族) 또는 동
이족(東夷族)"에 관하여 그들은 그 이름을 시대에 따라 악의적
(惡意的)으로 각각 서로 달리 고쳐 일컬었기 때문에 뒷사람들
이 볼 때에는 하나의 겨레 부치가 수십 겨레로 갈라져서 서로
다른 겨레 부치인 것으로 오해하게 하고 있다. 그 보기를 하나
만 들어 보이면, "해동성국(海東盛國)"이라고 일컬어진 "발해
국(渤海國)"의 국민
을 "속말갈(粟靺鞨)"
이라고 부르는 차이
나 측 문헌에 따르
면, 사마천(司馬遷)
의 『사기(史記)』에서
는 "식신(息愼)"이라
표현하고, 『진서(晉
書)』에서는 "숙신씨
(肅愼氏)"라 하고,
『후한서(後漢書)』와
『삼국지(三國志)』에

소호(少昊)
張其昀, 『中華五千年史』, 쪽 41에서 인용함

서는 "읍루(挹婁)"라 하고, 『위략(魏略)』에서는 "혹 부여(夫餘)
라고 하는 나라는 동쪽으로 읍루(挹婁)와 닿아 있으니, 곧 숙신
국이라는 것이다.[(전략) 或謂夫餘東接挹婁卽肅愼國者也(하
략)]"[31]라고 하였다. 이 기록에 의하면, 현재의 만주 지역에 있
었던 여러 이민족으로 일컬어지는 많은 부족들은 사실 모두가
우리들의 선조이었음을 확인할 수가 있다.[32]

....

31 崔楊保隆, 『肅愼挹婁合考』, 中國社會科學出版社, 1989.
32 강수원, 『우리의 뿌리와 얼』, 온누리, 1986.
　　고구려연구재단 외, 『고조선·고구려·발해 발표 논문집』, 고구려연구재단, 2005.
　　국사편찬위원회, 『韓國史論』 13, 국사편찬위원회, 1983.
　　『韓國史論』 14, 국사편찬위원회, 1984.
　　金敎獻 저, 高東永 역, 『신단민사(神檀民史)』, 훈뿌리, 1986.
　　金庠基, 『東方史論叢』, 서울대 출판부, 1974.
　　金昤燉, 『환단고기로 본 고조선과 홍익인간』, 보경문화사, 2000.
　　金源燮, 『韓의 歷史로서의 韓國古代史』, 半島, 1989.
　　김원회, 『단기고사는 말한다』, 전망, 1994.
　　김정권·한애삼, 『우리 역사 일 만년』, 한배달, 4324.
　　김종서, 『신화로 날조되어온 신시·단군조선사 연구』, 한민족역사연구회, 2003.
　　＿＿＿, 『중국을 지배해온 대제국 부여·고구려·백제사연구』, 한국학연구원, 2005.
　　김종윤, 『한국인에게는 역사가 없다』, 그린하우스, 1999.
　　大野勃, 『檀奇古史』, 陰陽脈診出版社, 2004.
　　朴炳植, 『韓國上古史』, 敎保文庫, 1994.
　　서의식 외, 『뿌리깊은 한국사 샘이 깊은 이야기』 1. 솔, 2002.
　　송원홍, 『배달전서』, 밀알, 4320.
　　申采浩, 『朝鮮上古史』, 人物研究所, 1982.
　　安東濬 외, 『韓國古代史管見』, 韓國古典研究會, 1978.
　　안호상, 『배달·동이겨레의 한 옛 역사』 배달(檀)문화연구원, 4305.
　　＿＿＿, 『국학의 기본학』, 培英出版社, 1977.
　　＿＿＿, 『배달·동이는 동이겨레와 동아문화의 발상지』, 한밝문화원, 4312.
　　＿＿＿, 『겨레 역사 6천 년』, 기린원, 1992.
　　梁泰鎭, 『韓國領土史研究』, 法經出版社, 1991.
　　吳在成, 『朝鮮族의 뿌리 숨겨진 역사를 찾아서』, 韓民族文化社, 1989.

열한째, 지금의 중화인민공화국의 용산문화(龍山文化), 황하문화(黃河文化)는 동이족의 문화이다.

현 차이나의 역사학자인 서중서(徐中舒)는 지금 차이나 사람들이 자기네 민족의 시조(始祖)라고 하는 황제 헌원(黃帝軒轅)

윤내현, 『우리 고대사』, 지식산업사, 2003.
윤명철, 『바닷길은 문화의 고속도로였다』, 사계절, 2000.
이강민, 『한국상고사』, 케이출판사, 1989.
이덕일 외, 『고조선은 대륙의 지배자』, 역사아침, 2007.
李島相, 『韓民族의 國威水準』, 普文社, 1990.
이병도 · 최태영, 『한국 상고사 입문』, 고려원, 1989.
이성수, 『뜻글에서 밝혀낸 우리 옛땅』, 白山出版社, 1995.
＿＿＿, 『밝다나라 임금(단군)의 땅』, 이령규, 1997.
이원기, 『우리 고대사 이해의 걸림돌들』, 경남, 2007.
이일봉, 『실증한단고기』, 정신세계사, 4332.
李重宰, 『처음으로 밝혀진 한민족史』, 明文堂, 1991.
＿＿＿, 『上古史의 새 발견』, 東信出版社, 1993.
李泰洙, 『한국 · 한민족사(韓國 · 韓民族史)』(상중하), 동화, 2004.
任源稷, 『역사를 바로잡자』, 청년문화사, 4326.
전우성, 『한국고대사 다시 쓰여져야 한다』, 을지서적, 1998.
전해종, 『東亞史의 比較硏究』, 一潮閣, 1987.
鄭淵奎, 『언어 속에 투영된 한민족 고대사』, 한국문화사, 2002.
정용석, 『고구려 · 백제 · 신라는 한반도에 없었다』, 東信出版社, 1996.
千寬宇, 『韓國上古史의 爭點』, 一潮閣, 1976.
＿＿＿, 『人物로 본 韓國古代史』, 正音文化社, 1982.
崔棟, 『朝鮮上古民族史』, 人間社, 1966.
崔仁, 『韓國學講義』, 昌震社, 1975.
최종철, 『환웅 · 단군 9000년 비사』, 미래문화사, 1995.
韓舜根, 『古記로 본 韓國古代史』, 새암出版社, 1997.
徐中舒, 『先秦史論稿』, 巴蜀書社, 1992.
孫進己, 『東北民族源流』, 黑龍江人民出版社, 1987.
宋新潮, 『殷商文化區域硏究』, 陝西人民出版社, 1991.
楊濟安 외, 『中國古代史敎學參考地圖集』, 北京大學出版社, 1985.
衛聚賢, 『古史硏究』, 上海文藝出版社, 1990.
林惠祥, 『中國民族史』上下, 臺灣商務印書館, 1979.

의 아들로 이름은 효(孝)이고, 호를 김천씨(金天氏)라고 하는
소호(少昊·少皞)를 『좌전(左傳)·소공(昭公) 29년(年)』조를 인
용하여 "전설 속 동방의 소호는 곡부(曲阜)에 수도를 정하였
다.[傳說中東方的少皞是建都在曲阜的]"고 하면서 "이(夷)와 용
산문화(龍山文化)의 관계[夷與龍山文化的關係]"를 설명하고,
용산문화 유적을 이족(夷族)의 문화로 인정하고, 또 『예기(禮
記)·잡기(雜記) 하(下)』에서는

공자께서 말씀하시기를, "소련과 대련은 거상을 잘하여
3일 동안 게으르지 아니하고, 3개월간 옷을 벗지 아니하였으며,
항상 슬퍼하며 3년을 근심으로 지냈으니, 동이의 자손이었
다.[孔子曰少連大連善居喪三日不怠三月不解期悲哀三年憂東夷
之子也] 라 하고,
『논어(論語)·자한(子罕)』에 이르기를, "공자님께서 구이에서
살고 싶다.[子欲居九夷]"고 하셨으니, 주(周)나라 사람들은 동
방 사람임을 알만하다. 은나라 사람들은 싸잡아서 모두가 동이
족에 속한다.[可見周人認爲東方的人包括殷人都是屬于夷的]

라고까지 언급하여 주나라와 은나라 사람들이 모두 동이족이
라면서 용산문화까지 그들의 것임을 강조하고 있다.[33] 게다가

33 徐中舒, 『先秦史論稿』, (巴蜀書社, 1992). 쪽 35-41.

이제까지 오랜 세월 이어져 흘러오는 지금의 경상북도 청송군 "주왕산(周王山)과 달기약수(妲己藥水)"의 전설을 연관하면 더욱 이해가 될 것이다.

열두째, 우리 조상님들은 농경민족이었다.

최근에 발표된 단국대학교 생물학과 인류유전학 전공 교수인 김욱이 시행한 한국인 유전자형의 검사에 의하면, 우리나라 사람들은 차이나 사람들의 95%를 차지하는 한족(漢族)과 일본 본토인들과 비슷한 점이 많았다고 하였다. 특히 김욱은 "우리 조상의 주류가 몽골에서 유래한 기마민족이 아니라 중국 황허[黃河]와 양쯔강[揚子江] 일대를 지배하던 농경민족이었음을 알려준다."고 주장한 데에서도 지금의 차이나 대륙을 지배하였던 옛날 옛적의 원토박이들은 곧 우리 조상들이었다는 사실을 거듭 확인할 수가 있다.[34]

열셋째, 우리 이족(夷族)들은 구들[溫突]생활을 하였다.

한족(漢族)들은 평상생활(平床生活)을 하는데 반하여 우리 천손족(天孫族)들은 구들[溫突]생활을 한다는 점에서도 지금 차이나의 옛 주인이 바로 우리 천손족이었음을 확인할 수가 있다. 이에 관하여는,

....

34 김훈기, 「한국인 조상은 농경민족」, 『동아일보』 제25758호,

주구점(周口店)의 북경원인유적
저우커우뎬 박물관 소장, 베이징 팡산구에 위치

   (전략) 백만 년 전 것으로 추정되는 북경인(北京人)의 인
골화석(人骨化石)과 불에 탄 짐승의 뼈, 그리고 중국의 주구점
(周口店), 황하 유역(黃河流域)의 동이족(東夷族) 분포 지역에서
1926년 발굴된 것이 있다. 이 유적의 바닥에는 개울돌[河原石]
을 깔아 놓았고 화로를 사용하였으므로 이때 이미 불을 사용했
고 구들 또는 온석(溫石)을 이용한 것이 아닐까 추측할 수 있
다.[35]

고 한 기록과 함께 당(唐)나라의 문신이며 대 문장가이던 한유
(韓愈)도 그의 「쟁신론(爭臣論)」에서 "공자가 앉은 자리는 따뜻

---

35 김준봉, 리신호, 『자랑스런 우리의 문화유산 온돌 그 찬란한 구들문화』, (청홍,
200.) 쪽 67-68.

할 겨를이 없고, 묵자의 집 굴뚝에는 검정이 묻지 아니하였
다.[孔席不暇暖墨突不得黔]"고 하였다. 한유의 본래 뜻은 우
(禹)임금님과 공자의 2성인(聖人)과 묵적(墨翟)이라는 1현사(賢
士)가 인민을 위하여 부지런하였음을 기리기 위한 것이었지만,
필자는 여기서 공자의 자리가 따뜻할 겨를이 없다는 것은 그
만큼 찾아오는 손님이 많았다는 뜻과 공자께서 스스로가 자기
를 써줄 군주(君主)를 찾아 천하를 순력(巡歷)하기에 바빴음을
비유한 것이고, 묵자의 집 굴뚝에는 검정이 묻을 만큼 불을 때
지 못하여 그가 가난하였음을 가리킨 것이라고 풀이하면서,
필자는 공자와 묵자가 구들생활을 하였다고 본다. 이는 곧 묵
자나 공자가 살던 시대의 생활이 우리 천손족(天孫族) 특유의
전통인 구들생활 문화를 유지하였음을 증언한 것으로 보면,
지금 차이나 사람들이 자기네 역사요 문학이요 철학이라는 선
진시대(先秦時代)의 모든 문화는 우리 조상 동이족(천손족)님
들의 창조물이며 그들의 자취이었다는 것을 재삼 확인시켜 주
는 것이라고 하겠다.

　열넷째, 우리 천손족은 용봉신앙(龍鳳信仰)이 두터웠다.

　아득히 먼 옛날부터 오늘에 이르기까지 우리들은 미르[龍]신
앙과 한새[鳳凰] 숭배의 속신(俗信)을 굳게 간직하여 오고 있
다. 『주례(周禮)』에서 비롯된 것이지만, 임금님이 입는 옷을
"곤룡포(袞龍袍)"라고 한다든가, 지금의 우리나라 대통령을 상

징하는 문양이 봉황새[鳳凰鳥]인 점을 생각하면서 고구려의 고분 벽화에서 볼 수 있는 삼족오(三足烏)를 비롯한 현무(玄武)와 주작(朱雀)의 그림과 풍수지리(風水地理)에서 즐겨 쓰는 용어(用語)들을 상고한다면, 지금의 차이

금동 당간 용두(金銅幢竿龍頭)
국립대구박물관 소장

나 사람들이 "용봉(龍鳳)은 저희들 고유의 숭배 동물"이라고 주장하는 것이 지금의 만주에 있는 광개토대왕비(廣開土大王碑)를 저들 선조의 비석이라고 하는 것과 같은 억지라고 필자는 생각한다.[36]

열다섯째, 현재 중화인민공화국 영토라고 하는 황하 유역의 출토 선진시대 매장 문화재는 이족(夷族) 곧 우리 천손족의 유물이다.

오늘날 중화인민공화국 정부의 동북공정(東北工程)에 의하여 고구려의 광개토대왕비(廣開土大王碑)는 물론, 고구려 · 발

---

36 王維堤, 『龍鳳文化』, 上海古籍出版社, 2000.

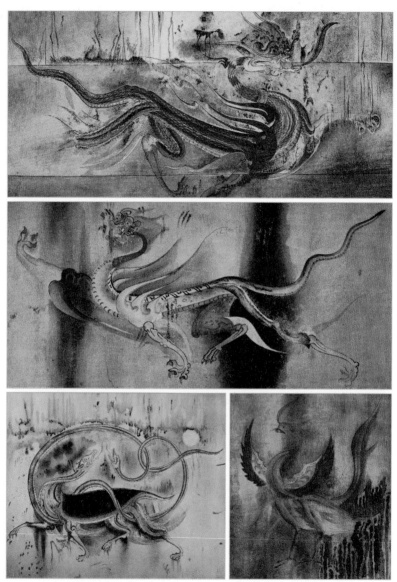

강서대묘(江西大墓) 사신도(청룡도, 백호도, 현무도, 주작도) 벽화
평안남도 강서군에 위치한 고구려의 고분 벽화

해국의 역사와 함께 많은 문화재들이 모두 차이나 유물로 둔 갑하고 있는 이 현실로 미루어 우리 천손족의 옛 역사와 고향을 빼앗기고 쫓겨온 아득한 옛날의 우리 역사를 도로 찾아야 한다는 사실을 강조하여야 할 이유가 확실히 여기에 있다.

열여섯째, 아득한 옛날부터 우리나라 땅 이름 중에서 큰 도시의 이름들이 지금 차이나의 지명과 같은 곳이 너무 많다.

그 이유는 우리 조상들이 이미 지금의 차이나 땅에서 살 때의 지명을 그대로 옮겨 썼기 때문이라고 필자는 확언한다.

열일곱째, 가장 오래된 한민족 얼굴은 상투 튼 고조선인이다.

4348(2015)년 9월 8일(화)에 발행된 『동아일보』(제29264호)에는 이런 기사가 소개되었다. "가장 오래된 한민족 얼굴은 '상투 튼 고조선인'"이라는 제목과 함께 요녕성 요녕시 탑만(遼寧省遼寧市塔灣)촌에서 4323(1990)년에 발굴된 거푸집을 놓고, 강인욱 경희대 교수는 "특히 상투를 틀기 위해 머리를 묶어 올린 인물상이 거푸집 표면에 양각으로 조각돼 눈길을 끈다."라고 밝힌 놀라운 사실이다. 이것은 곧 진시황릉에서 근래에 많이 출토된 상투를 틀고 있는 병사들이 거의 고조선인이었다는 사실의 확인에서 당시 우리 동이인들의 활동 기반이 지금의 우리들이 생각하는 것보다 훨씬 넓었다는 사실을 확인할 수 있다. 이러한 증거 자료들은 세월이 흐르면 흐를수록 더 많이 발굴될 것이다.

병마용
출처 : 위키피디아

열여덟째, 진시황릉(秦始皇陵)에서 나온 병마용(兵馬俑)의 많은 군사들은 상투머리를 하고 있다.

이는 그들이 곧 천손족의 후예임을 증명하는 것이다.

『삼국지(三國志)』의 「위서(魏書)」 "동이전(東夷傳)" '예(濊)' 조에는,

(전략) 옛날 기자(箕子)가 이미 조선으로 가서 8조의 가르침을 만들어 가르쳤기 때문에 집집이 문을 열어놓고 지내며, 백성들에게는 도둑이 없었다. 그 뒤로 40여 대를 지나 조선후(朝鮮侯) 준(準)이 비밀리에 왕이라고 하였다. 진승(陳勝) 등이 일어나 반란을 일으키매 진(秦)나라·연(燕)나라·제(齊)나라·조(趙)나라 등의 백성들이 난을 피하여 조선으로 피하여 가니

그 수가 몇만 명이 되었다.

　연(燕)나라 사람 위만(衛滿)이 북상투[魋]에 이족(夷族)의 옷을
입고 다시 와서 왕이 되었다.(하략)[37]

고 한 이 기록에서 두 가지 새로운 사실을 이해할 수 있다. 한 가
지는 "연(燕)나라 사람 위만(衛滿)이 북상투[魋]에 이족(夷族)의
옷을 입고 다시 와서 왕이 되었다."는 것이 바로 병마용의 상투
머리 군사들의 모습이 위만의 북상투에 이족옷[夷族衣]을 입었
다는 기록과 일치한다는 것이고, 다른 하나는 "우리 천손족(天
孫族)의 선대 어른들은 중원(中原)의 대륙에서 살았다."는 사실
의 재확인이다. 진시황(秦始皇)이 세상을 버린 뒤에 난을 일으킨
진승(陳勝)을 피하여 진(秦)·연(燕)·제(齊)·조(趙)나라의 백성
들이 수만 명이 예(濊)나라 곧 조선으로 이주하여 왔다는 것은
곧 그 접경(接境)이 서로 닿아 있었다는 증거이기 때문이다.

　열아홉째, 환웅천황(桓雄天皇)이 처음 내려온 삼위산(三危山)과
태백산(太伯山)은 현 중공 대륙에 있는 산이다.

　일연스님의 『삼국유사』에서,

　『고기(古記)』에 이르기를, "옛날 환인(桓因：帝釋天王이

---

37 "(전략) 昔箕子旣適朝鮮作八條之敎以敎之無門戶之閉而民不爲盜其後四十餘世朝
　　鮮侯準潛號稱王陳勝等起天下叛秦燕齊趙民避地朝鮮數萬口燕人衛滿魋結夷服復來
　　王之.(하략)"

중공 고지도의 삼위산(三危山)

채방병(蔡方炳)이 그린 대청광여도(大淸廣興圖), 일본국회도서관 소장

다)의 서자(庶子) 환웅(桓雄)께서 자주 천하에 뜻을 두고 인간 세상을 탐내므로 아버지가 아들의 뜻을 알고, 삼위(三危) 태백(太伯)을 내려다보니, 인간 세상을 이룩할 만하므로 천부인(天符印) 세 개를 주며 가서 다스리게 하였다. 환웅은 이에 3천 명의 무리를 거느리고 태백산(太伯山) 꼭대기(즉 太伯이니 지금의 妙香이다) 신단(神壇)나무 밑으로 내려왔으니 이것이 곧 신시(神市)요, 이 분을 환웅천황(桓雄天皇)이라 한다." (하략)[38]

---

38 "古記云昔有桓因(謂帝釋也)庶子桓雄數意天下貪求人世父知子意下視三危太伯可以弘益人間乃授天符印三箇遣往理之雄率徒三千降於太伯山頂(卽太伯今妙香山)神檀樹下謂之神市是謂桓雄天皇也."(『삼국유사』 권1)

라고 한 기록의 "삼위(三危) 태백(太伯)"은 감숙성 돈황 동남 (甘肅省敦煌東南)에 있는 삼위산(三危山)과 섬서성(陝西省)에 있는 태백산(太白山 : 3,767m)을 가리키는 것이므로, 우리 조상님들은 중원 대륙에서 살고 있었던 것이 분명하다. 일연스님이 "태백산(太伯山)"을 지금의 "묘향산(妙香山)"이라고 한 것은 "단제(檀帝)"라고 하지 못하고, "단군(檀君)"이라고 한 잘못과 같은 천자국 원(元)나라의 지배하에 있었던 어쩔 수 없는 당시 고려국 승려로서의 현실적 발상(發想)의 결과라고 필자는 풀이한다.

스무째, 고구려의 옛 서울이었던 지금의 북한에 있는 평양(平壤)[39]만은 꼭 지키어야 한다.

여러 해 전부터 은밀히 진행하여온 차이나 사람들의 동북공정(東北工程)을 기정사실로 우리들이 인정한다면, 현재 북한(北韓)의 수도(首都)인 평양(平壤)까지도 지난날 고구려의 수도이었다는 이유를 들어 차이나의 땅으로 만들려는 음모에 말려들게 된다. 오늘날 북한의 생존 상황이 남북통일(南北統一)보다는 차라리 차이나에 빌붙어 사는 것이 좋다는 듯한 태도를 보이고 있기 때문에 천손족의 겨레 의식으로 볼 때에는 더욱 걱정스럽다. 우리는 앞으로 잃어버린 1만 년의 빛나는 선진시

---

39 여기서 말하는 고구려의 수도 "평양(平壤)"과 밝다나라 시대의 수도로 알려진 "평양(平壤)"은 그 지리적 위치가 다르다.

대(先秦時代) 이전의 역사를 되찾아 우리의 역사와 문학인 것을 자라나는 우리의 후손들에게 바로 교육하여 굳건히 지켜내도록 하여야 한다.

스물한째, 한경제릉의 도용(陶俑)들은 동이족(東夷族)이다.

「섬서성 진시황릉에서 가까운 곳에 있는 한경제(漢景帝 : 劉邦의 孫, 재위 서기 전 156 – 141)릉은 그 안의 구조가 진시황릉과 매우 흡사한데, 부장인들은 발가벗은 남녀 도용(陶俑)뿐이다.[40]

그 이유는 부장할 때 입혔던 비단옷이 삭아내렸기 때문이라고 한다. 다만 그들의 외모가 모두 이족(夷族, 天孫族)임이 틀림없다.

이상과 같은 여러 가지 정황으로 볼 때에 우리 민족의 정통성을 새로 바르게 확인하고 앞으로 그 정통성(正統性)을 살려서 이 지구촌(地球村)에서 영원히 "환(桓)한 하느님 후손 겨레인 밝다나라[檀國·倍達國]의 천손족(天孫族)"으로서의 자부심을 가지고, "홍익인간(弘益人間)" 정신을 발휘하는 세계의 지도국민(指導國民)으로 살 수 있는 뿌리 정신의 확립을 위한 뿌리 찾기 교육이 철저히 지속적으로 진행되어야 한다.

----

40 惠煥章 외, 『陝西歷史白迷』, 陝西旅游出版社, 2001.

3. 한국인[天孫族] 어디에서 살았나?

상고시대 환한 나라 사람[桓國人·韓國人]들은 앞에서 잠깐 말한 바와 같이 지금의 차이나 대륙에서 고유 독특한 문화를 찬란히 꽃피우며 잘 살다가 한족(漢族)의 침입으로 쫓기어 본래 살던 고향 땅을 버리고 뒷걸음쳐 동북쪽 또는 서북·서남쪽으로 오랜 세월에 걸쳐 조금씩 이동하여 오늘에 이르렀다고 본다.[41]

우리들의 조상이 세상에 처음 세운 나라인 "환(桓)한 나라[桓國·韓國·神市國]"는 "밝다나라[檀國·培達國·檀帝國]"로 이어진다. 환한 나라나 밝다나라는 모두가 태양(太陽)인 해와 해가 떠 있는 하늘[天]과 관계가 있다. 그리고 환한 나라를 처음 세운 이는 바로 우리 조상님들이 숭모하던 하느님 환인(桓因)이시다. 환한 나라[桓·韓國]와 밝다나라[檀國·倍達國] 시대에는 우리 조상님들이 지금의 차이나 강소성(江蘇省)·귀주성(貴州省)·산동성(山東省)·산서성(山西省)·섬서성(陝西省)·안휘성(安徽省)·요녕성(遼寧省)·절강성(浙江省)·하남성(河南省)·하북성(河北省)·호북성(湖北省) 등 넓은 지역에 걸쳐 살면서 찬란

-----

41 신용하, 「고조선 속국들 서방진출 '게르만 대 이동' 초갈」, 『동아일보』 26704호, 2007. 6. 2.

한 화하(華夏)문화를 창조하였던 것이다.[42]

오늘날 차이나 대륙을 지배하고 있는 절대 다수의 한족(漢族: 긴 소리)들은 적어도 진시황(秦始皇)이 중원의 대륙을 통일하기 이전까지 살았던 대륙의 원 토박이[原住民]가 아니고 뒤에 다른 곳에서 옮아온 인도 유럽계 어족[Indo-European Family of Language]들과 한·장계 어족[Sino-Tibetan Family of Language] 사람들이다.[43]

그러니까 앞으로 우리는 저들이 서로 다른 종족처럼 이름을 바꾸어 갈라놓은 알타이계 어족(Altaic Family of Language)들의 나라와 그 국민들을 모두 통합하여 동이족(東夷族)을 중심한 이족(夷族) 곧 천손족(天孫族)의 나라들로 보아야 한다.

이제까지 우리들은 우리들 자신이 누구인지를 잘 알지 못하고 살아왔다. 이것은 조선 말엽의 떠돌이 시인으로 갖가지 일화를 남기며 온 나라 안 방방곡곡을 떠돌다가 불행한 생애를 마친 김삿갓[金笠＝金炳淵]의 이야기를 연상하게 하는 어리석

---

42 李美洙,『大韓萬年正統史探究』, (汎潮社, 1986), 쪽 150-151.
　　孫淼,『夏商史稿』, (文物出版社, 1987), 쪽 51·652-656을 참고함.
　　또 필자가 이 책에서 기존의 사학자들이나, 국문학자들이 말한 "기자조선(箕子朝
　　鮮)"이나, "위만조선(衛滿朝鮮)"을 별개의 나라로 다루지 아니하는 것은 이들을
　　모두 "밝다나라[檀國·倍達國·白頭國]" 국민으로 보았기 때문이다.
43 須山卓,『亞細亞民族の 研究』, 日本公論社, 1935.
　　周法高,『中國語文研究』, 華岡出版部, 1973.
　　梁啓超,『中國歷史研究法』, 臺灣中華書局, 1974.
　　何光岳,『夏源流史』, 南昌江西教育出版社, 1992.

은 행위와 같은 일이다. 역적 홍경래(洪景來)에 투항한 선천부
사(宣川府使) 김익순(金益淳)이 자기의 친 할아버지인 줄을 모
르고 향시에 응시하여 "가산군수 정익이 죽음으로 지킨 충절
을 논하고, 선천부사 김익순의 죄가 하늘에 사무침을 탄식〔嘉
山郡守鄭謚死節嘆宣川府使金益淳罪通于天〕하라."라는 시험
제목을 받고 김삿갓은 유려한 문체로 신랄하게 비판하여 크게
모욕을 주는 글을 지어 김익순을 매도한 그 글로 장원 급제하
여 자랑하다가 자기가 그렇게 준엄한 논리로 극렬하게 공격한
부도덕한 위정자가 바로 자기의 친할아버지임을 알고는 가문
(家門)에 대한 조손간(祖孫間)의 부끄러움을 견디지 못하여 밝
은 하늘을 바로 볼 수 없어서 삿갓을 쓰고 천하를 누비며 숨어
살았다는 것이다.

우리들도 지금 차이나의 선진시대(先秦時代)의 역사와 문학
과 문화를 이제부터는 차이나의 것이 아닌 "천손족(天孫族)"의
것으로 인식시키는 교육을 열심히 하여 우리 한국인 곧 천손
족의 정체성(正體性)을 일깨워주어야 한다. 그리고 그들이 남
긴 역사 가운데 한족(漢族)이 아닌 이족(夷族)의 겨레부치들이
세운 나라인 요(遼), 금(金), 청(淸)까지도 같은 우리 겨레들의
나라로 보고 궁극적으로는 우리 역사와 문화 속에 포함시키
고, 그들이 남긴 문학 작품들도 우리의 것으로 도로 찾아 가르
쳐야 한다고 필자는 강력히 제의한다.[44]

4. 천손족 한국인의 말과 글

　한국인의 말은 곧 환국(桓·韓國)의 국민들이 썼거나 쓰고 있
는 하느님의 후손 겨레인 천손족(天孫族)의 언어를 가리킨다.
　우리 한국어는 국어학자들의 연구 성과에 따르면, 알타이
말 겨레[Altaic Family]에 속한다.[45] 우리말의 언어학적 특징
은

　　첫째, 홀소리어울림[母音調和],

　　둘째, 닿소리 법칙[子音法則],

　　셋째, 첫소리 규칙[頭音規則],

　　넷째, 끝소리 규칙[末音規則],

　　다섯째, 교착성(膠着性)

등을 들고 있다.

　이것은 인도유럽 말 겨레인 한어(漢語)와는 전혀 다른 점이
다. 우리말과 한어(漢語)가 다른 것에 관하여는 이미 세종대왕
(世宗大王)께서 그의 「訓民正音序文(훈민정음서문)」에서 "나랏

44 권재현, 「중국 金나라 시조는 안동 권씨일 것」, 『동아일보』 26623호, 4340. 2. 28.
阿桂 외, 『欽定滿洲源流考』, 乾隆 43(4111, 1778),
김원회, 『단기고사는 말한다』, 전망, 1994. 등에서 거듭 확인할 수가 있다.
45 박종국, 『한국어발달사』, (문지사, 4329), 쪽 18-40 참조.
李基文, 『新訂版國語史槪說』, (태학사, 2006), 쪽 20-37 참조.

말씀이 가운데 나라와 달라 문자로 서로 통하지 아니하므로 이런 까닭으로 어리석은 백성들이 말하고자 하는 바 있으나, 마침내 제 뜻을 능히 펴지 못할 것이 많다.[國之語音異乎中國與文字不相流通故愚民有所欲言而終不得伸其情者多矣]'고 밝히신 바가 있다. 여기서 "중국(中國)"이라고 한 것은 지금의 차이나를 가리킨 것이 아니다. 세종 당시에는 오늘의 차이나를 가리킬 때에 "명(明) 또는 상국(上國), 대국(大國), 대명(大明), 황명(皇明)"이라고 일컬었기 때문이다. 한족(漢族)들도 저희 스스로가 중국(中國)이라고 한 것은 주(周)나라 시대에 주변을 둘러싸고 있는 강한 여러 제후국 틈에 끼어 있는 조그만 천자국이라는 뜻으로 중국이라고 하였거나, 중원국(中原國)을 줄여서 중국이라고 하거나, 손문(孫文) 등이 청(淸)나라를 멸하고 세운 중화민국(中華民國) 이후에 줄여서 중국(中國)이라고 한데에서부터 비롯되었음을 알아야 한다.

또 한국인들이 지금 쓰고 있는 글과 옛날의 우리 조상님들이 쓰던 글에 관하여 언어학자로 역사학에 관심을 가지고 꾸준히 연구를 계속하여 『대한상고사』를 저술하여 간행한 정연규(鄭淵奎)의 연구 결과를 바탕으로 하여 필자는 다음과 같이 우리 천손족들이 쓰던 글자가 변하여 왔다고 본다.

첫째, 환웅(桓雄:서력전 3800 이전)시대 녹도문(鹿圖文),

둘째, 자부(紫府 : 서력전 3800경)시대 우서(雨書),

셋째, 복희(伏羲 : 서력전 3500전)시대 용서(龍書),

넷째, 치우(蚩尤 : 서력전 2700경)시대 화서(花書),

다섯째, 3세 단제 가륵(嘉勒 : 서력전 2200경)시대 신전(神篆, 가림토 문자),[46]

여섯째, 선진(先秦 : 서력전 1000경)시대 갑골문자(甲骨文字)와 종정문(鐘鼎文)이라는 "고한글[(古韓契)·환글(桓契)]"이라고 하는 옛 한문(桓文→韓·漢文),[47]

일곱째, 세종 25(3776, 1443)년에 창제된 훈민정음(訓民正音).[48]

특히 단제기원 4326(1993)년에는 지금 차이나의 산동성 정공(山東省丁公)지역에서 이른바 "정공문자(丁公文字)"라는 한자(漢字) 아닌 고대문자(古代文字)가 새로 발굴되어 세계의 문자 학자들의 시선을 끌었는데, 그 대체적 견해는 옛 동이족(東夷族)이 사용한 문자라는 쪽으로 의견이 모아진 것으로 밝혀지고 있다.[49] 는 점과 일부 학자들에 의하여 "가림토 문자"를 훈

......

46 鄭淵奎, 『대한상고사』, (한국문화사, 2005), 쪽 250 참조.

47 陳泰夏, 『東方漢字 뿌리』, (이화문화출판사, 1997), 쪽 9~10 참조.
　　금일권, 『한글의 신비[桓契神秘]』, 천부동사람들, 2005.

48 鄭淵奎, 『대한상고사』, (한국문화사, 2005), 쪽 250 참조.

49 김경일, 『중국인은 화가 날수록 웃는다』, (청맥, 1996), 쪽 241~247. 필자는 이 글자가 바로 녹도문(鹿圖文)이 아닐까 생각한다.

민정음이 창제되기 이전에 특
수 부류에 의하여 사용된 것으
로 주장되는 점 등을 종합하여
우리의 고유 문자에 관하여 좀
더 깊이 있게 연구하여야 할 것
이다.[50]

이와 같은 주장들은 이제까
지의 우리 학교 교육에서는 전
혀 들어보기 어려웠던 새로운
이론들이다. "고한글(古韓契)"
이라는 갑골문자는 지금의 차

갑골문(甲骨文)
중국문자박물관 소장

이나 대륙 곳곳의 땅속에 묻혀 있는 문화재(文化財)들 속에 죽
백(竹帛), 또는 금석문(金石文)의 형태로 계속 발굴되어 의문이
많던 『역경(易經)』의 내용을 보완할 수 있는 귀중한 자료가 됨
과 동시에 고대 사상사(古代思想史)를 보완할 수 있는 보배가
되기도 한다.[51] 이 고한글[갑골문자]은 지금 중공 땅에서 출토
된다고 하더라도, 그 글자를 다루어 저술한 사람들은 우리 천손

....

50 정연종, 『한글은 단군이 만들었다』, 죠이징 인터내셔날, 1996.
금일권, 『한글의 신비』, 천부동사람들, 2005.
51 李學勤 저, 林亨錫 역, 『잃어버린 고리(신출토문헌과 중국고대사상사)』, 학연문화
사, 1996.

가림토 문자 · 훈민정음 · 인도 구자라트 문자 · 일본 신대
문자 · 몽고 파스파 문자 · 갑골 문자
정연종, 『한글은 단군이 만들었다』, 1996, 쪽 232에서 인용함

족(天孫族)의 조상님으로 보아 우리 문학사(文學史)와 우리의 사
상사(思想史)에서 다루어야 우리의 잃어버린 전통을 회복하게 된
다. 또 "가림토 문자"에 관한 자료는 발해국(渤海國)의 대야발(大
野勃)이 단제기원 3060(727)년에 지었다는 『단기고사(檀奇古史)』
와 단제기원 4244(1911)년에 계연수(桂延壽)가 편찬하였다는

『한단고기(桓檀古記)』에서 찾으려 하고 있다.[52] 가림토 문자는 38자로 되어 있으며, 그 모양은 훈민정음과 비슷하다고 한다.

필자는 현재로서는 "고한글(古韓契, 현재 차이나에서 많이 연구되는 갑골문자)"과 "가림토 문자"에 의하여 창작된 문학작품을 찾지 못하였기에 여기서는 소개하지 못하지만, 앞으로 혹시 땅속에 묻혀 있던 문화재에서 나올지도 모른다는 희망을 가져 본다. 비록 오늘날 중공의 땅에서 출토된다 하더라도 그 시대가 진(秦)나라 이전으로 소급될 때에는 그 글자를 사용하여 저술을 남긴 분이나 일상생활 속에서 쓰시었던 분들은 모두 우리의 위대한 조상님들이라고 보아야 한다. 사실 한(漢)나라 사람인 허신(許愼)은 그의 『설문해자(說文解字)』의 서문에서,

(전략) 왕망(王莽)이 태사공(大司空) 견풍(甄豊)을 시켜서 문서의 부분들[文書之部]을 바로잡아 고치게 하니, 견풍이 스스로 생각하여 응제하여 옛글을 상당히 많이 고치어 새로 만들었다. 그때에 6서가 있었으니, 첫째는 옛글이니, 공자(孔子)의 집 벽 속에 있던 것이다. 둘째는 이상한 글자[奇字]이니, 곧 옛글과는 다른 것이다. 셋째는 전서(篆書)이니, 곧 소전(小篆)이다. 넷째는 좌서(左書)이니 곧 진(秦)나라 예서(隸書)이다. 다섯째는 무전(繆篆)이니, 모인(摹印)이다. 여섯째는 조충서(鳥蟲書)이니,

52 정연종, 『한글은 단군이 만들었다』, (쥬이징 인터내서날, 1996) 쪽 207-224.
　　　임승국, 『한단고기』, (정신세계사, 1986). 쪽 67-68.

가로로 길게 늘어뜨리어 펴서 쓴 것들이다. 이를 일컬어 "신육
서(新六書)"라고 한다.[53]

고 한 것에 따르면, 선진시대(先秦時代) 문학들은 오늘날의 뜻
글 기록과는 달랐을 것을 짐작하고도 남음이 있다.

이를 다시 말하면, 오늘날 우리가 읽을 수 있는 이른바 선진
시대(先秦時代) 제자백가서(諸子百家書)들은 진시황(秦始皇)의
분서갱유(焚書坑儒)의 폭거로 모두 사라진 것을 한(漢)나라 시
대에 넘어와서 한인(漢人)들 특히 유우(劉友)·가산(賈山)·공안
국(孔安國)·유향(劉向)·양웅(揚雄) 등에 의하여 한(漢)나라 당
시 사람들의 입맛에 맞게 다시 정리한 것이라고 필자는 본다.

다만 우리 조상님들이 지금의 차이나 대륙에서 쫓겨난 뒤에
바로 그 조상님들의 저술들을 복원하지 못한 것을 어떻게 설명
할 것인가가 문제될 수 있다. 그러나 그것은 간단하다. 차이나
대륙에서 너무 멀리 떨어진 타향으로 밀려나 새로운 고장에 정
착하려다 보면, 제1차 생명보전이므로, 생명보전의 길에만 모
든 신경을 쓰다가 보니 문화 보전이나 옛 문화 복원의 일을 할
겨를이 없었을 것이고, 또 생활의 터전을 만들어 살만 하면, 다

---

53 "說文解字序云·亡新居攝使大司空甄豊等校文書之部自以爲應製作頗改定古文時
有六書·一曰古文孔子壁中書也二曰奇字卽古文而異者也三曰篆書卽小篆四曰左書
卽秦隷書五曰繆篆所以摹印也六曰鳥書所以書旛信也此之謂新六書."[李時, 『國學
問題五百』(天津市古籍書店, 1986) 쪽 33에서 인용함].

시 외래자(外來者)의 침입으로 쫓기다 보니 그렇게 되었다고 풀이된다. 그 예로는, 고구려의 광개토대왕비를 비롯하여 발해(渤海)의 유적들에서 찾을 수 있다. 고구려가 집안(集安)에서 얼마 안 되는 거리의 남쪽 평양(平壤)으로 수도를 옮긴 지 얼마 안 되어 완전히 잊어버린 역사가 된 사실이나, 신라 문학의 보고인 『삼대목(三代目)』 같은 책이 사라진 뒤에 지금 1000년이 넘어도 복원을 하지 못하고 있는 실정과 같은 이치로 풀이하면, 그리 억설(臆說)이 되지는 아니할 것이다.

아무튼 우리들은 앞으로 끊임없이 선진시대(先秦時代) 문화 유물이 차이나 대륙에서 발굴되면 그것은 우리 조상님들의 유물임을 증명하여 우리의 겨레사와 문학사와 철학사와 종교사를 포함한 천손족(天孫族)의 진정한 문화사(文化史)로 보완하여 천손족의 정체성(正體性)을 확립하여야 할 것이다.

5. 한국 문학의 갈래[쟝르, genre]

문학은 말의 예술이다. 말은 사람에게 있어서 어린이 시절에 낱말 하나하나씩을 배워서 노래를 먼저 배우고, 다음에 낱말의 사용 실력이 나아지면서 많은 낱말을 부리어야 할 이야기를 할 수 있게 성장 발전한다.

문학은 어린이가 낱말을 먼저 익힌 다음 글을 배워서 그 말과 생각을 글로 표현한 것처럼 이루어진다. 그러므로 문학의 갈래도 이에서 멀지 아니하다고 하겠다.

적은 수의 낱말로 단순한 자기 정서를 표출할 수 있는 어린이 노래 같은 문학이 먼저 발생하고, 노래문학에서 낱말의 실력이 향상 발달하면서 노래와 무용과 담화가 복합된 놀이문학으로 이행되고, 여기서 더 발전되면 노래와 무용을 배제한 담화뿐인 이야기문학에로 발달하게 된다. 그리고 한 단계 나아가면 기존의 모든 문학에 대하여 가치의 높낮이와 좋고 나쁨을 매기는 매김[評價=批評]문학에로 발전하게 된다. 여기서 노래문학은 다른 말로 바꾸면 율문문학(律文文學)이고, 이야기문학은 산문문학(散文文學)이다.

필자는 문학의 갈래를 이 원리를 적용하여 1. 노래[시가(詩歌)]문학, 2. 놀이[연희(演戱)]문학, 3. 참 이야기(隨筆)문학, 4. 꾸민 이야기(小說)문학, 5. 매김(批評)문학의 다섯 갈래로 나누어 아래와 같이 정리한다.

1. 노래문학[詩歌文學]
2. 놀이문학[演戱文學]
3. 참 이야기문학[隨筆文學]
4. 꾸민 이야기문학[小說文學]
5. 매김문학[批評文學]

Ⅳ. 언제 어떤 문학이 있었나?

안악 3호분(安岳 3號墳) 묘주의 초상화
황해남도 안악군 오국리에 위치한 고구려 고분, 국보 제67호, 출처 : 위키피디아

Ⅳ. 언제 어떤 문학이 있었나?

필자가 여기서 말하려 하는 것은 한국 문학의 시대구분이다.

우리나라 곧 "환한 나라[桓國·韓國·神市]" 또는 "밝다나라[檀國·培達國·白頭國·檀帝國]"의 역사는 요즈음에는 1만 년이라는 설이 우세하여지고 있다.[1] 따라서 1만 년 전은 원시시대로 보아야 할 것이니, 당연히 이 시대의 문학은 "원시시대문학"이라고 하여야 할 것이다. 다음은 환인(桓因)·환웅(桓雄) 두 분의 나라인 환국 이후의 신시시대(神市時代) 문학과 단제(檀帝)임금의 밝다나라시대 문학으로 이어지고, 그 다음은 안호상이나 김정권·한애삼들의 주장을 따라 이제까지 차이나

---

1 김정권 외,『우리 역사 일만 년』, 안호상,『배달·동이겨레의 한 옛 역사』,『배달·동이는 동이겨레와 동아문화의 발상지』,『이일봉,『실증 한단고기』, 최종철,『환웅·단군 9000년 비사』, 李美洙의『大韓萬年正統史探究』등 참조.

의 역사·문학·문화·철학으로 잘못 알려진 진(秦 : 支那 = China)나라 이전시대의 문학, 곧 선진시대문학(先秦時代文學)을 우리 문학사에 포함하여 다루려고 한다.[2] 그 다음이 부여(夫餘)와 삼한시대문학(三韓時代文學)이고,[3] 가야(伽倻)·고구려(高句麗)·백제(百濟)·신라(新羅)·탐라국(耽羅國)의 오국시대문학(五國時代文學)이 그 뒤로 이어진다. 그 뒤는 통일신라(統一新羅)와 발해국(渤海國)의 남북조문학(南北朝文學)이고,[4] 그 뒤는 고려문학(高麗文學)과 조선문학(朝鮮文學)으로 이어진다.[5] 이를 정리하면 아래와 같다.

1. 한국 첫째 시대 　원시문학(原始文學)
2. 한국 둘째시대 　신시문학(神市文學)
3. 한국 셋째시대 　밝다나라문학(文學)
4. 한국 넷째시대 　선진문학(先秦文學)
5. 한국 다섯째시대 부여(夫餘)와 삼한문학(三韓文學)
6. 한국 여섯째시대 오국문학(五國文學)
7. 한국 일곱째시대 통일신라와 발해국(渤海國) 문학

---

2 이에 관하여는 차이나 쪽 사람들과 우리나라의 사대주의자들이나 식민사관에 찌든 사람들은 강한 반발을 보일 것이 분명하다. 그러나 진리는 언제 어떤 방법으로라도 밝혀지게 된다.
3 필자는 이상의 내용만으로 『새로 읽는 한국 상고문학사』를 엮었다.
4 필자는 이상의 내용만으로 『새로 읽는 한국 중고문학사』를 엮었다.
5 필자는 이상의 내용을 『고려문학사』와 『조선문학사』로 엮었다.

8. 한국 여덟째시대 고려문학(高麗文學)

9. 한국 아홉째시대 조선문학(朝鮮文學)

1. 한국 첫째시대 원시문학(原始文學)

1. 1. 황하문화권과 압록·두만 양강 이남에서 읽는다.

우리 조상님들이 드넓은 지금의 차이나 대륙을 빼앗기고 동쪽으로 쫓기어 오기 전인 아득한 옛날 황하문화권의 대륙에서 살 때의 신·구석기시대문학 자료는 현재 모두가 차이나 사람들의 유물로 둔갑되고 있다. 인도 유럽계 겨레인 한족(漢族)의 내침(來侵)에 의하여 쫓기고 쫓기어 원래 살던 고향을 버리고 후퇴하여 오늘에 이른 우리들은 우리 조상들의 원시시대 신·구석기시대문학의 자료는 압록·두만 양강 이남지역[韓半島]으로 간교하고 악랄한 왜제(倭帝)에 의하여 국한하게 되었다.

유방(劉邦)이 차이나 대륙을 통일하면서 우리 조상들은 일부가 그들에 동화되기도 하고, 일부는 동방으로 이주(移住)하여 지금의 차이나 대륙의 주인이던 원래의 토박이는 쫓겨나고, 새로 쳐들어온 왜래인들이 주인으로 뒤바뀌게 되었다. 그리고 그곳에 묻혀 있는 우리 조상들의 시신(屍身)과 생활 용기(用器) 등 매장 문화재(埋藏文化財)들이 모두 차이나의 것으로 고쳐지게 되어 버렸다. 그리고 압록·두만 이남에서 출토된 문화재들 중에 황하문화권의 대륙에서 발굴된 유물들과 비슷한 것이 나오면, 무조건 차이나의 영향을 받았다면서 차이나의 것을 보고 베낀 것으로 치부하여 버리는 어리석음을 스스로 행하여 왔거나 그렇게 행하고 있는 것이 오늘의 우리 현실이다.

그러나 사실은 그렇지 아니하다는 점에 주목하여야 한다. 그 예는 저 광개토대왕비(廣開土大王碑)를 비롯한 고구려의 옛 문화재들이 모두 현 차이나의 동북공정(東北工程)에 의하여 차이나 것으로 만드는 사실에서 확인할 수가 있다. 우리는 하루 빨리 나라의 힘을 길러서 잃어버린 우리 역사를 도로 찾아야 한다.[6]

1. 2. 고인돌에서 읽는다.

원시시대는 글자가 없는 시대이므로 고인돌이나 바위벽에 새겨진 그림이나 땅속에 묻혀 있다가 발굴되는 토기류(土器類)들에서 그 시대의 문학을 짐작할 수가 있다.

소남 천문학사연구소의 양홍진과 박창범 연구관들의 연구

---

6 차이나 대륙의 옛 주인이 누구인가를 확인하려면, 현재 일본의 왕궁 박물관 지하 창고에 있는 것으로 추정되는 차이나의 북경(北京) 근처 주구점(周口店)에서 발굴된 원시인의 DNA 검사로 쉽게 알아낼 수가 있을 것이다.
또 전호태의 『중국화상석과 고분벽화연구』(솔, 2007)에서도 우리 조상의 뿌리를 더듬어 찾을 수가 있다.

고창 고인돌
고창 고인돌박물관, 전북 고창군 고창읍 위치

에 의하면, 지금 우리가 쉽게 볼 수 있는 고인돌에서 나온 당시의 문화 유적 중에는 우리나라 전역에 흩어져 있는 고인돌의 덮개돌에 묘성(卯星 : 플레이아데성단)과 삼성(參星 : 오리온자리) 등과 북두칠성(北斗七星)과 남두육성(南斗六星) 등의 별자리가 전하여져 오는 것으로 발표하였다. 이에 따르면, 오늘의 우리는 그 당시의 문학이 기록으로 전하여오는 것은 없어도 추리력에 의하여 짐작은 할 수가 있다. 기원전 1000년-100년경에 만들어진 것으로 추정되는 이 별자리들을 우리 조상님들께서 밤하늘에서 관측하였을 것을 상상하는 것만으로도 우리는 이미 그 시대의 문학도 어느 수준이었을까를 짐작할 수가 있다.[7]

....

7 박근태, 「한국천문학역사 선사시대에 시작」, 『동아일보』 제26584호

1.3. 암각화에서 읽는다.

또 바위벽의 그림은 현재 경상남도 울주군 대곡리(蔚州郡大谷里)와 천전리(川前里)의 태화강(太和江)가 바위벽에 그려져 있는 그림들이 대표적인 것이다. 이것은 이른바 반구대 바위새김 그림[盤丘臺巖刻畵]이라는 것이다. 이 그림에는 표범과 호랑이도 있고, 고래도 있고, 멧돼지·산토끼·산양·노루 같은 짐승들을 잡기 위한 사냥용 그물도 그리어져 있다. 우리는 이 그림들을 통하여 그 시대의 우리 조상들이 어떻게 살았는가를 짐작하면서 그 그림 자체가 아주 훌륭한 문학이라고 생각한다.

또 경상북도 고령군 양전동에 있는 알터 유적의 그림도 있다. 여기에는 동심원(同心圓)의 해를 상징한 그림과 밭 전(田)자 모양의 그림과 점박이 갑옷 같기도 하고 누비옷 같은 그림의 옷을 입은 사람도 그려져 있다. 정동찬은 울주군의 천전리 벽화가 수렵민들의 그림이라면, 고령군의 알터 그림은 농경민들의 그림공부를 할 수 있었던 터전이라고 설명하고 있다.[8]

이들 그림을 자세히 깊이 천착하여 감상하여 보면, 이들 그림 자체가 곧 아득히 먼 옛날 우리 조상님들의 당시 그들의 생

---

8 정동찬, 『살아있는 신화 바위그림』, (혜안, 1996), 쪽 257-271.

활상을 그림으로 그려서 문학적 내용을 표현한 것임을 알 수가 있다.[9]

이미 앞에서 말한바 지금의 차이나 산동성 가상현(山東省嘉祥縣)에 있는 무씨사당(武氏祠堂)에는 우리의 시조 할아버지이신 단제(檀帝)의 사화(史話)를 조각한 그림돌[畫像石]의 그림이 이미 단제기원 2100년경에 영광전(靈光殿)이라는 신전(神殿)에 있었던 것으로 밝혀졌으며, 그러한 문화 유적이 같은 산동성 기남현(沂南縣)의 북채촌(北砦村)과 요녕성 북원가(遼寧省北轅街)에도 있다는 사실에서 이 지역에 살던 옛사람들은 바로

울주 대곡리 반구대 암각화
울산암각화박물관 참조, 국보 제285호, 울산시 울주군 언양읍 대곡리 위치

9 임세권, 「우리나라 선사 암각화의 연대에 관하여」, 『藍史鄭在覺博士古稀記念東洋學論叢』, 고려원, 1984.

우리의 조상인 동이족(東夷族)이었으며, 그들의 그림 속에서 바로 우리 조상님들의 당시 문학을 짐작할 수가 있다.[10]

또 지금의 중화인민공화국 땅이 된 내몽고(內蒙古)의 중남부에 동서로 1천 리에 걸쳐 있는 음산산맥(陰山山脈)의 오라특후기(烏剌特後旗)와 오라특중기(烏剌特中旗) 사이에 있는 암각화에서는 유목민들의 삶을 그린 암각화를 볼 수 있는데, 여기서도 옛날 우리 조상들의 삶에 따른 원시문학의 모습을 엿볼 수가 있다.[11]

또 최근 『동아일보』 제27435호(단제기원 4342. 10. 10)에 의하면, 내몽고(內蒙古) 자치구 오란찰포시 화덕현 육지전향 대정구(烏蘭察布化德縣六支箭鄕大井溝)에서 1만 4천3백여 년 전의 지하 유물로 초고대 지하신전(超古代地下神殿)과 흑피옥(黑皮玉) 및 사람의 뼈들이 대한민국 김희용에 의하여 4339(2006)년 8월 22-23일에 발굴되었다는 사실이 알려졌는데, 아마도 이들도 바로 우리 천손족의 선조들이 남긴 유물들일 가능성이 짙어서 앞으로의 공동 연구와 유물 공개가 기대된다.

....

10 최규성, 『이야기로 배우는 한국의 역사』, 고려원 미디어, 1993.
11 盖山林, 『陰山巖畵』 Ⅰ·Ⅱ, 文物出版社, 1986.

2. 한국 둘째시대 신시문학(神市文學)

이 시대는 단제(檀帝) 이
전의 환인(桓因)·환웅(桓
雄) 두 분의 시대이다.

고려시대 사람 원동중(元
董仲)이 지은 『삼성기전(三
聖紀全)』 하편에 실려 있는
「신시역대기(神市歷代記)」
에서 말하는 "배달(倍達)은
환웅(桓雄)이 정한 천하의
호이다. 그가 도읍한 곳을

삼성기전(상편), 국립중앙도서관 소장

신시(神市)라고 일컬었다. 뒤에 청구(靑邱)로 옮기어 나라는 18
세를 전하여 역년이 1565년이나 되었다.[倍達桓雄定有天下之
號也其所都曰神市後徙靑邱國傳十八世歷一千五百六十五年]
고 한 1천 500여 년간을 이른다.

2.1. 천부경(天符經)

이 작품은 9자 1줄로 하여 9줄 81자로 구성되어 있다. 원래
환웅 1세 거발환(단제기원 전 1565-1472, 서기 전 3898-3805)
이 천산(天山)에서 지상의 태백산 신시(太白山神市)에 내려와

도읍하고, 신지(神誌: 神志)이던 혁덕(赫德)을 시켜 이를 기록
보존하게 하시어 신지(神誌)가 전자(篆字)로 빗돌에 새기어 알
아볼 수 없게 된 것을 고운(孤雲) 최치원(崔致遠)이 뜻글자로 번
역하여 서첩(書帖)으로 꾸며 세상에 전한 것인데, 4250 (1917)
년에 지금의 묘향산(妙香山)에서 수도 중이던 계연수(桂延壽)
스님에 의하여 세상에 알려진 오래된 경전(經典)이다.[12] 그 전
문은 아래와 같다.

一始無始	하나로 시작하되 시작이 아니고,
一析三極	하나를 쪼개니 삼극이 되네.
無盡本	천하의 큰 근본은 다함이 없고,
天一一	하늘은 언제나 하나로 양이 되네.
地一二	땅은 하나에서 둘로 나눠 음이 되고,
人一三	사람은 하나에서 셋이 되어 양이라네.
一積十鋸	하나가 열이 되니 너무 너무 크고,
無匱化三	삼극은 자꾸 변해 다함이 없네.
天二三	하늘은 둘에서 셋이 되고,
地二三	땅도 둘에서 셋이 되네.

12 李錫浩, 『三一神誥·東經大全』, 大洋書籍, 1973.
　　송원홍, 『배달겨레의 뿌리 배달전서』, 밀알, 4320.
　　제갈태일, 『한(韓)사상의 뿌리를 찾아서』, 더불어책, 2003.
　　趙英武, 『韓國原始知性과 天符美學』, 문화일보, 1995.

人二三	사람도 둘에서 셋이 되니,
大三合六	크게 셋이 모여 여섯이 되네.
生七八九	일곱 여덟 아홉수가 생기어 나니,
運三四成環五七	삼사를 움직여서 도로 오칠 되네.
一妙衍萬往萬來	하나의 오묘함이 만 번 오가니,
用變不動本	변화를 써도 근본은 안 움직이네.
本心本	본래 인심은 만물의 근본이니,
太陽昂明	태양을 본을 삼아 사람을 밝히네.
人中天中地一	사람이 하늘과 땅에 맞춰 하나 되니,
一終無終一	하나로 끝내되 끝이 아니라네.

이 글은 최치원(崔致遠)이 모두 81자의 글을 9자 9줄로 표기하였으나, 일반적으로 그 뜻을 풀이하는 사람들은 대체로 위와 같이 끊어서 풀이한다. 하나에서 아홉까지의 숫자를 가지고 천지창조(天地創造)와 그 운행(運行)의 묘리(妙理)와 만물의 생장 성쇠(生長盛衰)의 원리를 설파한 역리적(易理的) 무한 비밀을 안고 있다. 전문 81자 중 1자가 11회나 나올 만큼 "하나[一]"를 중시한 한[一·多·大·白·全·韓] 사상(思想)과 삼신사상(三神思想)을 동시에 밝힌 것이라고 풀이한다.

이 글은 분량은 짧지만, 그 심오한 글의 뜻은 우리 천손족(天孫族)의 원시시대 철학·문학·문화사상의 근간을 이룬다. 따라서 그 구체적 해석도 학자들에 따라 구구 각색이다. 문학적 감상을 비롯한 다방면의 연구는 이제부터 후학들에게 주어지는 과제가 될 것이다.

2.2. 비사(秘詞)

이 작품은 『고려사(高麗史)』 권 122, 「열전(列傳)」 35, "김위제(金謂磾)" 조에 김위제가 숙종(肅宗:3428-3438, 1095-1105) 때 서울을 옮겨야 한다는 필요성을 상주(上奏)한 글 속에서 인용 소개한 5언체 10구인데, 이가원(李家源)이 그의 『조선문학사(朝鮮文學史)』에서 재인용 소개하면서 처음으로 학계에 옛 조선문학의 시가(詩歌) 작품으로 알려지게 된 것이다. 그 전문은 아래와 같다.

如秤錘極器	저울대의 추는 극기와 흡사하니,
秤幹扶踈樑	저울대는 엉성한 들보를 부축하죠.
錘者五德地	저울추는 오덕이 서려 있는 땅이요,
極器白牙岡	수도가 될 곳은 백악산의 줄기이죠.
朝降七十國	칠십 국이 항복하고 조회에 참여하며,
賴德護神精	오덕의 땅 힘입으면 신의 보호받겠지요.
首尾均平位	저울대의 수미가 균형 잡혀 평평하면,
興邦保太平	나라가 흥륭하여 태평이 보장되죠.
若廢三諭地	만약에 삼경 땅이 못 쓰게 된다면,
王業有衰傾	왕업이 쇠퇴하고 나라가 기울 테죠.

이 작품의 지은이는 밝다나라 단제시대(檀帝時代) 사관(史官)이었던 신지(神誌:神志)라고 김위제는 밝히고 있다. 그 뜻은 김위제의 설명에 따르면, 이 작품에서의 칭(秤)은 고려시대 세 곳의 서울[三京]을 가리키고, 극기(極器)는 머리[首]요, 추(錘)는 꼬리[尾]이며, 저울대[秤幹]는 끈을 잡는 곳

천부경(天符經)
양태진, 『영토사로 다시 찾은 환단고기』, 쪽 434에서 인용함

이다. 송악산(松嶽山)은 부소라 하여 저울대에 비유하였고, 서경(西京)은 백아강(白牙岡)이라 하여 저울 머리에 비유하였으며, 삼각산(三角山)은 오덕구(五德丘)로 저울추에 비유한 것이다. 이는 도선(道詵)국사의 삼경론(三京論)과 같다고 하였다.

그러나 필자는 김위제와 같은 고려시대 사람인 원동중(元董

仲)이 지은 『삼성기전(三聖紀全)』하편에 실려 있는 「신시역대기(神市歷代記)」에 따라 환웅 1세 거발환(단제기원 전 1565-1472, 서기 전 3898-3805)이 천산(天山)에서 지상의 태백산신시(太白山神市)에 내려와 도읍하고, 신지(神誌:神志)이던 혁덕공을 시켜 「천부경」을 기록 보존하게 하시었다는 신지(神誌)가 지은 것이므로 신시시대 문학으로 다룬다.

3. 한국 셋째시대 밝다나라 문학

이 시대는 이제까지의 단제(檀帝) 이후의 고조선문학과 기자조선 · 위만조선의 문학까지를 포함한다.

3. 1. 단동십훈(檀童十訓)

이 작품은 일명 「단제십계명(檀帝十誡命)」이라고도 한다. 그러나 필자는 그 출전을 아직 알지 못하고 다만 김웅세(金雄世)의 『한국의 마음』에서 인용 소개하여 잃어져 가는 우리 전통교육의 차원에서 그 전문을 필자 나름으로 수정하여 소개한다.

우리 민족은 예로부터 아이들에게 재롱을 부리게 하는 데도 독특한 슬기와 전통을 지키어왔다. 오늘날의 생활 속에도 그대로 스며서 전하여오고 있는 "도리도리"·"곤지곤지"가 그 한 가닥으로, 이를 포함하여 오랜 생활 역사 속에 전하여 오는 단제십계명(檀帝十誡命)이 있다.

① **부라부라**(弗亞弗亞): 우리 할머니들은 얼마 전까지만 하여도 걸음마를 하기 시작하는 어린 손자의 겨드랑이를 잡고 왼쪽 오른쪽으로 번갈아 기우뚱기우뚱 어린이의 몸을 흔들면서 "부라부라"라고 하였다. 하늘에서 땅으로 내려온다는 뜻의 불(弗)과 땅에서 하늘로 올라감을 의미하는 아(亞)가 합쳐진 말로, 사람으로 땅에 내려오고 신(神)이 되어 하늘로 올라가는 무궁무진한 생명력을 예찬하는 뜻이다.

② **시상시상**(侍想侍想): 어린아이를 앉혀 놓고 앞뒤로 끄덕끄덕하면서 "시상시상" 하고 부르는 것은, 사람의 형상과 마음, 그리고 기맥(氣脈)과 신체는 태극(太極)과 하늘·땅에서 받은 것이므로, 사람이 곧 작은 우주(宇宙)라는 인식 아래 하느님을 나의 몸에 모신 것이니, 그 뜻에 맞도록 순종하라는 의미이다.

③ **도리도리**(道理道理): 천지의 만물이 무궁무진한 도리(道理)로 생겨났음을 잊지 말라는 뜻이다. 어린 아기 스스로가 제 머리를 좌우로 흔들게 함으로써 좌측과 우측을 가르치고 아울러 너와 나, 과거와 미래가 있음을 가르치는 것이다.

④ 쥐엄쥐엄[持闇持闇] : 어린이의 두 손을 내놓고 다섯 손가락을 쥐었다 폈다 하는 동작으로, 그윽하고 무궁한 진리는 한 순간에 알 수 없으니, 두고두고 헤아려 깨달으라는 뜻이다.

⑤ 곤지곤지(坤地坤地) : 오른손 집게손가락으로 왼손 바닥을 찧는 놀이이다. 사람과 만물이 서식하는 땅의 이치인 곤지도(坤地道)로 돌아오라는 뜻이 담겨 있다.

⑥ 섬마섬마[西摩西摩] : 어린아이를 일으켜 세우면서 부르는 노래인데, 정신문명 외에 서마도(西摩道)에 입각한 물질문명도 받아들여 발전하여 나가라는 뜻이다.

⑦ 어비어비[業非業非] : 무서움을 가르치는 말로, 금지사(禁止辭)이다. 하느님의 뜻에 맞는 업(業)이 아니면 벌을 받는다는 뜻이다.

⑧ 아함아함(亞舍亞舍) : 어린이가 손바닥으로 입을 막으며 소리를 내는 동작으로, 두 손을 가로 모아 잡으면 아(亞)자의 모양이 되는데, 이것은 천지(天地) 좌우(左右)의 형국을 뜻하며 아군(亞君) 아제(亞帝)를 이 몸에 모시었다는 것을 상징한다.

⑨ 짝자궁짝자궁(作作弓作作弓) : 이것은 할머니가 어린 손자의 두 손을 잡고 손바닥을 마주 치며 소리를 내어 부르는 노래이다. 활 두 개를 화살 하나 위에 놓은 꼴처럼 두 손을 마주 치면 아(亞)자의 형국이 된다. 이것은 천지 좌우의 체궁(體弓)으

로 태극(太極)과 서로 통한다. 하늘로 오르고 땅으로 내리며 사람으로 오고 신(神)으로 가는 이치를 깨달았으니, 작궁무(作弓舞)나 추어보자는 뜻이다.

⑩ **질라라비 훨훨(喹邏羅備活活)**: 이 노래는 천지 우주의 모든 이치를 갖추고 지기(地氣)를 받아 생긴 육신(肉身)이 훨훨(活活) 자라도록 작궁무를 추어가며 즐겁게 살자는 뜻으로, 팔을 훨훨 휘저으며 춤을 추는 동작이다.[13]

이 가르침은 어린이 육아 훈련과 동시에 입에서 입으로 전하여 온 것으로 보아야 할 것이며, 인간 생장의 존엄성을 이지적(理智的)이고도 진보적(進步的)이며 낙천적(樂天的)인 천손족(天孫族)답게 활용하여 오늘에까지 이어오고 있다.

3. 2. 신가(神歌)

이 작품은 그 출전을 알 수는 없지만, 자산(自山) 안확(安廓)의 『조선문학사』에서 재인용하여 소개하는 것이다. 그 원문을 현대어로 옮기어 보면 아래와 같다.

어와! 어와! 우리 대황조(大皇祖) 높은 은덕(恩德) 배달국(倍達國)의 우리들 백천 만인(百千萬人) 잊지 마세.

---

13 김용세, 『한국인의 마음』, (동서문화, 1994), 쪽 104-106.

어와! 어와! 선심(善心)은 활이 되고 악심(惡心)은 관혁(貫革)
이라. 우리 백천 만인(百千萬人) 활줄같이 바로 선심(善心) 곧은
살처럼 일심(一心)이네.

어와! 어와! 우리 백천 만인(百千萬人)

한 활장에 무수관혁천파(無數貫革穿破)하니 열심(熱心) 같은
선심중(善心中)에 일점설(一點雪)이 악심(惡心)이다.

어와! 어와! 우리 백천 만인(百千萬人)

활같이 굳센 마음 배달국(倍達國)의 광채(光彩)로다. 백천 만
인(百千萬人) 높은 은덕(恩德) 우리 대황조(大皇祖)! 우리 대황조
(大皇祖)![14]

앞에서 말한 바 있지만, 안자산은 이 노래가 어느 때 누구에
의하여 지어져서 전하여 오는지 알 수 없다고 하면서 "古史記
中에 東明聖王이 비록 祭祀가 아니이라도 恒常 此曲을 唄하고
又 廣開土王이 每樣 戰에 臨할 時는 士卒로 하야금 唱케 하야
써 軍氣를 助하얏다 한 것이라."고 한 것으로 보아 필자는 이
노래를 "밝다나라 노래"로 보고 여기에서 다루었다.

----

14 "어아어아 나리한비금가미고이 비달나라나리다모 골잘너나도가오소.
어아어아 차마무가한라다시 거마무니설데다리 나리골잘다모한라두리온차마무
구설하니마무온다
어아어아 나리골잘다모한라하니 무리설데마부리야 다미온마차마무나하니유모거
마무나
어아어아 나리골잘다모한라고비온마무 비달나라달이하소 골잘너나가미고이 나
리한비금나리한비금."

3.3. 기자(箕子)의 노래

3.3.1. 보리 팬 노래[麥秀歌]

이 노래는 사마천(司馬遷)의 『사기(史記)』에 실려 전한다. 지은이는 고조선 시대 기자(箕子)로, 은(殷)나라가 망한 뒤에 그 옛 도읍지를 지나가며 옛 궁궐터를 보았다. 나라가 망한 뒤라 전날의 화려하였던 왕궁의 터는 보리밭이 되었고, 보리 이삭은 잘 패어 기름진 것을 보고, 슬픔을 이기지 못하여 이 노래를 불렀다고 한다. 노랫말은 아래와 같다.

麥秀漸漸兮	보리 이삭 점점 패고
禾黍油油兮	벼와 기장 기름지게 여물었네.

기자묘(箕子墓)
출처: 평양에 있는 기자묘, 지정문화재 제478호, 국립민속박물관

彼狡童兮　　저 교활한 아이 녀석은

不與我好兮　나와는 사이가 아주 나빴었네.

　여기서 "교활한 아이 녀석"이라고 한 것은 은(殷)나라를 망하게 한 폭군 주(紂)를 가리킨 것이다. 은나라의 옛 백성들이 이 노래를 듣고, 울지 아니한 사람이 없었다고 한다.

　결국 이 작품의 지은이는 기자(箕子)이고, 그 지어진 때는 은(殷)나라가 망한 뒤, 곧 주(周)나라가 건국된 초일 것으로 추정된다.

　여기서 주의할 것은 기자(箕子)의 동래설(東來說)과 기자조선(箕子朝鮮)을 부정하는 설과 인정하는 주장들이 있다는 점이다. 필자는 이에 관하여 기자는 물론 주(周)나라 왕실까지가 모두 그 당시에는 우리의 조상이었음을 강조한다. 『서경(書經)』에는 "기자는 주나라 신하가 아니다.[箕子之不臣周也]"라고 밝히고 있다. 따라서 주나라 무왕(武王)이 기자를 조선의 왕으로 봉하였다는 이야기야말로 허무맹랑한 거짓이다. 그러니까 기자는 밝다나라의 임금이 된 천손족(天孫族)의 한 임금이므로, 여기에서 기자의 작품들을 소개하는 것이다.

3.3.2. 냇물 노래[河水歌]

　이 작품은 점필재(佔畢齋) 김종직(金宗直: 3764-3825, 1431-

1492)의 『청구풍아(靑丘風雅)』에 기자(箕子)가 지은 것으로, 아래와 같이 전한다.

河水瀅瀅兮　　냇물 콸콸 흘러가니,
易維其極兮　　다스림이 더할 수가 없네.
明休光兮　　　밝고 곱게 빛남이여!
維后之懿德兮　오직 임금님의 좋은 덕이지요.[15]

끝구의 "후(后)"는 천제(天帝＝하느님)로 풀이하여야 한다.

3. 4. 서경(西京)

이 작품은 지금 우리가 읽을 수 있는 『고려사(高麗史)』「악지(樂志)」에 다음과 같은 기록과 함께 없어진 노래 말의 대체적인 뜻만이 소개되어 있다.

　서경(西京)은 고조선 곧 기자(箕子)가 봉하여진 곳이다. 그 백성들이 예의와 사양에 익숙하여 임금과 어버이들과 윗사람들을 존경하는 의리를 알고 있으므로, 이 노래를 지었다. 그 노래의 내용은 대체로 "어진 은택이 가득 퍼져서 나무와 풀에

----

15 한치윤(韓致奫)의 『해동역사(海東繹史)』 권22 악지(樂志)에는 기자(箕子)가 예악(禮樂)으로 조선 국민을 잘 다스렸기 때문에 그 덕을 기린 것이라고 하였다.

까지도 널리 미치어지니, 비록 꺾어진 버드나무 가지까지도 다시 살아날 기운이 철철 넘친다고 말하였다." [16]

여기서의 서경(西京)은 이제까지 고려와 조선시대의 우리 선인들이 "기자가 봉함 받은 곳"이라는 말과 함께 압록·두만 두 강 이남으로 끌어들이어서 지금의 북한에 있는 평양(平壤)으로 보아왔다. 그러나 실은 그것이 아니고, 지금의 산서성 대동시(山西省大同市)로 보아야 한다. 이곳은 뒤에 요(遼)와 금(金)나라의 중요 도시가 되었다. 또 기자가 봉함 받았다는 것은 주나라 무왕에게서 봉함 받은 것이 아니고, 밝다나라의 제(帝)로 선위(禪位)된 것을 가리킨 것으로 바로잡아야 한다. 이미 앞에서 인용한 『서경』의 "기자는 주나라 신하가 아니다.[箕子之不臣周也]"라고 한 기록을 거듭 주목하며, 이제까지 우리의 일부 조상님들이 스스로 자기를 깎아내리어 기자가 주나라 무왕의 명령에 의하여 조선의 임금이 된 것이라고 주장한 것들이 거짓이요, 잘못임을 분명히 알고, 앞으로는 같은 잘못을 되풀이하지 말아야 할 것이며, 서경(西京)도 지금의 북한에 있는 평양(平壤)이 아니라는 것도 꼭 알아 두어야 한다.

---

16 "西京古朝鮮卽箕子所封之地其民習於禮讓知尊君親上之義作此歌言仁恩充暢以及草木雖敗折之柳亦有生意也."

3.5. 어르신 못 건너셔요 노래[公無渡河歌]

이 작품을 우리 학계에서 처음 우리의 문학 작품으로 논의
한 사람은 옥유당(玉薤堂) 한치윤(韓致奫:4100-4147, 1765-
1814)이다. 그는 그의 저술 『해동역사(海東繹史)』에서 아래와
같은 배경담과 함께 노래의 전문을 소개하고 있다.

살펴건대, 조선은 곧 한(漢)나라 때 낙랑군 조선현(樂浪
郡朝鮮縣)이다. 여옥이 지은 공후인은 고시(古詩)로 기록되어
있으니, 그 노랫말은 이러하다.

公無渡河!	어르신 건너실 수 없어요.
公竟渡河!	어르신 끝내 건너 가시네요.
墮河而死	물에 들어가면 빠져서 죽어요.
將奈公何	앞으로 어쩌려고 어르신 왜 그러죠?(하략)

하였다. 이 배경담은 한(漢)나라 때에 채집되어 진(晉)나라 사
람 최표(崔豹)의 『고금주(古今注)』에 실려 전하고 있다.

공후인(箜篌引)은 조선나루 뱃사공인 곽리 자고(霍里子
高)의 아내 여옥(麗玉)이 지은 것이다. 곽리 자고가 새벽에 일어
나 배를 삿대질하여 씻고 있었다. 어떤 맨머리의 미친 남자가
머리를 풀어헤치고, 병을 들고 물살이 거세게 흐르는 물길로 뛰

어들어 건너니, 그 아내가 뒤따르며 멈추어 건너지 말 것을 소리쳐 외쳤으나, 소리가 들리지 아니하여 마침내 냇물로 뛰어들어 건너다 푹 가라앉아 죽었다. 이에 공후를 가져다 두드리며 "어르신 못 건너서요" 노래를 지었다. 그 소리가 너무 슬펐는데, 뒤따르던 여인도 그 노래를 다 부른 뒤에 스스로 냇물에 몸을 던져 죽었다. 곽리 자고가 집에 돌아와 아내인 여옥에게 그 소리를 전하니, 여옥이 가슴 아파하면서 즉시 공후를 가져다 그 소리를 흉내 내니, 듣는 사람마다 슬퍼서 흐느끼며 눈물을 흘리었다. 여옥이 그 소리를 이웃 여자 여용(麗容)에게 들려주니, 이름을 "공후인(箜篌引)"이라고 하였다.[17]

여기서 우리가 주목하여야 할 것은 이 배경담에 등장하는 인물들이다.

첫째, 곽리 자고는 조선나루 역졸인 뱃사공으로 콩마을[霍里] 자고(子高)인데, 불행한 사건의 목격자이다.

둘째, 백수광부는 앞을 못 보는 박수무당이다.

백수는 박수와 음이 비슷하다. 광부(狂夫)라고 한 것은 그가 하는 짓이 미친 사람처럼 보였기 때문이다. 손에 든 병[壺]이란

---

17 "箜篌引朝鮮津卒霍里子高妻麗玉作也子高晨起刺船而濯有一白首狂夫披髮提壺亂流而渡其妻隨呼止之不及遂墮河水死於是援箜篌而鼓之作公無渡河之歌聲甚悽愴曲終自投河而死霍里子高還以其聲語麗玉麗玉傷之乃引箜篌而寫其聲聞者莫不墮淚掩泣麗玉以其曲傳隣里女麗容名曰箜篌引."(崔豹의『古今注』)

것은 술병[酒甁]이 아니라 무당이 병(病)을 고치는 푸닥거리 뒤에 병귀신(病鬼神)을 잡아넣어 밀폐시킨 항아리 모양의 병이다. 무당은 병귀신(病鬼神)이 들어 있는 병 또는 항아리[壺]를 사람들과 격리시키고자 신(神)이 시키는 대로 그 병[壺]을 가지고 달려간 것이다. 여기서는 그 병을 들고 물 건너 산이나 들판으로 가기 위하여 냇물을 향하여 달려간 것이다.

셋째, 여기서 "백수광부의 아내"라고 한 여자는 여자 무당(巫堂)이다.

앞을 못 보는 박수가 병[壺]을 들고 달려가는 것을 보고 뒤따라가며 말리었다. 말리다가 실패한 뒤 공후를 두드리며 "어르신 건너실 수 없어요"를 노래하듯 외치며 따라가다가 함께 죽었다. "공무도하(公無渡河)"에서 공(公)은 지체 높은 사람이나 점잖은 사대부가(士大夫家)에서는 부인이 자기 남편을 부를 때에 흔히 썼으며, 지금도 점잖은 사람들은 친구 사이에도 "김공, 이공"으로 부른다. 여기서는 무당 부부 또는 무당 스승과 제자의 관계에서의 호칭으로 보인다. "무도하(無渡河)"는 "무능도하(無能渡河)"로 보아야 그럴 듯하다. "공은 물을 건널 능력이 없습니다."의 뜻이다. 또 "타하이사(墮河而死)"의 뜻풀이도 백수광부가 스스로 자기 몸을 물에 던져 죽은 투신자살(投身自殺)의 뜻이 아니다. 물을 건너다가 발을 헛디디거나, 여울의 물살이 세어서 무릎이 꺾이면서 엎어져서 물결에 쓸려 흐르다가 죽은 것을 가리킨다.

넷째, 곽리 자고의 아내 여옥(麗玉)은 작곡자이다.

"어르신 건너실 수 없어요." 외침에 곡을 붙인 "공후인"의 작곡자(作曲者)이고, 그녀는 이웃 여자에게 그 곡을 공후로 연주하여 들려주었다.

다섯째, 이웃 여자 여용(麗容)은 여옥의 공후곡 음악을 감상하고, 그 작품에 "공후인(箜篌引)"이라는 시제(詩題 : 작품) 이름을 붙여주었다.

이것은 여용이 "공후인(箜篌引)"이라는 뜻글자 "사(詞)"의 한 종류인 인(引)의 형태로 뒤친[飜譯] 작가임을 암시한 것이다. 그러므로 "공후인의 지은이는 여용"이다. 그러나 "어르신 건너실 수 없어요.[公無渡河歌]"라는 노랫말은 지은이가 박수무당의 아내 또는 제자 무당인 이름을 잃은 여인이다.

이제까지는 "어르신 건너실 수 없어요.[公無渡河歌]"라는 노랫말과 음악의 이름인 "공후인(箜篌引)"과 한시(韓 · 漢詩)의 한 형태인 "공후(箜篌, 악기)＋인(引, 시형)"의 세 가지를 혼동하여 왔으나 이제부터는 명확히 구분하여 다루어야 한다.[18]

이 작품의 주제는 죽음의 길로 잘못 가고 있는 남편(?) 또는 스승(?)을 만류하다가 실패한 뒤 따라 죽는 생명 존중의 열부

---

18 引=詞의 한 종류, 引歌의 뜻, 중간 가락[中調]에 속하며 6박자이다.

가(烈婦歌)인 동시에 애도시(哀悼詩)이기도 하다. 이 작품은 선사시대 무당의 굿판 뒤에 일어난 사건과 서정시가 입으로 전하여 오다가 한(漢)나라시대에 한인(漢人)에 의하여 뜻글자로 정착된 것이라고 하겠다.[19]

오늘날 차이나 사람들은 이 작품도 자기네 문학이라고 주장한다.[20]

3. 6. 밝다나라 건국 이야기[檀帝史話]

여기서 말하는 "밝다나라 건국 이야기"는 "고조선 건국 이야기"이다. 이제까지 많은 사람들이 종전 식민사관(植民史觀)에 길들여져서 "단군신화(檀君神話)"라고 일컬어 온 것을 필자는 귀신들의 이야기가 아닌 실존하였던 원시시대의 우리 할아버지들의 이야기로 풀이하며, 여기서는 일연(一然)스님이 『삼국유사』에 『고기(古記)』에서 인용하여 소개한 내용을 신시국(神市國)과 단제국(檀帝國 : 古朝鮮)의 구별없이 간략히 줄이어 다시 소개한다.

----

19 梁在淵,「公無渡河歌小攷」,『국어국문학』5, 국어국문학회, 4286.
白鐵·李秉岐,『國文學全史』, 新丘文化社, 4290.
朴晟義,『韓國歌謠文學論과 史』, 예그린출판사, 1978.
진경환,『古典의 打作』, 月印, 2000.
20 郭茂倩,『樂府詩集』, 里仁書局, 1984.
曹淑娟,『如夢』, 漢藝色研, 1991.

(전략) 『고기(古記)』에 이르기를, "옛날에 환국(桓國)에 여러 아들 중에 환웅(桓雄)이 있었다. 환웅은 항상 하늘 밑 땅에 뜻을 두고 인간 세상을 다스리고자 하였는데, 아버지께서 그 아들의 뜻을 아시고 삼위 태백산(三危太白山)을 내려다보니, 그곳이 과연 인간 세상을 이롭게 할 만한 곳이라 이에 천부인(天符印) 세 개를 주어서 환웅으로 하여금 인간 세상에 내려가 이들을 다스리게 하시었다. 환웅은 무리 3천 명을 거느리고, 태백산에 있는 신단수(神壇樹) 밑에 내려왔는데, 이곳을 일러서 신시(神市)라고 하는데, 이분이 바로 환웅천왕(桓雄天王)이라고 일컬어지는 분이다. 풍백(風伯)과 우사(雨師)와 운사(雲師)를 거느리고, 곡식과 수명과 질병과 형벌과 선악 등을 위시한 인간의 360여 가지의 일을 주관하여 인간 세상을 다스리어 교화하시었다.

이때에 곰과 호랑이 한 마리들이 같은 굴속에 살면서 항상 사람 되기를 신웅(神雄)께 기도하였다. 신웅께서는 신령한 쑥 한 묶음과 마늘 20통을 주면서 말씀하시기를, "너희들이 이것을 먹고 백일 동안 햇빛을 보지 아니하면, 사람의 모습을 얻을 수 있을 것이다." 하시었다. 곰은 이것을 먹고 21일을 조심하였더니, 여자가 되었다. 호랑이는 금기를 지키지 못하여 사람이 되지 못하였다. 웅녀는 결혼할 상대가 없으므로, 매양 신단수 아래에서 아기를 가질 수 있기를 기원하였다. 신웅(神雄)께서는 잠시 사람이 되시어 웅녀와 혼인하여 아들을 낳으니, 이를 단군임검이라고 불렀다. 요(堯)임금이 즉위한 지 50년인 경인년에 평양성(平壤城)에 도읍하여 비로소 국호를 조선(朝鮮)이라고 불

렀다. 또 백악산 아사달로 도읍을 옮기었다. 그곳을 궁홀산(弓
忽山)이라고도 하고, 금미달(今旀達)이라고도 한다. 그는 이곳에
서 1500년 동안 나라를 다스렸다. 주(周)나라 무왕(武王)이 왕위
에 오른 기묘년에 기자(箕子)를 조선에 봉하니, 단(壇)임금님은
장당경(藏唐京)으로 옮기었다가 또 아사달(阿斯達)로 돌아와 숨
어 살다가 산신(山神)이 되었는데, 연세가 1천 9백 8세이었다고
한다.[21]

이제까지 "단군(檀君·壇君:King Dhan)"이라고 한 호칭은
잘못된 것이다. 일연스님의 머릿속에 박혀 있는 사대사상 때
문에 천자(天子)는 오직 차이나에만 있어야 하고, 당시 고려의
국경 안은 원(元)나라의 지배 아래에 있는 아주 작은 나라이기
때문에 언제나 제후(諸侯)의 나라라고만 생각하였기에 감히 단
제(檀帝)라고 하지 못하고, 또 『서경』에서 "기자는 주나라 신하

----

21 (전략) 古記云昔有桓國 "桓國"의 주(註)로, "謂帝釋也"라는 원주가 있음.
庶子桓雄數意天下貪求人世父知子意下視三危大白可以弘益人間乃授天符印三箇遣
往理之雄率徒三千降於太白山頂 "山頂"에 "卽太白今妙香山"이라는 원주가 있음.
神壇樹下謂之神市是謂桓雄天王也將風伯雨師雲師而主穀主命主病主刑主善惡凡
主人間三百六十餘事在世理化時有一熊一虎同穴而居常祈于神雄願化爲人時神遺
靈艾一炷蒜二十枚日爾輩食之不見日光百日便得人形熊虎得而食之忌三七日熊得
女身虎不能忌而不得人身熊女者無與爲婚故每於壇樹下呪願有孕生子號日壇君王儉以唐高卽位五十年庚寅 "庚寅"에 "唐堯卽位元年戊辰則五十年
丁巳非庚寅疑未實"이라는 원주가 있음.
都平壤城始稱朝鮮又移都於白嶽山阿斯達又名弓忽山又今旀達御國一千五百年周
虎王卽位己卯封箕子於朝鮮壇君乃移於藏唐京又還隱於阿斯達爲山神壽一千九百
八歲[高大所藏 晚松本 『三國遺事』권1, 「紀異」1]

가 아니다.[箕子之不臣周也]"라고 하였건만, 『삼국유사』에서는 "주(周)나라 무왕이 왕위에 오른 기묘년에 기자를 조선에 봉하니"라고 거짓말을 하고 있다. 또 단제(檀帝)께서 장당경(藏唐京)으로 쫓겨 갔다가 뒤에 다시 아사달(阿斯達)로 돌아와 숨어 살았다고 하였으니, 오늘날 지구촌 시대의 시각으로 보면, 일연(一然)스님의 실수인지 『고기(古記)』의 잘못인지 알 수는 없으나, 민족적 주체의식의 면으로는 매우 부끄러워 안타까운 일이라고 하겠다.

앞으로는 우리 국조(國祖)를 단군(檀君 : King Dhan)이 아닌 "단제(檀帝 : Emperor Dhan)"로 고쳐 불러야 한다. 이는 매우 사소한 일 같지만, 민족적 자존의식(自尊意識)으로 볼 때에는 대단히 중요한 긍지(矜持)의 문제이다. 천손(天孫)이 통치자가 되면 자연히 천자(天子)일진대 어찌하여 왕(王)도 아닌 군(君)이라 부르는가? 왕위에서 폐위된 노산군(魯山君)·연산군(燕山君)·광해군(光海君)을 연상하여 보면, 우리 국조(國祖)를 "단군(檀君·壇君 : King Dhan)"이라고 하는 것은 대단히 잘못된 자폄어(自貶語)이다. 우리 말 "임금"을 뜻하는 뜻글자[韓·漢字]에는 "군(君)·상(上)·주(主)·왕(王)·제(帝)·천(天)·황(皇)" 등이 있는데, 이들 글자는 각각 그 "임금"의 격(格)이 다르다. 이 중에서 가장 격이 높은 것이 천(天)과 제(帝)와 황(皇)이다. 이 세 글자는 각각 접두사로 "천(天)"자를 붙이면, "천제(天帝)·

천황(天皇)"이 되며, 두 글자를 합치면, "황제(皇帝)"가 된다. 이 세 낱말은 잉글리시로 바꾸면, "엠퍼러(Emperor)"에 해당된다. "제(帝:엠퍼러)"는 여러 "왕(王:King)"을 거느릴 수 있다. 이제부터라도 우리의 국조(國祖)를 "단제(檀帝:Emperor Dhan)"로 격상하여 모셔야 옳다고 필자는 주장한다. 우리의 이웃나라이면서 문화의 후진국인 왜도 "천황(天皇)"이라고 부르는데, 우리의 국조가 왜 "단군"인가? 또 지금 차이나 사람들이 저희 조상의 나라라고 주장하는 하(夏)·은(殷)·주(周)나라도 실은 우리 조상의 나라이었음을 똑바로 알아야 한다. 겨레의 자존의식(自尊意識)을 어른들부터 제대로 깨우쳐서 자라나는 후손들에게도 바르게 잘 가르쳐 주어 홍익인간(弘益人間) 정신으로 세계 인류 공영(共榮)의 일꾼[役軍]이 되게 하여야 한다.

4. 한국 넷째시대 선진문학(先秦文學)[22]

4.1. 율문(律文)

선진시대(先秦時代) 율문(律文)은 『시경(詩經)』과 『초사(楚辭)』가 대표적이다. 이제 그 작품 일부를 살펴보기로 한다.

----

22 이제까지는 차이나문학으로 다루어져 왔으나, 선진시대 차이나 대륙에 살던 사람들이 우리 조상이라고 보아 여기에 포함하여 다룬다.

4. 1. 1. 시경(詩經)

이제까지 『시경(詩經)』은 지금의 차이나의 고대 민요집(民謠集)이라고 치부하여 왔다. 그러나 여기서는 강수원, 안천, 안호상, 윤내현(尹乃鉉), 이성수, 이일봉, 임원직(任源稷), 전우성, 정용석, 최종철, 한순근(韓舜根)들과 차이나의 역사학자인 손진기(孫進己), 송신조(宋新潮), 양제안(楊濟安), 임혜상(林惠祥), 부낙성(傅樂成)들의 주장과 언급을 근거로 하여 한국 상고문학에 싸잡아 다루기로 한다.[23]

이 『시경(詩經)』의 원 이름은 『시(詩)』이었는데, 유림(儒林)들이 경전(經典)으로 받들면서 『시경(詩經)』으로 일컬어지게 되었다. 이 책은 어느 한 사람에 의하여 특정한 어느 한 시대에 완성된 것이 아니다. 일반적으로 주(周)나라 초에서 춘추시대(春秋時代) 중에 이루어진 것으로 추정하고 있으며, 그 작품들이 생성된 곳은 주로 지금의 산동성(山東省), 산서성(山西省), 섬서성(陝西省), 하남성(河南省), 호북성(湖北省) 등지이다. 이 『시경(詩經)』에는 "풍(風)·아(雅)·송(頌)"의 세 가지 큰 유형(類形)으로 분류하여 시 305수가 실리어 있다. "풍(風)"은 "풍토의 소리[風土之音]"인데, 다시 15개 국풍(國風)으로 구성되어 있고, "아(雅)"는 "조정의 소리[朝廷之音]"로, 대아(大雅)·소아

(小雅)로 나뉘어 있으며, "송(頌)"은 "종묘의 소리[宗廟之音]"로, 주송(周頌)·노송(魯頌)·상송(商頌)으로 짜이어 있는데, 이는 악조별 분류이다.

이 시들의 지은이는 당시의 서민에서 사대부 귀족에 이르기까지 다양하다. 이 시들의 형식은 주로 4언체(言體)로 되어 있으며, 그 운용은 "흥(興)·비(比)·부(賦)"의 세 가지 수법으로 한다.

특히 국풍(國風)은 15국풍 160편인데, 이 중의 「주남(周南)」과 「소남(召南)」은 양자강(揚子江)과 한수(漢水) 유역의 민가(民歌)인데 비겨 「패(邶)」와 「용(鄘)」과 「위(衛)」들은 산동(山東) 서부와 하남(河南) 동부에서 채집한 것이며, 「왕(王)」과 「정(鄭)」과 「진(陳)」과 「회(檜)」들은 하남성 일대에서 채집한 것이고, 「제(齊)」와 「조(曹)」는 산동성(山東省)지방의 민가이며, 「위(魏)」와 「당(唐)」은 산서성(山西省)의 민가이고, 「진(秦)」은 원래 감숙성(甘肅省)에 있다가 뒤에 섬서성(陝西省)으로 옮겨진 노래들이고, 「빈(豳)」도 섬서성에서 채집한 것이므로 당시 채집된 민가(民歌)의 영역은 매우 넓었음을 짐작할 수가 있다. 이 "풍(風)"은 "교(敎)"와 "속(俗)"과 "풍(諷)"의 뜻이 있다고 풀이한다. 「대아(大雅)」와 「소아(小雅)」는 "제사류(祭祀類)·송축류·연음류(宴飮類)·서사류·서정류·풍자류"의 6종류의 내용으로 되어 있으며, 「주송(周頌)」31편과 「상송(商頌)」5편,

「노송(魯頌)」 4편의 40편으로 되어 있는데, 그 내용은 백성을 다스리는 사람들의 공덕을 기리어 노래한 가공 송덕(歌功頌德)과 하늘과 조상에 제사 드리며 부른 제천 사조(祭天祀祖)와 잡된 노래인 잡시(雜詩)의 세 가지 유형으로 되어 있다.

이제까지는 유학자들에 의하여 각 작품의 내용을 지나치게 교훈적이거나 도덕적인 면으로만 풀이하려는 경향이 짙었었다. 그러나 앞으로는 조금 더 현실적으로 풀이하여 감상하여야 한다. 현전 『시경』의 맨 앞 「주남」에 나오는 "관저장(關雎章)"의 첫 수와 "부이(芣苢)"장의 첫 수와 그 나머지 몇 편만을 가려서 예로 들어 보이면, 아래와 같다.

關關雎鳩　　짝을 지어 즐기는 저 징경이
在河之洲　　강물 속의 모래톱서 놀고 있네.
窈窕淑女　　착하고도 아리따운 저 아가씨는
君子好逑　　교양인과 지성인의 좋은 짝이네

에서 제1구는 태어나면서부터 암수가 짝이 지어져 절대로 나눠지지 아니한다는 징경이라는 새를 등장시킨 것이고, 제2구는 그 암수 새들이 다정하게 물속의 모래톱에서 노니는 모양을 그리어 배경적 무대로 하고 있다. 제3구에서는 가정교육을 잘 받은 미모의 숙녀를 등장시키고, 제4구에서는 교양이 있고 지성이 있는 군자의 좋은 배필감이라고 단정한다.

이제까지 여러 학자들은 여기 등장하는 숙녀를 문왕(文王)의 비인 태사(太姒)로 보았고, 군자는 주(周)나라 시조인 문왕에 비견하여 가장 이상적인 남녀상(男女像)인 동시에 부부상(夫婦像)으로 비유하여 평가하여 왔다.[24] 그러나 오늘날의 안목으로 보면, 그저 평범한 남녀의 애정 갈구를 노래한 민가(民歌)로 보려는 경향이 높아지고 있다.

또 "부이(芣苢)"의 첫째 장만을 보이면,

采采芣苢　　뜯자! 뜯자! 질경이를 뜯자!
薄言采之　　말없이 질경이를 많이 뜯자!
采采芣苢　　뜯자! 뜯자! 질경이를 뜯자!
薄言有之　　말없이 질경이를 뜯어 두자!

라고 한 것이다.

이 작품에서는 우리의 전라도 화순(和順) 지방에서 채집된 고사리 민요의 일절을 연상하게 한다.

수양산 고사리 끊어다가 / 우리 아버님 반찬하자!
끊자! 끊자! 고사리 끊자! / 삼각산 고사리 끊어다가
우리 어머님 반찬하자! / 끊자! 끊자! 고사리 끊자!

24　金赫濟,『原本集註詩傳』, 明文堂, 1978.

백두산 고사리 끊어다가 / 우리 언니 반찬하자!
끊자! 끊자! 고사리 끊자! / 태백산 고사리 끊어다가
우리 형님 반찬하자! / 끊자! 끊자! 고사리 끊자![25]

이러한 민요에는 예나 이제나 서민들의 소박한 삶의 진솔한
모습이 그대로 묻어나 있다.

또 「왕풍(王風)」의 "칡을 캐자[采葛]"를 보면 남녀가 서로 사
랑하여 그리워하는 정이 진솔하게 그려져 있다.

彼采葛兮	저기 있는 칡을 캐러 가자.
一日不見	하루를 못 보니까,
如三月兮	석 달이 지나간 듯 지루하네.

彼采蕭兮	저기 있는 쑥 뜯으러 가자.
一日不見	하루를 못 보니까,
如三秋兮	삼 년을 지난 듯 지루하네.

彼采艾兮	저기 있는 쑥을 캐러 가자.
一日不見	하루를 못 보니까,
如三歲兮	삼 년이 지나간 듯 지루하네.

......

25 任東權,『韓國民謠集』, (東國文化社, 4294), 쪽 361.

이제까지의 유학자들은 이 애정시를 남녀의 순수한 사랑의
표현으로 보지 아니하고, 충성적 상애(忠誠的相愛)로 풀이하였
다. 그러나 필자는 청순한 남녀들의 애정가(愛情歌)로 풀이한
다.

또 「정풍(鄭風)」의 "교동(狡童)"을 보면,

彼狡童兮	저 교활한 아이 녀석
不與我言兮	나와는 말 한 마디도 아니했네.
維子之故	아무래도 저 아이 때문에
使我不能餐兮	나는 굶게 되고 말았다. (제1장)

彼狡童兮	저 교활한 아이 녀석
不與我食兮	나와는 식사 한 끼 아니 했네.
維子之故	아무래도 저 아이 때문에
使我不能息兮	나는 쉬지도 못 하였다. (제2장)

이 노래는 이제까지 많은 사람들이 자기를 버리고 가버린
남자를 원망하는 여인의 원가(怨歌)라고 풀이하여 왔다. 그러
나 필자는 이 노래가 기자(箕子)의 「보리 팬 노래[麥秀歌]」가
전승되면서 변질된 것으로 보고자 한다.

이 노래는 이미 앞에서 언급한 바 있는 기자(箕子)가 은(殷)
나라의 도읍지를 지나가며 은나라가 망하여 옛 왕궁 터가 보

리밭이 되고, 보리 이삭이 잘 패어 기름진 것을 보고 슬픔을 이기지 못하여 지어 불렀다는 「보리 팬 노래[麥秀歌]」와 일부 내용이 중복된다.

麥秀漸漸兮	보리 이삭 점점 패고
禾黍油油兮	벼와 기장 기름지게 여물었네.
彼狡童兮	저 교활한 아이 녀석
不與我好兮	나와는 사이가 아주 나빴었네.

여기서 "교활한 아이 녀석"이라고 한 것은 은(殷)나라를 망하게 한 폭군 주(紂)를 가리킨 것이다. 은나라의 옛 백성들이 이 노래를 듣고, 울지 아니한 이가 없었다고 한 것으로 보면, 기자(箕子)가 은(殷)나라가 망한 뒤 주(周)나라가 건국된 초에 지은 원 작품이 전승되는 과정에서 변질된 것이라고 하겠다.

또 「소아(小雅)」의 "육아(蓼莪)"장은 효자(孝子)가 부모를 잘 모시지 못한 것을 탄식한 작품으로 매우 유명하다. 그 첫 장은 아래와 같다.

蓼蓼者莪	욱어진 건 쑥이던가
匪莪伊蒿	쑥이 아닌 다복쑥이네.
哀哀父母	슬프구나! 우리 부모
生我劬勞	날 낳으며 고생하셨네.

이 작품의 제1·2구는 쑥이라는 식물 이름의 나열인데 비하여 제3·4구에서는 갑자기 부모님의 은혜에 관한 감정이 표출된다. 이것은 『시경』에 나타난 표현 기법의 대체적 특징이다. 같은 글자의 되풀이로 그 글자가 지닌 뜻을 강조하는 것도 또한 이 『시경』의 수사(修辭)의 한 특징이다.

특히 「대아(大雅)」의 "한혁(韓奕)"편 제1장을 보면, 『시경』이 결국 우리 조상님들의 민요집임을 거듭 확인할 수가 있다.

奕奕梁山	크고 높은 양산이여
維禹甸之	우임금이 다스린 곳
有倬其道	환한 그 길을 따라
韓侯受命	한후가 명을 받으셨네.
王親命之	왕이 친히 명하시니,
纘戎祖考	네 선조를 이어서
無廢朕命	왕의 명을 명심하고,
夙夜匪解	밤낮 힘써 일을 하면,
虔共爾位	네 왕위 잘 지켜내리.
朕命不易	내 명령도 안 바뀌리.
榦不庭方	교한 나라 바로잡아
以佐戎辟	나의 정사 도와 달라.(하략)

이 노래는 주(周)나라 무왕(武王)의 아들이 지금의 섬서성 한

성현(陝西省韓城縣)에 한후(韓侯)로 봉하여진 것을 기린 것이다. 주나라는 원래가 이족(夷族), 곧 천손족의 후예임을 이미 앞에서 여러 학자들의 고증을 소개하면서 확인한 바 있다.

이 지구상에 환(桓)이 아닌 한(韓)이라는 나라 이름이 처음 나타난 것은 여기서 비롯된다. 따라서 이제까지의 압록·두만 두 강 이남 안에 있었다는 삼한(三韓)의 한(韓)은 지금의 차이나에서 새로 찾아야 한다.[26]

4. 1. 2. 이소(離騷)

「이소(離騷)」는 단제기원 1993-2055(서기 전 340-278)년 사이에 살았다고 추정되는 굴원(屈原)이라는 시인이 나타나서 지었다는 개인의 창작가이다. 기존의 『시경』과는 전혀 다른 새로운 창작 기법을 발휘한 뛰어난 작품이다. 『시경』이 황하(黃河)를 중심한 북방의 민요문학이라면, 이 「이소」는 양자강(揚子江) 중부를 중심으로 한 남방의 개인문학이라고 한다.

이 작품은 한(漢)나라 유향(劉向)에 의하여 굴원의 저술로 알려진 「이소(離騷)」, 「구가(九歌)」, 「천문(天問)」, 「구장(九章)」, 「원유(遠遊)」, 「복거(卜居)」, 「어부(漁父)」 등 7편과 굴원의 제자인 송옥(宋玉 : 2043-2110, 서기 전 290-223)의 작품인 「구변(九

---

26 심백강, 『황하에서 한라까지』, (참좋은 세상, 2007), 쪽 109-116..

辭)」,「초혼(招魂)」등 2편과 경차(景差:2043-2110, 서기 전, 290
-223)의 「대초(大招)」와 가의(賈誼:2132-2164, 서기 전 201-
169)의 「석서(惜誓)」,「초은사(招隱士)」등 2편과 동방삭(東方朔
:2172-2246, 서기 전 161-87)의 「칠간(七諫)」 1편 등을 묶어
『초사(楚辭)』라고 간행하여 이른바 차이나의 남방문학의 대표
작으로 유명하다. 그리고 이 「이소(離騷)」는 소문학(騷文學)의
본보기라고 하여 "「이소경(離騷經)」"이라고도 일컬어진다.

이 「이소경」은 차이나 학자인 호운익(胡雲翼)의 평에 의하
면, 굴원(屈原)이 독창적인 자서전(自敍傳)의 수법으로 쓴 것이
라고 한다.[27]

「구가(九歌)」는 민간에서 귀신에게 제사 지낼 때에 불려지던
악곡을 바탕으로 지은 것으로, "구가"는 옛 악곡의 이름일 뿐
이다. 이 작품은 11편으로 구성되어 있다.

「천문(天問)」편은 370구의 장편인데, 그 내용은 19개항에
걸친 172 가지의 문제를 제기하여 천지 창조(天地創造)에 관한
신화(神話)를 중심으로 지리(地理)·인사(人事)를 골고루 읊고
있다.

「구장(九章)」은 굴원이 유배되며 경험한 사실을 9편의 작품
으로 지은 노래이다.

....
27 胡雲翼, 장기근 역, 『중국문학사』, 문교부, 4294.

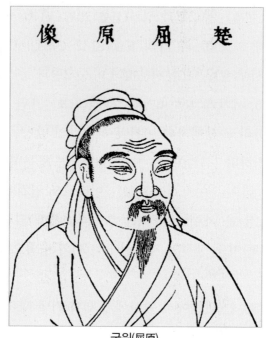

굴원(屈原)
『삼재도회(三才圖會)』인물권(人物卷)에서

「원유(遠遊)」는 선가(仙家)의 신선사상(神仙思想)과 수련의
방법까지 제시하며 세속을 초월하여 하늘나라에서 청고(淸高)
한 삶을 희원한 작품이다.

「복거(卜居)」는 작자 굴원이 간신들은 부귀영화를 누리는데,
자기는 충직하게 살다가 오히려 유배되어 고생하기에 태복(太
卜)에게 점친 내용으로 당시의 부패상을 간접 풍자한 작품이
다.

「어부(漁父)」는 일명 「어부사(漁父辭)」로 널리 알려진 작품이다. 어부와의 대화를 통하여 굴원의 처세술(處世術)이 둔한 것을 스스로 풍자한 것이다.

이 작품을 남긴 굴원(屈原)은 그의 작품 「이소」에서 "내 이름은 정칙(正則)이요, 자는 영균(靈均)이라."고 밝히었으나, 사마천(司馬遷)은 그의 『사기(史記)』 「굴원전(屈原傳)」에서 굴원의 이름은 "평(平)"이라고 하였다. 오늘날까지 학계에서는 사마천의 기록을 따르고 있다. 굴원은 초(楚) 무왕(武王)의 아들 하(瑕)의 후손으로 22세에 초 회왕(懷王)에게 벼슬을 시작하여 25세에 사도(司徒)가 되어 간언(諫言)을 맡아 왕의 총애를 받아 29세에 삼려대인(三閭大人)이 되었으나, 상관대부(上官大夫) 근상(靳尙)의 참소로 벼슬길에서 물러나게 되매 어리석은 왕과 사곡(邪曲)이 판을 치는 사회 풍조에 시글픔을 품고 이 작품을 지으며, 유배지를 전전하며 살다가 54세에 영서하였다고 한다.

여기서는 「이소(離騷)」의 일부를 소개한다.

帝高陽之苗裔兮	고양 임금님의 아득한 후손이여!
朕皇考曰伯庸	나의 조부님은 백자용자 하신 분.
攝提貞于孟陬兮	범띠 해의 첫 번 달 정월 중에
惟庚寅吾以降	생각하니 칠일 날 태어났네.
皇覽揆余于初度兮	나의 아버지는 나의 사주 헤아려서

肇錫余以嘉名	나에게 고운 이름 지어서 주시었네.
名余曰正則兮	내 이름은 법을 바로 지키라는 정칙이고,
字余曰靈均	나의 자는 신령처럼 고르라고 지으셨네.
紛吾旣有此內美兮	나는 이미 착한 마음 품고 있고,
又重之以脩能	그 위에 뛰어난 재능을 갖추었네.
扈江離與辟芷兮	향기로운 강리와 벽지의 곳서 살며,
紉秋蘭以爲佩	추란 꿰어 노리개를 만들었네.
汩余若將不及兮	나는 너무 바빠 쫓기듯 사노라니,
恐年歲之不吾與	세월이 나를 버릴까 겁이 나네.
朝搴阰之木蘭兮	아침에는 산언덕의 목란을 캐고,
夕攬洲之宿莽	저녁에는 모래톱서 숙모를 캐어내네.
日月忽其不淹兮	해와 달은 쉴 새 없이 흘러가서
春與秋其代序	봄과 가을의 계절을 바꿔놓네.
惟草木之零落兮	생각하면 초목은 시들어 낙엽 지고,
恐美人之遲暮	나의 임금님이 빨리 늙음 안타깝네.
不撫壯而棄穢兮	젊었을 때의 악을 버리지 못하시고,
何不改乎此度	어찌하여 이 버릇을 안 고치고 지내시나?
乘騏驥以馳騁兮	준마를 타시고서 급히 달리시면,
來吾道夫先路	나는 그 길 앞에서 인도하여 드리려네.
昔三后之純粹兮	옛날 우탕문무 순미한 덕행이여!
固衆芳之所在	진실로 많은 꽃들이 거기 있네.
雜申椒與菌桂兮	대초와 균계들이 섞여 있는데,
豈維紉夫蕙茝	어찌하여 혜초와 백지만을 꿰었을까?

彼堯舜之耿介兮	옛날 요임금과 순임금의 빛난 덕행
旣遵道而得路	이미 도리 지켜 임금의 길 찾으셨네.
何桀紂之猖披兮	어째서 걸주들은 창피한 짓 행하여서
夫唯捷徑以窘步	저렇듯이 지름길로 급히 달아나네.
惟夫黨人之偸樂兮	생각하면 저것들은 즐거움만 탐하더니,
路幽昧以險隘	가는 길이 으슥하고 어두워서 험난하네.
豈余身之憚殃兮	어찌 내 몸이야 두렵다고 허물하랴?
恐皇輿之敗績	임금님의 수레가 엎어질까 두렵다네.
忽奔走以先後兮	갑자기 분주히 앞뒤로 다니면서
及前王之踵武	선왕의 바라자취 따르려 하였다네.
荃不察余之中情兮	임금님은 나의 진정 살피지 않으시니,
反信讒而齌怒	도리어 모함만 믿으시고 진노시네.
余固知謇謇之爲患兮	나는 직언이 해로울 줄 잘 알지만,
忍而不能舍也	차마 버려두고 볼 수가 없었다네.
指九天以爲正兮	아홉 겹의 하늘만은 나의 바름 아시리니,
夫唯靈修之故也	오직 우리 임금님을 위함이기 때문이네.
初旣與余成言兮	처음에는 내게 굳은 약속 하시더니,
後悔遁而有他	나중에 돌아서서 다른 마음 가지셨네.
余旣不難夫離別兮	나야말로 이미 이별 결심했기 쉽지만,
傷靈脩之數化	임의 잦은 변덕 내 가슴이 아픕니다. (하략)

위에 인용한 시는 「이소」 374구 중에서 앞부분 48구이다.
제1구에서 "帝高陽之苗裔兮 고양 임금님의 아득한 후손이

여!"라고 한 것에서 제고양(帝高陽)이 이족(夷族)의 선대인(先代人)인 전욱(顓頊)이니, 굴원(屈原)은 당연히 우리 천손족의 후예임이 분명하다.

4. 2. 산문(散文)

여기서는 선진시대(先秦時代)의 산문들에 관하여 살펴보기로 한다.

중화인민공화국 사람인 진옥강(陳玉剛)은 그의 『간명중국문학사(簡明中國文學史)』에서 선진시대 산문을 ① 역사산문(歷史散文), ② 제자산문(諸子散文)의 두 유형으로 나누어 설명하고 있다. 그러나 우리나라의 김학주(金學主)는 ① "기사(紀事)의 글", ② "입언(立言)의 글"로 나누어 설명하고 있다. 필자는 후자의 주장이 더 합리적인 듯하여 그를 따라 소개하기로 한다.[28]

4. 2. 1. 기사문(紀事文)

여기서 "기사문(紀事文)"이라고 하는 것은 역사적 사실들을 기록한 것이기는 하나, 그렇다고 진실된 역사적 사실들만을 기록한 것이 아니라, 역사적 사실을 빙자한 거짓된 이야기나 신이(神異)한 괴기(怪奇)들에 관한 기록들도 포함한다.

---

28 金學主, 『中國古代文學史』, 明文堂, 2003.

여기서는 『서경(書經)』, 『좌전(左傳)』, 『국어(國語)』, 『전국책(戰國策)』, 『산해경(山海經)』 등의 일부를 인용 소개한다.

4.2.1.1. 서경(書經)

『서경(書經)』은 유학(儒學) 경전 중 삼경(三經)의 하나로 이제까지는 차이나 산문문학의 할아버지로 일컬어져 왔다. 이 『서경』은 『시경』과 마찬가지로, 원 이름은 "서(書)"이던 것이 경전으로 대접받으면서 "서경"이라고 일컬어지게 되었다. 이 『서경』은 일명 "상서(尙書)"라고도 일컬어진다.

지금 우리에게 전하여 오는 『서경』은 모두 58편으로 짜이어 있는데, 이 중에 한(漢)나라 초기 복생(伏生)이라는 이가 고문(古文)으로 된 『고문상서(古文尙書)』의 29편을 근거로 하여 33편으로 늘리어 엮은 것에 거짓 글 25편을 더하여 이룬 것이다. 예서체(隷書體)로 기록하여 공안국(孔安國)이 전수받아 전하여진 『금문상서(今文尙書)』라고 하는 것도 있다.

이 『서경』은 말을 기록하는 좌사(左史)에 의하여 편찬된 것이고, 『춘추(春秋)』는 우사(右史)에 의하여 일을 기록한 것이라고 한다. 그러나 역사적인 사실들도 많이 들어 있는데, 내용은 크게 「우서(虞書)」, 「하서(夏書)」, 「상서(尙書)」, 「주서(周書)」 등 4부로 구성되어 있다. 학자에 따라서는 이 『서경』을 우리나라 최고의 문학 이론과 비평서라고 할 만하다고 평가한다. 『서경』의 「주서(周書)」에는 "홍범(洪範)" 장이 있는데, 이는 무왕 13(단제기원 1222, 서기 전 1111)년[29]에 무왕이 기자(箕子)를 찾아가서 무왕이 기자께 천도(天道)를 물으매, 기자께서 홍범의 도(道)를 일러 주었다고 한다. 그 내용은 다음과 같다.

(전략) 내가 들으니, 옛날 곤(鯀)이 홍수를 막을 때에 그 오행(五行)을 난잡하게 어지럽혀 천제께서 곧 크게 노하시어 홍범구주를 주지 아니하시니, 이륜(彝倫)이 빨리 무너졌다. 곤이 죄를 입어 죽거늘 우(禹)가 뒤를 이어 일어났는데, 천제께서 우에게 홍범구주를 주시니, 이륜이 빨리 퍼졌다.

처음 하나는 이르되, 오행(五行)이요,

다음 둘은 이르되, 공경하기를 오사(五事)로써 하는 것이요,

다음 셋은 이르되, 농사를 팔정(八政)으로써 짓는 것이요,

다음 넷은 이르되, 협력하기를 오기(五紀)로써 함이요,

다음 다섯은 이르되, 왕권 세우기를 황극(皇極)으로써 한다는 것이요,

다음 여섯은 이르되, 다스리기를 삼덕(三德)으로써 한다는 것이요,

다음 일곱은 이르되, 밝힘이 의심나면 점쳐서 함이요,

다음 여덟은 이르되, 천후(天候)를 생각으로써 함이요,

---

29 『서전(書傳)』에서 "무왕(武王) 13년"이라고 한 것은 잘못이다. 무왕은 7년까지 재위하고, 8년에는 성왕(成王)이 즉위하였기 때문이다.

　다음 아홉은 이르되, 오복(五福)으로써 누림을 하고, 위엄은
육극(六極)으로써 함이다.(하략)[30]

　이는 "구주(九疇)"라고도 일컫는데, 천하를 다스리는 아홉
가지의 큰 법을 이르는 말이기도 하다. 본시 우왕(禹王)이 하늘
에서 받은 것으로 대대로 전수되어 기자(箕子)에 이르러 기자
가 주나라 무왕에게 전하여 비로소 세상에 널리 알려지게 되
었다고 한다. 그래서 일부 학자들은 이 작품의 지은이를 기자
로 보고 있다. 그러나 이 "구주(九疇)"를 기자(箕子)가 독창적
으로 지은 것이 아니고 전승되어온 내용을 무왕(武王)에게 또
전하여 준 것이므로, 필자는 기자(箕子)의 문학항에서 다루지
아니하고 이 산문항에서 다룬다.
　이어서 『서경』의 첫머리 「우서(虞書)」 "요전(堯典)"의 일부
를 소개하여 보기로 한다.

　　(요에 관하여) 말하건대, 옛날 제요(帝堯)를 살펴볼 것
같으면, 요는 "큰 공을 베푸신 분[放勳]"이라 일컬어졌으니, 몸
가짐을 조심하였으며, 이치에 밝았고, 문장이 뛰어났으며, 생각
이 편안하였다. 진실로 공경스럽고 총명하시어 빛이 온 사방에

30　(전략) 我聞在昔鯀堙洪水汩陳其五行帝乃震怒不畀洪範九疇彛倫攸斁鯀則殛死禹乃
　　嗣興天乃錫禹洪範九疇彛倫攸敍初一曰五行次二曰敬用五事次三曰農用八政次四
　　曰協用五紀次五曰建用皇極次六曰乂用三德次七曰明用稽疑次八曰念用庶徵次九
　　曰嚮用五福威用六極.(하략)

퍼져서 하늘에서 땅에까지 뻗치었다.

　큰 덕을 밝힐 수 있어서 구족(九族)을 친화하게 하고, 구족이
이미 화목하여지매 백성을 공평히 다스려 빛나게 하고, 백성들
이 밝게 다스려지매 만방을 평화롭게 하였으며, 백성들이 이에
교회되어 평화를 누리었다.

　이에 역상(曆象)을 주관하는 희화(羲和)에게 명하시어 "넓은
하늘을 공경하여 순종하게 하고, 해와 달과 여러 별들의 변화를
살피어 기록하여 사람과 때의 이로움을 주도록 하라!" 하시었
다.(하략)[31]

　이는 요(堯)임금의 선정(善政)을 기린 것이다. 유학(儒學)의
전형적 이상형(典型的理想形) 인간(人間)으로서의 통치자는 제
일 먼저 자신의 몸을 바르게 닦고, 다음은 집안을 잘 다스리어
화목하게 하여야 하며, 그 뒤에 나라를 밝게 다스려야 한다는
수신(修身), 제가(齊家), 치국(治國), 평천하(平天下)의 실행자로
요(堯)임금과 순(舜)임금을 유학(儒學)에서는 평가하고 있다.

4.2.1.2. 주역(周易)

유가(儒家)들은 흔히 역경(易經)이라고 부른다. 역(易)은 도

---

31 "○曰若稽古帝堯曰放勳欽明文思安安允恭克讓光被四表格于上下.○克明俊德以親
九族九族既睦平章百姓百姓昭明協和萬邦黎民於變時雍.○乃命羲和欽若昊天曆象
日月星辰敬授人時.(하략)"[『正本集註書傳』,唯一書館, 4251(1918).]

마뱀의 모양을 상형한 글자로 도마뱀 중에는 12시충(時蟲)이라는 것이 하루에 12번 그 몸의 빛깔을 바꾸기 때문에 변화한다는 뜻을 지니게 되었다. 점대[筮竹]를 셈하여 그 수의 변화에 따라 길흉을 헤아리는 데서 점서서(占筮書)로 역이 생기게 되었다고 한다. 건(乾)·곤(坤)·감(坎)·리(离)·진(震)·손(巽)·태(兌)·간(艮) 등 8괘(卦)를 중첩시켜 64괘를 이루고, 이것을 다시 겹쳐 384효(爻)를 이룬다. 매 괘마다 먼저 괘형(卦形), 괘명(卦名), 괘사(卦辭)의 순으로 배열하고, 매 괘는 6효가 있으니, 먼저 효제(爻題)를 늘어놓고, 다음에 효사(爻辭)를 늘어놓으니, 효사는 각 괘의 내용적 중요부분이다. 전하는 말로는 복희(伏羲)가 8괘를 긋고, 문왕(文王)이 풀어서 64괘와 효사를 만들었다고 한다. 책으로 이루어지기는 서주(西周) 전기인 듯하다. 괘사와 효사는 대체로 옛사람들의 생활경험을 근거로 하여 추상적 개념을 설명하고 있다. 이는 후에 종교 미신(迷信)의 형식 가운데 흡수되어 오늘날까지도 많은 사람들에게 사랑받고 있다. 여기서는 "명이괘(明夷卦)" 1편을 제시한다.

명이(明夷)[이하곤상(離下坤上)] ☷☲

(전략) 62는 명이괘이니, 어두운 곳에서 다친 데는 왼쪽 다리이다. 건장한 말로써 도와주니, 길할 것이다. 상(象)에 이르기를, "62가 길함은 원칙을 순종하는 것"이라고 하였다. 63은 어두운

때에 남쪽으로 사냥을 가서 큰 짐승을 잡아올 것이다. 성급하게
마음을 곧고 바르게 하려 하면 아니 된다. 상에서 이른 "남쪽으
로 사냥을 간다는 뜻은 곧 큰 것을 얻는다는 것이다." 64는 왼쪽
배로 들어가서 명이의 마음을 얻어서 왼쪽 문 안마당으로 나온
다. 상에 이르기를, "왼쪽 배로 들어간다는 것은 마음속 뜻을 얻

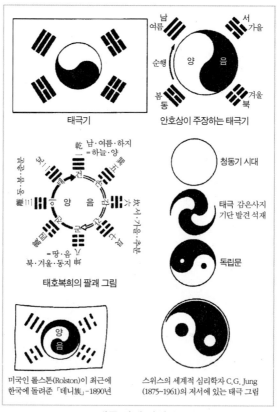

태극 팔괘 방위도
김웅세, 『한국의 마음』, 쪽 113에서 인용함

었다는 것이다."

65는 기자(箕子)의 명이이니, 마음이 곧고 바르면 이로울 것
이다. 상에 이르기를, "기자가 마음이 곧고 바르다는 것은 밝음
이 쉴 수 없다는 것이다." 상육(上六)은 어두움을 밝히지 못하여
어둡다는 것이다. 처음에는 하늘에 오르고 나중에는 땅으로 들
어간다. 상에 이르기를, "처음에는 하늘에 오른다는 것은 사방
의 나라들을 비춘다는 것이다. 나중에 땅으로 들어간다는 것은
원칙을 지키지 아니한다는 것이다."라고 하였다.[32]

이제까지 우리들이 "기자조선(箕子朝鮮)"이라고 한 기자(箕
子)는 『주역(周易)』에도 등장하는 당당한 우리 천손족의 옛날
훌륭한 한 어른이시다.

4. 2. 1. 3. 예기(禮記)

『예기(禮記)』는 공자(孔子)의 제자들에 의하여 지어진 것으
로 알려져 있다. 진·한(秦漢)시대의 예의에 관한 여러 이야기
들을 한무제(漢武帝) 때에 하간(河間)의 헌왕(獻王)이 옛날 책
131편을 새로 편술하여 214편으로 된 「대대례(大戴禮)」와 대
덕(戴德)이 그것을 다시 85편으로 줄이고, 그것을 또 선제(宣

----

32 "(전략) 六二明夷于左股用拯馬壯吉象曰六二之吉順以則也九三明夷于南狩得其
　大首不可疾貞象曰南狩之志乃得大也六四入于左腹獲明夷之心于出門庭象曰入于
　左腹獲心意也六五箕子之明夷利貞象曰箕子之貞明不可息也上六不明晦初登于天
　後入于地象曰初登于天照四國也後入于地失則也."

帝) 때에 이르러 그의 조카 대성(戴聖)이 다시 49편으로 줄인 「소대례(小戴禮)」가 있다.

가운데 작은 나라와 융(戎)과 이(夷) 같은 다섯 큰 나라[五方=五邦]의 백성들은 모두 습성이 있다. 변화시켜 달라지게 할 수는 없다. 동쪽 큰 나라는 이(夷)라고 하는데, 머리를 풀어헤치고, 문신을 그리었으며, 음식은 날 것으로 먹는 사람도 있다. 남쪽 큰 나라는 만(蠻)이라고 하는데, 이마에 먹물을 넣어 새기고, 다리를 엇걸고 자며, 날 것으로 음식을 먹는다. 서쪽 큰 나라는 융(戎)이라고 하는데, 머리를 풀어헤치고 갖옷을 입으며, 곡식으로 된 음식을 먹지 아니한다. 북쪽 큰 나라는 적(狄)이라고 하는데, 새의 깃으로 만든 옷과 짐승들의 털로 만든 옷을 입고 굴속에서 살며 곡식으로 된 음식을 먹지 아니한다.

가운데 작은 나라와 동이와 남만과 서융과 북적은 모두 편안하게 살 집과 맛이 어울리는 음식과 마땅히 입을 옷가지들과 생활에 필요한 그릇들을 갖추고 있다. 다섯 나라의 백성들은 말이 서로 통하지 아니하고, 좋아하거나 하고 싶은 것들도 모두 다르다. 그들의 뜻을 전달하거나, 그들의 의욕을 통하는 것을 동방에서는 기(寄)라고 하며, 남방에서는 상(象)이라고 하고, 서방에서는 적제(狄鞮)라고 하며, 북방에서는 역(譯)이라고 한다.

무릇 백성들을 편히 살리기 위하여 법으로 땅의 넓이를 헤아려서 읍(邑)을 만들고, 읍에 사는 백성들은 반드시 땅과 읍과 백성의 세 가지가 서로 어울려야 한다. 버려지는 땅이 없어야 하

고, 직업이 없이 놀고 먹는 백성이 없어야 하며, 음식을 아끼고
철에 맞추어 일을 하면 백성들이 모두 편안하게 살며, 일을 즐
겁게 하고, 서로 권장하여 공을 세우며, 임금을 존경하고, 윗사
람을 친하게 모신다. 그런 뒤에야 학교를 세워서 가르친다.

교육을 맡아보는 벼슬아치[司徒]는 관례(冠禮)·혼례(婚禮)·
상례(喪禮)·제례(祭禮)·향음주례(鄉飲酒禮)·상견례(相見禮)의
육례(六禮)를 닦아서 사람들의 성격을 절제(節制)하게 한다. 아
버지와 자식, 형제, 부부, 임금과 신하, 어른과 어린이, 벗과 벗
들, 주인과 손님 등의 일곱 가지 인간관계에서 서로 지켜야 할
예의를 확실하게 가르치어 백성들의 덕을 진흥시킨다. 음식·
의복·사위(事爲)·이별(異別)·도(度)·양(量)·수(數)·제(制)의
여덟 가지 정사를 다듬어서 백성들이 음탕한데 빠지는 것을 막
는다. 한 가지 도덕을 같이 하여 풍속이 같아지게 한다. 나이가
많은 노인들을 위로하고 봉양하여 효(孝)를 실천하게 하며, 부
모를 잃은 고아들과 자식이 없는 과부나 홀아비들을 구제하여
먹고 입는 것이 부족하지 아니하게 한다. 어진 사람을 받들어
덕을 숭상하며, 모자라는 사람을 가려내어 버리고, 악한 것을
눌러 백성들이 악하여지지 아니하게 한다. (하략)[33]

---

33 "中國戎夷五方之民皆有性也不可推移東方曰夷被髮文身有不火食者矣南方曰蠻雕
題交趾有不火食者矣西方曰戎被髮衣皮有不粒食者矣北方曰狄衣羽毛穴居有不粒
食者矣中國夷蠻戎狄皆有安居和味宜服利用備器五方之民言語不通嗜欲不同達其
志通其欲東方曰寄南方曰象西方曰狄鞮北方曰譯凡居民量地以制邑度地以居民地
邑民居必參相得也無曠土無游民食節事時民咸安其居樂事勸功尊君親上然後興學
司徒修六禮以節民性明七教以興民德齊八政以防民淫一道德以同俗養耆老以致孝
恤孤獨以逮不足上賢以崇德簡不肖以絀惡.(하략)"(『예기』,「왕제(王制)」제5)

이 글은 『예기(禮記)』 속의 「왕제(王制)」의 한 부분이다. 여기서 "중국(中國)"이라고 한 것을 이제까지는 차이나인들 중심으로 풀이하면서 "오방(五方)"을 변두리로 보아 우리들 스스로도 "강(羌)"과 "융(戎)"을 "되"라고 하였다. 필자는 여기서 그 잘못을 바로잡으려 한다. "중국(中國)"은 "가운데 끼여 있는 작은 나라"라는 뜻이고, "오방(五方)"은 가운데 끼여 있는 작은 나라[中國]를 포함하여 "이(夷)·만(蠻)·적(狄)·융(戎)"을 싸잡아 이른 말이다. 『주례(周禮)』의 「천문(天問)」에서 "국(國)"은 "작은 나라"를 이르고, "방(邦)"은 "큰 나라"를 이른다고 하였으니, 가운데 끼어 있는 작은 나라[中國]보다 "이(夷)·만(蠻)·적(狄)·융(戎)"이 더 큰 나라임을 짐작할 수가 있다. 그러면, "이(夷)·만(蠻)·적(狄)"을 "오랑캐"라고 하고, "강(羌)"과 "융(戎)"을 "되"라고 하여 미개민족(未開民族)으로 멸시하게 된 것은 언제부터인가? 그것은 한(漢)나라 이후의 일이라고 필자는 생각한다. 그리고 우리나라 천손족들이 우리가 지체 높은 천손족임을 잊어버리고 우리들 스스로가 야만민족(野蠻民族)으로 깎아 내리면서도 부끄러워할 줄 몰랐던 것은 한(漢)·당(唐)·송(宋)의 문물에 기가 죽고, 몽고인들의 말발굽에 질려버린 신라 후기와 고려 후기부터인 것으로 추정된다.

4.2.1.4. 좌전(左傳)

『좌전』은 『좌씨춘추(左氏春秋)』의 줄인 말이다. 단제기원 1800년대에 공자(孔子)가 직접 지은 유일한 저작이라고 알려진 오경(五經) 중의 하나인 『춘추(春秋)』를 노(魯)나라 사람 좌구명(左丘明)이 주석하여 저술한 것이라고 하나, 근래에 와서는 후인의 위서(僞書)라는 설이 일고 있다. 이 책의 내용은 춘추시대 노(魯)나라의 역사를 편년체로 엮은 30권에 노은공(魯隱公) 원년(1611, 서기 전 722)부터 노애공(魯哀公) 27(1865, 468)년까지 254년간의 춘추시대 여러 나라들의 정치 · 군사 · 경제 · 문화 등의 역사적 사실을 비교적 참되게 기술한 것이다. 이 저술은 비록 역사서로 인식되고 있으나, 그 표현 문장이 우미(優美)하여 문학 작품으로도 높이 평가된다고 한다.[34] 여기서는 『좌전』 앞머리에 나오는 은공(隱公) 원년(1612, 서기 전 721)의 한 대목을 인용 소개한다.

　(전략) 처음에 정(鄭)나라 무공(武公)은 신(申)나라에 장가들어 "무강(武姜)"이라 불리었다. 부인이 장공(莊公)과 공숙단(共叔段)을 낳았는데, 무강이 장공을 자다가 낳아 스스로 놀라 "오생(寤生)"이라 하며 그를 미워하고, 공숙단을 사랑하여 공숙단을 태자로 세우고자 무공에게 여러 번 청하였으나 거절

---

34 陳玉剛, 『簡明中國文學史』, 陝西人民出版社, 1985.

되었다. 장공이 즉위하자 공숙단을 위하여 제(制) 땅을 달라고
하였다. 장공이 말하기를, "제는 바위로 된 고을이고, 또 괵숙
(虢叔)께서 돌아가신 곳입니다. 다른 고을이라면 명대로 하겠
습니다." 하니, "경(京)"을 요구하여 그곳에 살게 하고, 공숙단
을 "경성대숙(京城大叔)"이라고 불렀다. 제중(祭仲)이 장공에게
말하기를, "도성(都城)이 백치(百雉)를 넘으면 나라에 해가 됩니
다. 선왕(先王)의 제도를 보면, 대도(大都)도 나라의 3분의 1을
넘지 아니하고, 중도(中都)는 5분의 1, 소도(小都)는 9분의 1을
넘지 아니합니다. 지금 경(京)은 법도에 맞지 아니하는 잘못된
조치입니다. 임금님께서는 앞으로 감당할 수 없게 될 것입니
다." 하였다. 장공이 답하기를, "어머니께서 바라시는데 어찌
해를 피하겠습니까?" 하니, 제중이 다시 말하기를, "강씨야 어
찌 만족하실 수가 있겠습니까? 일찍이 조치를 취하여 덩굴이
자라나지 아니하게 하소서. 덩굴 풀이 자라난 뒤에 제거하기가
어렵습니다. 덩굴 풀도 오히려 제거하기 힘들거늘 하물며 임금
님이 사랑하는 아우를 어찌하시겠습니까?" 하매, 장공이 또 말
하기를, "불의를 많이 행하면, 반드시 스스로 죽게 되오. 그대
는 잠시 기다려 보구려." 하였다.(하략)[35]

----

35 "(전략) 初鄭武公娶于申曰武姜生莊公及共叔段莊公寤生驚姜氏故名曰寤生遂惡之
愛共叔段欲立之亟請於武公公弗許及莊公卽位爲之請制公曰制嚴邑也虢叔死焉佗邑
唯命請京使居之謂之京城大叔祭仲曰都城過百雉國之害也先王之制大都不過參國
之一中五之一小九之一今京不都非制也君將不堪公曰姜氏欲之焉辟害對曰姜氏何
厭之有不如早爲之所無使滋蔓蔓難圖也蔓草猶不可除況君之寵弟乎公曰多行不義
必自斃子姑待之.(하략)"(『左傳』, 成均館大學校漢文敎育科硏究室, 大提閣, 1975.)

여기서 우리는 마치 소설 같은 구성미를 파악할 수가 있다. 그러나 문맥으로 보면, 치밀성이 떨어진다. 무강이 자다가 아이를 낳았다고 "오생(寤生)"이라고 이름을 지은 것이나, 또 그렇다고 무강이 아들 장공을 미워하고 둘째 아들만을 지나치게 사랑하는 것도 객관적 이치로는 잘 이해가 되지를 아니한다. 또 암석뿐인 고을 "제(制)"를 원하는데도 오히려 번화한 곳인 "경(京)"을 주는 것이나, 제중의 간언에 "불의를 많이 지으면, 스스로 죽는다."고 하는 장공의 저의도 의심스럽다. 하지만 많은 학자들은 이 작품을 문학적으로도 희극성(戱劇性)과 완전한 서사성과 풍부한 고사로 사람의 정서를 움직이게 하며, 전쟁 이야기를 잘 묘사하였고, 인사 문제를 잘 그려내었으며, 비교적 형상을 치밀하게 묘사하였다는 것들을 들어서 매우 우수한 문학 작품으로 평가하고 있다.

4.2.1.5. 국어(國語)

이 작품은 「좌전」과 함께 가장 대표적인 역사적 산문이다. 편년체로 편찬되지 아니하고, 「주어(周語)」(상중하), 「노어(魯語)」(상하), 「제어(齊語)」, 「진어(晉語)」(1-9), 「정어(鄭語)」, 「초어(楚語)」(상하), 「오어(吳語)」, 「월어(越語)」(상하) 등 나라별로 인물 중심의 전체 240여 사건의 기록을 엮고 있는데, 전체적으로 「진어(晉語)」(1-9)가 가장 분량이 많다. 이 작품은 『좌전』과 대동소이(大同小異)한 곳이 너무 많아서 예전에는 이 작품도 좌구명에 의하여 편찬된 것이라고 하였으나, 근래에는 좌구명의 작이 아니라는 추세이다. 예전에는 그래서 「국어」를 "외전(外傳)"이라 하고, 『좌전』을 "내전(內傳)"이라고 하였으나 근래에는 『좌전』과 비슷한 내용보다 다른 점이 훨씬 많고, 『좌전』이 역사 중심인데 비하여 「국어」는 권선(勸善) 중심으로 사건과 인물 중심의 기술이고, 두 작품의 문법과 용어에서 차이가 많아 동일인의 작품일 수 없다고 주장하는 이들이 대중을 이루고 있다. 여기서는 「진어(晉語)」 4에서 일부를 인용 소개하여 그 문학성을 엿보기로 한다.

(전략) 강(姜)과 진문공(晉文公) 중이(重耳)의 외숙[舅氏]인 호언(狐偃) 자범(子犯)이 꾀를 내어 술에 몹시 취한 채로 수레를 타고 중이에게로 갔다. 중이가 깨닫고 무기를 가지고 자범을 쫓아내면서 자범에게 말하기를, "만약에 나를 성공시키지 못하면, 나는 외숙님의 고기를 배불리 씹어 먹을 것이라는 것을 아시지요?" 하니, 외숙 자범이 달아나자 또 대답하라고 말하기를, "만약 성공하지 못하면 내가 죽을 지도 모릅니다. 누가 시랑과 다투어 먹을 수 있을 것인가요?" 하니, 자범이 말하기를, "만약에 공자께서 왕위에 오르시기만 한다면, 그럴 사람이 없을 것입니다. 또한 진(晉)나라 사람들은 편안히 기뻐할 것입니다. 이러한 까닭으로 자범[偃]의 누린내 나는 고기도 달게 먹을 것입니

다. 앞으로 자범을 어떻게 쓰시겠습니까? 마침내 중이는 왕위
에 오르기로 하였다.(하략)[36]

이 짧은 글에서는 한 마당 피바람 부는 대화와 희극적 장면
이 실재로 『좌전』의 문학적 묘사보다 못하지 아니하다. 공자
(公子) 중이(重耳)가 무사안일(無事安逸)을 꾀하거나 현재의 삶
을 만족하게 생각하는 것과는 대조적으로 자범(子犯)은 진(晉)
나라의 장래를 위하여 심모원려(深謀遠慮)하는 성격이 너무도
달라서 독자들의 눈에도 확연하게 드러난다.

그러나 표현이 극악 참담한 것이 흠이라고 하겠다.

4.2.1.6. 전국책(戰國策)

이 작품은 주(周)나라 정정왕(貞定王) 14(1879, 서기 전 454)
년부터 진시황 37(2123, 서기 전 210)년까지 약 244년 동안의
정치 동태와 사회 면모와 책사들의 언행을 기록한 기사문집이
다. 그 지은이는 알 수 없으나, 내용은 "서주(西周), 동주(東周),
진(秦), 초(楚), 제(齊), 조(趙), 위(魏), 연(燕), 한(韓), 송(宋), 위
(衛), 중산(中山) 등 12국별로 나누어 편찬하였다. 모두 33권의

---

36 "(前略) 姜與子犯謀醉而載之以行醒以戈逐子犯曰若無所濟吾食舅氏之肉其知饜乎
舅犯走且對曰若無所濟余未知死所誰能與豺狼爭食若克有成公子無亦晉之柔嘉是
以甘食偃之肉腥臊將焉用之遂行.(下略)"(韋昭, 『國語』, 上海商務印書館, 1987.) 쪽
121-123.

분량에 진(秦), 초(楚), 제(齊), 조(趙), 위(魏), 연(燕), 한(韓)" 등
이른바 전국칠웅(戰國七雄)이 대부분을 차지하고 있다. 이 작
품은 원래 "국책(國策), 국사(國事), 단장(短長), 사어(事語), 장
서(長書), 수서(修書)" 등 여러 가지 이름으로 일컬어지던 것을
한(漢)나라 유향(劉向:2256-2327, 서기 전 77-6)이 이를 정리하
여 "전국책"으로 이름을 확정하였다.

　이 작품의 내용은 전국시대의 정치가나 유사(遊士)나 책사
(策士)들이 상대를 넘어뜨리고 자기의 이익을 얻기 위한 책략
에 관한 이야기가 중심을 이루어 역사성이나, 윤리 도덕의 설
교성(說敎性) 같은 것이 『좌전』이나 『국어』보다 훨씬 부족하
다. 소진(蘇秦)과 장의(張儀)의 합종책(合縱策)과 연횡책(連橫
策)이 바로 이 작품의 중심 내용이듯이 권모(權謀)와 술수(術
數)가 주조를 이룬다. 이 작품의 문학적 가치로는,

　첫째, 과장된 문장에 설득력이 뛰어난 표현이며,
　둘째, 인물 형상화에 있어서 생동감을 구체적으로 표출하였
다는 것이고,
　셋째, 역사적 전고(典故)와 우언(寓言)으로 비유를 많이 한
것도 문학의 우수성으로 보인다는 것이다.

　　　(전략) (주나라) 여왕(厲王)이 포학하매 나라 사람들이
왕을 비방하였다. 소공(邵公)이 여왕에게 아뢰어 말하기를, "백

성들이 왕명을 견디지 못합니다." 하니, 왕이 노하여 위(衛)나라 무당을 데려다가 왕을 비방하는 사람들을 감시하게 하여 보고를 받으면, 그 비방한 사람을 죽이었다. 나라 사람들은 감히 말도 못하고, 길에서 사람을 만나면 눈인사만 하였다. 왕은 기뻐하면서 소공에게 말하기를, "나는 비난을 막아내었으니, 이제는 감히 누가 말을 하겠소." 하였다. 이에 소공이 말하기를, "이것은 말을 막은 것입니다. 백성들의 입을 막는 것은 강물을 막는 것보다 더한 일입니다. 강물이 막혔다가 터지는 날이면, 다치는 사람들도 많을 것입니다. 백성들도 그러합니다. 이 때문에 강물을 다스리는 사람은 물길을 터서 잘 통하게 하여 주고, 백성을 다스리는 이는 그들로 하여금 말을 할 수 있게 하는 것입니다. 그러므로 천자는 정사를 처리함에 있어 공경(公卿)으로부터 여러 벼슬아치들에게 이르기까지 모두 시(詩)를 바치게 하고, 악사(樂師)인 소경들에게는 악곡(樂曲)을 바치게 하며, 사관(史官)들에게는 기록을 바치게 하고, 스승들은 교훈하게 하며, 눈동자가 없는 소경들도 시를 지어 바치게 하고, 눈동자는 있으나 앞을 못 보는 사람들에게는 교훈을 외게 하였으며, 악공(樂工)들에게는 기술적인 일들을 아뢰게 하였고, 미천한 백성들에게는 관리들의 잘잘못을 아뢰게 하였으며, 왕을 가까이서 모시는 신하들에게는 여러 가지 규범들을 아뢰게 하였고, 친척들에게는 정치를 살피어 잘못을 고치도록 하게 하였으며, 악태사(樂太師)와 태사(太史)에게는 가르치고 깨우쳐 주게 하였고, 나이 먹은 스승 같은 이들에게는 행실을 닦아 주게 한 뒤에 왕이 그 결과를 가지고 정치를 행하였습니다. 그러므로 정치가 제대로 행하여져서 일이 어긋남이 없었습니다. 백성들에게 입이 있는 것은 땅에 산천이 있는 것과 같습니다. 재물과 쓸 문건들이 여기에서 나옵니다. 들판과 늪에 넓은 기름진 땅이 있는 것과 같아서 먹고 입을 것이 여기에서 나옵니다. 입은 말을 펴는 것이므로 잘잘못이 에서 일어납니다. 잘하는 것은 실패를 대비하는 것입니다. 그렇기 때문에 재물과 쓰는 것과 입고 먹는 것을 넉넉하게 합니다. 대체로 백성들은 마음속으로 근심되면, 입으로 펴내어 이루어지면 그대로 실천하니, 어찌 막을 수 있겠습니까? 만약 그 입을 막는다면, 얼마나 막을 수 있겠습니까?" 하였다. 왕은 듣지 아니하였다. 이에 나라에는 감히 말을 하는 사람이 없었다. 삼 년 만에 왕은 체(彘)땅으로 유배되었다.[37]

이 글에서는 정치를 하는 사람에게 언로(言路)의 중요성을 강조한 일종의 언론자유를 위한 논설이라고 하겠다. 결국 언론 통제를 심히 하는 독재자는 그 권력을 결코 오래 버티지 못

---

37 "(전략) 厲王虐國人謗王邵公告曰民不堪命矣王怒得衛巫使監謗者以告則殺之國人莫敢言道路以目王喜告邵公曰吾能弭謗矣乃不敢言邵公曰是障之也防民之口甚於防川川壅而潰傷人必多民亦如之是故爲川者決之使導爲民者宣之使言故天子聽政使公卿至於列士獻詩瞽獻曲史獻書師箴瞍賦矇誦百工諫庶人傳語近臣盡規親戚補察瞽史敎誨耆艾修之而後王斟酌焉是以事行而不悖民之有口猶土之有山川也財用於是乎出猶其原隰之有衍沃也衣食於是生乎口之宣言也善敗於是乎興行善而備敗其所以阜財用衣食者也夫民慮之於心而宣之於口成而行之胡可壅也若壅其口其與能幾何王不聽於是國莫敢出言三年乃流王於彘.(하략)"[『國語』 권1, 「주어(周語)」 上, 上海書店, 1987.]

한다는 교훈을 사실적인 예를 들면서 후세인들에게 가르쳐 주고 있다.

4. 2. 1. 7. 산해경(山海經)

이 작품은 이제까지는 차이나에서 가장 오래된 기서(奇書)·신화집(神話集)·지리서(地理書)라고 평가되어 왔다. 기서라고 한 것은 오늘날의 상식으로는 도저히 이해가 되지 아니하는 인면수신(人面獸身)의 사람 등 기이한 동식물에 관한 기록이 많기 때문이다. 신화집이라는 것은 위작 여부의 논란이 분분하다. 선진(先秦)시대 책으로 보는 주장은 하(夏)나라 우(禹)가 백익(伯益)을 시켜 국토와 산물을 정리하느라 지은 것이라는 서한(西漢) 유흠(劉歆:?-2356, 서기 전 ?-23)이 대표적이고, 후세의 책이라는 설도 대부분 「오장산경(五臟山經)」이 전국시대 초에 이루어지고, 「해내경(海內經)」·「해외경(海外經)」이 전한시대에 이루어졌다는 육간여(陸侃如) 등과 같은 유로 가장 늦게 잡아도 위·진(魏晉)시대에 이루어진 것으로 보고 있다. 필자는 전자의 설에 따르며, 이 작품도 옛날 우리 조상님들에 의하여 이루어진 것으로 보고 여기에 포함하여 다룬다.

이 작품의 내용은 원가(袁珂)의 『산해경교주(山海經校注)』에 의하면, 「산해경서록(山海經序錄)」·"남산경(南山經)·서산경(西山經)·북산경(北山經)·동산경(東山經)·중산경(中山經)" 등의 「산경(山經)」·"해외남경(海外南經)·해외서경(海外西經)·해외북경(海外北經)·해외동경(海外東經)·해내남경(海內南經)·해내서경(海內西經)·해내북경(海內北經)·해내동경(海內東經)·대황동경(大荒東經)·대황남경(大荒南經)·대황서경(大荒西經)·대황북경(大荒北經)·해내경(海內經)" 등의 「해경(海經)」으로 구성되어 있다.[38]

각 편의 서술 형식은 "남산경"의 경우 "남산경의 첫머리는 작산(鵲山)이라는 곳이다.[南山經之首曰鵲山]"로 시작하여 동쪽으로 동쪽으로 이동하면서 작산의 첫머리 소요산(招搖山)에서 기미산(箕尾山)까지 10산 2,950리 사이의 지명과 특산물들을 소개하는 형태로 서술하고 있다. "남차이경(南次二經)·남차삼경(南次三經)"을 같은 방식으로 설명하여 남산경에서 크고 작은 40산과 16,380리의 지명과 주민과 동식물을 포함한 각종 산물(産物)들을 소개하고 있다.

이 작품의 내용 구성에서 가장 주목을 끄는 것은 「산경(山經)」의 대(對) 「해경(海經)」으로 되어 있는가 하면, 나머지 소제목들도 "남산경(南山經)"·"서산경(西山經)"·"북산경(北山經)"·"동산경(東山經)"들처럼 거의 대(對)를 이루고 있는데, 오직 「해경(海經)」에는 「산경(山經)」에 없는 「해경(海經)」의 종결

---

38 袁珂, 『山海經校注』, 里仁書局, 1982.

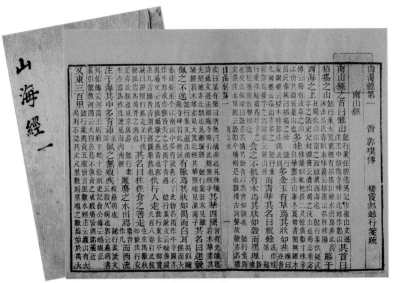

산해경(山海經)
국립중앙도서관 소장

격(終結格)인 "해내경(海內經)"이 있다. 이 "해내경(海內經)"에
는 지금의 우리 백두산(白頭山)을 불함산(不咸山)이라고 한 것
등 우리나라와 관계가 깊은 이야기들이 많이 있다.

이 『산해경(山海經)』에 관하여 김종윤(金鍾潤)은 "일반 學者
들에게 경서(經書)로 읽혀지는 『산해경(山海經)』은 실로 동이
족(東夷族)의 비화가 담겨 있는 우리 민족(民族)의 중요한 사서
(史書)이며 문헌(文獻)이다. 이 책의 주제(主題)가 〈조선〉임은
말할 필요가 없다."고 하였다.[39]

....
39 金鍾潤, 『古代朝鮮史와 近朝疆域研究』, (동신, 1997) 쪽 80.

필자는 이 말에 전적으로 동의하며, 지금의 차이나 땅에 살았던 선진(先秦) 시대 어른들은 모두가 우리의 직계 조상님들이었다는 사실을 강조한다.

그리고 이 『산해경』이야말로 당시의 문학 작품 중에서는 걸작이라고 높이 평가하고 싶다. 그 이유는 현대인으로도 생각하기 어려운 상상의 질과 폭이 매우 고상하다는 점과 당시로서는 대단히 어려운 여행을 통하여 얻을 수 있는 기행문학적 성격도 지니고 있을 뿐 아니라, 철학과 역사성도 매우 깊다는 점을 들 수 있기 때문이다.

필자의 안목으로 보아 중요하다고 느껴지는 내용들을 요약 정리하면, 아래와 같다.

1. 동해(東海)의 안쪽이며 북해(北海)의 모퉁이에 조선(朝鮮)과 천독(天毒)이라는 나라가 있는데, 그곳의 사람들은 물에서 살며 사람들을 가까이하고 사랑하였다.[40]
2. 서해(西海)의 안쪽이며 유사(流沙)의 중간에 학시(墼市)라는 나라가 있다.[41]
3. 서해(西海)의 안쪽이며 유사(流沙)의 서쪽에 범엽(氾葉)이라는 나라가 있다.[42]

....

40 "東海之內北海之隅有國名曰朝鮮天毒其人水居偎人愛之."
41 "西海之內流沙之中有國名曰墼市."
42 "西海之內流沙之西有國名曰氾葉."

4. 유사(流沙)의 서쪽에 조산(鳥山)이라는 곳이 있는데, 세 강물이 여기서 흘러나온다. 여기서는 황금과 선괴(璿瑰)와 단화(丹貨)와 은(銀)과 쇠[鐵]가 나는데, 모두가 이 강물 속에서 떠다닌다. 또 회산(淮山)이 있어 호수(好水)가 흘러나온다.[43]

5. 유사(流沙)의 동쪽에 있는 흑수(黑水)의 서쪽에 조운국(朝雲國)과 사체국(司彘國)이 있다. 황제(黃帝)의 아내 뇌조(雷祖)가 창의(昌意)를 낳았는데, 창의는 약수(若水)에 내려와 살며, 한류(韓流)를 낳았다. 한류는 길쭉한 머리통에 형체뿐인 귀에 사람의 얼굴에 돼지 입과 비늘로 된 몸통과 통뼈로 된 허벅지에 돼지발을 하고 있는데, 아녀(阿女)라는 작자(淖子)를 아내로 맞이하여 전욱(顓頊) 임금을 낳았다.[44]

6. 유사(流沙)의 동쪽으로 흑수(黑水)의 사이에 불사산(不死山)이라는 산이 있다.[45]

30. 염제(炎帝)의 손자 백릉(伯陵)이 오권(吳權)의 아내인 아녀연부(阿女緣婦)를 사통하였는데, 연부가 임신하여 3년 만에 고(鼓)와 연(延)과 수(殳)를 낳았다. 처음으로 과녁

....

43 "流沙之西有鳥山者三水出焉爰有黃金璿瑰丹貨銀鐵皆流于此中又有淮山好水出焉."
44 "流沙之東黑水之西有朝雲之國司彘之國黃帝妻雷祖生昌意昌意降處若水生韓流擢首謹耳人面豕喙鱗身渠股豚止取淖子曰阿女生帝顓頊."
45 "流沙之東黑水之間有山名不死之山."

[侯]을 만들었고, 고와 연이 처음으로 종을 만들고 악곡
(樂曲)을 지었다.[46]

31. 황제(黃帝)가 낙명(駱明)을 낳고, 낙명이 백마(白馬)를 낳
았는데, 백마가 곧 곤(鯤)이다.[47]

32. 제준(帝俊)이 우호(禺號)를 낳고, 우호가 음량(淫梁)을 낳
고, 음량이 번우(番禺)를 낳고, 번우가 처음으로 배를 만
들었다. 번우가 해중(奚仲)을 낳고, 해중이 길광(吉光)을
낳았는데, 길광이 처음으로 나무로 수레를 만들었다.[48]

33. 소호(少皞)가 반(般)을 낳았고, 반은 처음으로 활과 살을
만들었다.[49]

34. 제준(帝俊)이 예(羿)에게 붉은 활과 흰 깃이 달린 화살을
주어서 그것으로 지상의 나라를 도와주게 하니, 예가 처음
으로 지상의 온갖 어려움을 없이하고 구제하여 주었다.[50]

35. 제준(帝俊)이 안룡(晏龍)을 낳았고, 안룡은 거문고와 큰
거문고를 만들었다.[51]

36. 제준(帝俊)은 여덟 명의 아들을 두었는데, 이들이 처음

---

46 "炎帝之孫伯陵伯陵同吳權之妻阿女緣婦緣婦孕三年是生鼓延殳是爲侯鼓延是爲鐘爲樂
曲."
47 "黃帝生駱明駱明生白馬白馬是爲鯤."
48 "帝俊生禺號禺號生淫梁淫梁生番禺是爲舟番禺生奚仲奚仲生吉光吉光是以木爲車."
49 "少皞生般般是爲弓矢."
50 "帝俊賜羿彤弓素矰以扶下國羿是始去恤下地之百艱."
51 "帝俊生晏龍晏龍是爲琴瑟."

으로 노래 부르며 춤을 추었다.[52]

37. 제준(帝俊)이 삼신(三身)을 낳고, 삼신이 의균(義均)을 낳으니, 의균은 처음으로 교수(巧倕)가 되어 이가 처음으로 지상의 백성들에게 온갖 농기구들을 만들어 주었다. 후직(后稷)이 온갖 곡식을 파종하였으며, 후직의 손자 숙균(叔均)이라는 사람이 처음으로 소로 밭을 갈아 농사를 지었다. 대비적음(大比赤陰)이 처음으로 나라를 세우고 우(禹)와 곤(鯀)이 땅을 갈라 구주(九州)로 고르게 정하였다.[53]

38. 염제(炎帝)의 아내요, 적수(赤水)의 자녀인 청요(聽訞)가 염거(炎居)를 낳았고, 염거는 절병(節竝)을 낳고, 절병은 희기(戲器)를 낳았으며, 희기는 축융(祝融)을 낳았고, 축융은 강수(江水)에 내리어 살며 공공(共工)을 낳았고, 공공이 술기(術器)를 낳았다. 술기는 머리가 모나고 꼭대기가 평평한데, 이 사람은 잃었던 땅을 되찾아 강수(江水)에서 살았다. 공공은 후토(后土)를 낳았고, 후토는 일명(噎鳴)을 낳았으며, 일명은 일 년 12월을 낳았다.[54]

....

52 "帝俊有子八人是始爲歌舞."
53 "帝俊生三身三身生義均義均是始爲巧倕是始作下民百巧后稷是播百穀稷之孫曰叔均始作牛耕大比赤陰是始爲國禹鯀是始布土均定九州."
54 "炎帝之妻赤水之子聽訞生炎居炎居生節竝節竝生戲器戲器生祝融祝融降處于江水生共工共工生術器術器首方顚是復土穰以處江水共工生后土后土生噎鳴噎鳴生歲十有二."

또「대황동경(大荒東經)」에도 첫머리에서,

1. 동해(東海) 밖에 있는 큰 굴헝이 소호국(少昊國)이다. 소호
   는 임금 전욱(顓頊)을 이곳에서 키우고, 그때에 거문고와
   큰 거문고를 버려두었다. 감산(甘山)이라는 곳이 있는데,
   여기서 감수(甘水)가 흘러 감연(甘淵)을 이룬다.[55]
22. 동해(東海)의 모래섬 안에 신(神)이 있는데, 사람의 얼굴
   에 새의 몸이고, 누런 뱀 두 마리를 귀에 걸고, 누런 뱀
   두 마리를 밟고 서 있으니, 우호(禺虢)라고 한다. 황제(黃
   帝)가 우호를 낳고, 우호가 우경(禺京)을 낳았으며, 우경
   이 북해(北海)에 살고, 우경은 동해에 사니, 이들은 바다
   의 신들이다.[56]

또「해내북경(海內北經)」에는 다음과 같은 기록도 보인다.

22. 순(舜)의 부인 등비씨(登比氏)가 소명(宵明)과 촉광(燭光)
   을 낳았다. 이들은 황하의 큰 못에 살았는데, 두 여인들
   은 신통력으로 이곳 사방 100리(40km)를 비출 수 있었

---

55 "東海之外大壑少昊之國少昊孺帝顓頊于此棄其琴瑟有甘山者甘水出焉生甘淵."
56 "東海之渚中有神人面獸身珥兩黃蛇踐兩黃蛇名曰禺虢黃帝生禺虢禺虢生禺京禺
   京處北海禺虢處東海是爲海神."

다. 일명 등북씨(登北氏)라고도 하였다.[57]

23. 개국(蓋國)이 거연(鋸燕)의 남쪽이요, 왜(倭)의 북쪽에 있
다. 왜는 연(燕)에 속하였다.[58]

24. 조선(朝鮮)이 열양(列陽)의 동쪽이요, 바다의 북쪽이요,
산의 남쪽에 있다. 열양은 연(燕)에 속하였다.[59]

31. 봉래산(蓬萊山)이 바다 한 가운데에 있다.[60]

32. 거인들의 저자가 바다 한 가운데에 있다.[61]

고 한 것은 고조선의 동쪽 한 끝을 말하고 있는 듯하다.

4. 2. 2. 입언문(立言文)

여기서 입언문(立言文)이라고 하는 것은 교훈(敎訓)이 될 만
한 말을 기록으로 남긴 것을 이른다. 일반적으로 사상적 기록
인 제자백가서(諸子百家書)들이라는 글들이 모두 이에 든다고
하겠다. 도가(道家)는 춘추시대 초(楚)나라 이이(李耳)에게서
비롯되었으며, 묵가(墨家)는 춘추시대 송(宋)나라 묵적(墨翟)에
게서 비롯되었고, 법가(法家)는 역시 춘추시대 정(鄭)나라 공손

---

57 "舜妻登比氏生宵明燭光處河大澤二女之靈能照此所方百里一日登北氏."
58 "蓋國在鋸燕南倭北倭屬燕."
59 "朝鮮在列陽東海北山南列陽屬燕."
60 "蓬萊山在海中."
61 "大人之市在海中."

교(公孫僑)에 의하여 비롯되었으며, 병가(兵家)는 제(齊)나라 손무(孫武)에게서 비롯되었고, 유가(儒家)는 노(魯)나라의 공자(孔子)에게서 비롯되었다.

이들 제자백가는 모두 정치적 혼란기이던 춘추 전국시대에 이루어진 것이다. 이들은 하나같이 논리를 중시하면서 제 각기 서로 다른 주장과 사상을 펴서 문장이 유려하고, 수사(修辭)가 뛰어났다. 대부분의 이들은 통치 계급의 편에서 통치자의 사상가 또는 정신적 후원자로 정치, 군사, 경제, 법률, 교육 등 다방면에 걸쳐 혼란 속에 분열된 사회를 통일하기 위하여 필요한 수단과 방법의 일환으로 저술된 것이라는 공통된 특징을 지니고 있다.

4. 2. 2. 1. 육도(六韜)

『육도(六韜)』는 주(周)나라 문왕(文王)의 스승이라고 알려진 강태공(姜太公)으로 유명한 여상(呂尙=姜尙)의 작으로 알려져 오는 최초의 병서(兵書)이다. 강태공은 이름이 상(尙), 자가 자아(子牙), 강자아(姜子牙)라고도 하였다. 그의 선대 할아버지가 일찍이 우(禹)가 범람한 수해를 다스릴 때에 공이 많아서 여(呂) 지방에 봉하여져서 인하여 이름을 여상(呂尙)이라고 하였다. 강태공이 위수(渭水)가에서 어진 임금을 만나기 위하여 낚시를 하고 있다가 마침 어진 사람을 찾아 사냥을 나온 문왕을

만나 문왕의 스승이 되어 주(周)나라의 기틀을 만들었다. 그래
서 강태공을 일명 "사상보(師尙父)"라고도 일컬었다. 문왕이
돌아간 뒤 강태공은 무왕(武王)을 도와 은(殷)나라 주(紂)를 멸
하고 주(周)나라를 세우는데, 일등 공신으로 제(齊)에 봉하여져
제나라의 선조가 되었다.

『한서(漢書)』「예문지(藝文志)」에 의하면, 강태공은 저술이
237편이나 되는데, 그중에 85편이 병법(兵法)에 관한 것이라고
한다. 여기서는 그의 저술로 알려져 전하는 『육도』에서 「문도
(文韜)」의 "육수(六守)"를 소개한다.

　　문왕이 태공께 묻기를, "임금이 나라의 주인으로 백성
다스리기를 실패하는 것은 무슨 까닭입니까?" 하니, 태공이 답
하였다. "임금이 신하를 뽑아 벼슬을 줄 때에 조심하지 아니하
였기 때문입니다. 임금은 여섯 가지와 세 가지 보배를 잘 지키
어야 합니다." 하니, 문왕이 "여섯 가지 지켜야 할 것이 무엇입
니까?" 하고 물었다. 태공은 "첫째는 인(仁)이고, 둘째는 의(義)
이며, 셋째는 충(忠)이고, 넷째는 신(信)이며, 다섯째는 용(勇)이
고, 여섯째는 모(謀)입니다. 이것이 임금이 신하를 들어 쓸 때에
꼭 지켜야 할 여섯 가지라고 합니다."라고 답하였다. 문왕이
"여섯 가지를 지키는 사람을 고르려면 무엇을 조심하여야 합니
까?" 하고 물었다. 태공이 "부자이면서도 그가 법을 잘 지키는
가를 보며, 고귀한 지위에 있으면서도 교만하지 아니한가를 보

고, 일을 부탁하여서 마음이 변하지 아니하는가를 보며, 위험한 일을 당하여 겁내지 아니하는가를 보고, 심부름을 시키어 숨김이 없는가를 살피며, 일을 처리하게 하여 막힘이 없는가를 보아야 합니다. 부하면서도 범법하지 아니하면 어진 사람이고, 고귀하면서도 교만하지 아니한 이는 의로운 사람이며, 사명을 주어도 중간에 마음이 변하지 아니하는 것은 충성심이 강한 사람이고, 부려 보아서 숨기지 아니하는 이는 신의가 있는 사람이며, 그를 위험에 빠뜨려도 두려워하지 아니하는 것은 용기 있는 사람이고, 그에게 일을 시켜서 다함이 없는 사람은 지모(智謀)가 있는 사람입니다. 남의 임금이 된 사람은 세 가지 보배를 남에게 빌려주어서는 아니 됩니다. 세 가지 보배를 남에게 빌려주면, 임금이 자기의 권위를 잃게 됩니다." 하였다. 문왕이 "삼가 세 가지 보배를 알고 싶습니다." 하니, 태공이 답하였다. "큰 농업과 큰 공업과 큰 상업을 세 가지 보배라고 합니다. 큰 농업으로 그 한마을을 일으키면 먹을 것이 넉넉하여지고, 기술을 가진 많은 장인들이 한마을을 일으키면 생활용품들이 넉넉하여지며, 큰 장꾼들이 한마을을 일으키면 재물과 돈이 넉넉하여지게 될 것입니다. 이 세 가지 보배는 각각 그 백성들의 삶을 편안하게 하여 줄 것이니, 생활이 안정되면 근심이 없을 것이며, 걱정이 없으면 그 마을들이 어지러워지지 아니할 것입니다. 백성들이 사는 마을들이 어지럽지 아니하면 그 겨레부치와 신하들이 임금보다도 경제생활이 부유하게는 하지 마시고, 도시는 나라보다 크게는 하지 마시고, 여섯 가지를 갖춘 사람으로 지도자를

삼으시면, 임금은 번창하여질 것이며, 세 가지 보배는 온전하여
질 것이니 나라가 편안하여질 것입니다." 하였다.[62]

이 글에서는 철학적인 국가 통치 이념보다 실용적 국가 경
영의 원칙을 밝히고 있음을 이해할 수 있다. 인재 등용의 원칙
으로 육수(六守)를 지적하고, 국민의 생활 여건으로서 농사와
공업과 상업을 나라의 삼보(三寶)라고 하여 삼보의 집단화와
적당한 통제의 필요성까지를 구체적으로 지적하여 문왕이 주
(周)나라를 일으킬 수 있는 군왕적 지도력을 가르친 것을 엿볼
수 있다.

이 글의 지은이인 강태공은 우리나라 강씨(姜氏)들의 선조
로 추앙되는 인물로 디딜방아를 제조한 사람으로도 유명하여
최근까지도 시골에서 디딜방아를 만들면, 그 디딜방아 몸통나
무인 방아채의 아래쪽에 "강태공수목수지작(姜太公首木手之
作)"이라고 뜻글로 써서 그 방아의 수명이 길기를 기원하기도
하며 동시에 길복(吉福)만 있기를 신앙하기도 하였다. 근래에

----

62 "文王問太公曰君國主民者其所以失之者何也太公曰不慎所與也人君者六守三寶文
王曰六守何也太公曰一曰仁二曰義三曰忠四曰信五曰勇六曰謀是謂六守文王曰慎
擇六守者何太公曰富之而觀其無犯貴之而觀其無驕付之而觀其無轉使之而觀其無
隱危之而觀其無恐事之而觀其無窮富之而不犯者仁也貴之而不驕者義也付之而不
轉者忠也使之而不隱者信也危之而不恐者勇也使之而不窮者謀也人君無以三寶借
人借人則君失其威文王曰敢問三寶太公曰大農大工大商謂之三寶農一其鄕則發足
工一其鄕則器足商一其鄕則貨足三寶各安其處民乃不慮無亂其鄕無亂其族臣無富
於君都無大於國六守長則君昌三寶完則國安."

까지도 제주도에서는 "강태공수목수(姜太公首木手)"를 "강태
공서목시"라고 발음하며 성주풀이의 작은 제사를 올리기 위한
집을 지으면서 불러 주술적 극의례(劇儀禮)를 행하기도 하였으
니, 강태공은 결국 차이나인이 아닌 우리 조상임이 분명하다.[63]

그리고 오늘날 일부의 우리나라 학자들 중에는 이러한 병법
서를 문학 작품이라고 할 수 없다는 주장을 펴는 이도 있으나,
상고시대에는 그 당시 현실로 볼 때에 문자 생활을 영유하여
남긴 기록물들 전체를 오늘날의 문학 양식에 맞추어 재단하기
보다는 역사, 철학, 법률, 경제, 교육, 의학, 소설, 수필류 등의
저술들을 함께 싸잡아서 문학으로 보는 것이 세계적인 추세이
다. 최근에 간행된 중공의 곽예형(郭預衡)은 그의 『중국산문사
(中國散文史)』에서 선진시대(先秦時代)의 이른바 제자백가서(諸
子百家書)들을 모두 문학으로 다루고 있다.[64]

4. 2. 2. 2. 도덕경(道德經)

이 『도덕경(道德經)』은 춘추시대 초(楚)나라 사람 이이(李耳)
가 지은 도가류(道家類)의 경전으로 일반적으로는 『노자(老
子)』라고 일컫는다. 이 작품의 지은이에 관하여는 그 설이 분
분하나, 사마천(司馬遷)은 그의 『사기(史記)』「열전(列傳)」에서

---

63 현용준, 『제주도 무속자료사전』, 신구문화사, 1980.
64 郭預衡, 『中國散文史』, 上海古籍出版社, 2000.

노자기우도(老子騎牛圖)
대만 국립 고궁 박물관 소장

이이(李耳)의 자는 백양(伯陽), 시호는 담(聃)이라고 하였다. 주
(周)나라 수장실(守藏室)의 사(史)를 지냈는데, 그때에 공자가
찾아와서 예(禮)를 배웠다고 한다. 이 작품은 5,000여 언으로
노자의 사상이 잘 드러나 있다. 내용은 상편에 "체도(體道)"를
비롯한 "위정(爲政)"까지 37장(章)과 하편에 "논덕(論德)"부터

"현질(顯質)"까지 44장으로 되어 있어서 모두 81장이나 된다. 노자는 이 작품의 첫줄에서 "말로 표현할 수 있는 도(道)는 영원불변의 도가 아니고, 이름 붙여 부를 수 있는 이름은 참다운 실재의 이름이 아니다. 무(無)는 천지의 시초이고, 유(有)는 만물의 근원이다."[65]라고 하였다. 여기서는 제2장의 "양신(養身)" 전문을 소개한다.

천하의 모든 사람들이 미(美)를 아름답다고 알기 때문에 추악(醜惡)한 일은 하지 아니한다. 또 모든 사람들은 선(善)을 착하다고 알기 때문에 불선(不善)을 하지 아니한다. 그러므로 유와 무는 상대적으로 나타나고, 어려움과 쉬움도 상대적으로 이루어지고, 길고 짧은 것도 상대적으로 형성되고, 높고 낮음도 상대적으로 대비되고, 말과 소리도 상대적으로 어울리고, 앞과 뒤도 상대적으로 따르는 것이다. 그러므로 성인(聖人)은 무위(無爲)의 태도로써 세상사를 처리하고 말 없는 교화를 실행한다. 만물로 하여금 스스로 자라게 버려두고 인위적인 간섭을 더하지 아니하며, 만물이 자라도 자기의 소유로 삼지 아니하고, 만물이 잘 자라도 자기의 자랑으로 삼지 아니하고, 모든 공업(功業)을 이루고도 높은 자리에 처하지 아니한다. 오직 공이 있으되, 높은 자리에 처하지 아니하므로 그의 공적이 언제까지나

---

65 "道可道非常道名可名非常名無名天地之始有萬物之母.(하략)"

남아 있게 된다.[66]

여기서 우리는 노자의 "무위이자연(無爲而自然)"의 철학을 엿볼 수가 있다.

4. 2. 2. 3. 관자(管子)

이 작품은 공자보다도 약 150년을 먼저 태어나 지금의 산동성(山東省)에 있었던 제(齊)의 환공(桓公)을 도와 춘추시대 패왕(覇王)이 되게 한 명재상 관중(管仲)이 지은 것으로 전하여 오나, 그의 추종자들인 후세인들이 덧붙이어 쓴 것들이 많은 것으로 알려져 있다. 내용은 「경언(經言)」,

관자(管子)
『삼재도회(三才圖會)』 인물권(人物卷)에서

---

66 "天下皆知美之爲美斯惡已故有無相生難易相成長短相形高下相傾音聲相和前後相隨是以聖人處無爲之事行不言之敎萬物作焉而不辭生而不有爲而不恃功成而弗居夫惟弗居是以不去.(하략)"

「외편(外篇)」, 「내언(內言)」, 「단어(短語)」, 「구언(區言)」, 「잡
(雜)」, 「관자해(管子解)」, 「경중(輕重)」 등 8부에 76편으로 구성
되어 있다. 이것은 한(漢)나라 유향(劉向)이 564편이나 되는 분
량을 줄이어 지금에 우리들이 읽을 수 있는 76편으로 엮은 것
이라고 한다. 관중(管仲)은 정치가이면서 경제가이었던 것으
로 평가되고 있다. 그의 이름은 이오(夷吾), 자는 중(仲)이며 시
호(諡號)는 경(敬)이다. 여기서는 「목민(牧民)」편의 "국송(國
頌)"에서 일부를 인용하여 소개한다.

　　무릇 국토가 있어 백성을 다스리는 사람은 일 년 내내
힘써서 창고에 곡식이 가득하게 하여야 합니다. 나라가 재물이
많으면 먼 데 있는 사람들도 모여들며, 벽지에 있는 백성들도
거용하여 머물러 살게 하여야 합니다. 곳간이 가득 차야 예절을
알게 되며, 입을 것과 먹거리가 넉넉하면 영광과 오욕을 알게
되고, 위에 있는 사람이 법도를 지키면 육친(六親)이 편안할 것
입니다. 예(禮)와 의(義)와 염(廉)과 치(恥)의 네 가지 도덕을 실
천하면 임금의 명령이 잘 지켜질 것입니다. 그러므로 형벌이 없
는 나라가 될 수 있는 요체는 사치와 허식을 금하는 데에 있습
니다. 나라를 지키는 법도는 예, 의, 염, 치의 네 가지 도덕을 잘
실천하는 데에 있습니다. 백성들을 길들이는 바른 길은 인귀(人
鬼)와 천신(天神)을 밝히어 산천에 경건히 제사를 올리며, 종묘
(宗廟)를 받들어 모시고, 조상과 옛 어른을 공경하여야 합니다.

하늘이 주는 사시(四時)를 따라 열심히 노력하지 아니하면 생산
도 없으며, 땅의 이로움을 활용하지 아니하면 곳간이 텅 비게
될 것입니다. 들판이 황무지로 버려지게 되면 백성들은 살 길이
없게 됩니다. 임금이 방종하면 백성들도 망령될 것이고, 임금이
허영과 사치를 금하지 아니하면 백성들도 음란하여질 것이며,
군주의 방종과 백성들의 허화를 막지 못하면 범죄가 많아질 것
이고, 인귀와 천신을 밝게 하지 못하면 추한 백성들이 깨닫지
못할 것이며, 산천에 제를 제대로 올리지 못하면 임금의 위엄이
널리 지켜지지 아니할 것이고, 종묘를 공경하지 아니하면 백성
들도 군주의 행동을 닮을 것이며, 조상과 옛 어른을 공경하지
아니하면 효제(孝悌)가 갖추어지지 아니할 것입니다. 예, 의,
염, 치의 네 가지 도덕이 지켜지지 아니하면 나라는 곧 망하여
없어질 것입니다. (하략)[67]

이 글에서 우리는 관중의 논리 전개와 문장 수사가 정연하면
서도 순박함을 인식할 수 있을 뿐 아니라, 통치자의 몸가짐에
관한 언급이 임금과 백성의 관계를 어버이와 자식의 눈으로 보
고 윤리와 경제의 활동에 솔선수범할 것을 강조하고 있다.

---

67 "凡有地牧民者務在四時守在倉廩國多財則遠者來地辟擧則民留處倉廩實則知禮節
衣食足則知榮辱上服度則六親固四維張則君令行故省刑之要在禁文巧守國之度在
飾四維順民之經在明鬼神祇山川敬宗廟恭祖舊不務天時則財不生不務地利則倉廩
不盈野蕪曠則民乃管上無量則民乃妄文巧不禁則民乃淫不璋兩原則刑乃繁不明鬼
神則陋民不悟不祇山川則威令不聞不敬宗廟則民乃上校不恭祖舊則孝悌不備四維
不張國乃滅亡. (하략)"

4.2.2.4. 논어(論語)

『논어(論語)』는 유가(儒家)의 경전 중에서 사서(四書)의 하나로, 공자(孔子)의 말과 그 제자들과 동시대의 사람들과 주고받은 대화(對話)와 행동에 관한 기록을 모은 것이다. 내용은 "학이(學而)"편을 비롯하여 "요왈(堯曰)"편까지 모두 20편으로 구성되어 있으며, 편명은 그 편의 첫 어절(語節) 두 글자를 떼어서 이름한 것이다. 유가들은 이 『논어』「위정(爲政)」편에 나오는 "공자께서 이르시기를, '시경의 300편의 내용은 한 마디로 말하면, 사특한 생각이 없다.' 하시었다.[子曰詩三百一言以蔽之曰思無邪]"라는 이야기를 근거로 공자의 문학관으로 보아 시평론(詩評論)의 기준으로 삼았으며, 「술이(述而)」편의 "공자께서 말씀하시기를, '나는 옛 것을 풀이하고, 없던 일을 지어내지는 아니 하였으며, 옛것을 믿어서 좋아하기를 간절히 하였으니, 나를 상(商)나라의 어진 대부이었던 노팽(老彭)에 견줄 만하다.' 하시었다.[子曰述而不作信而好古竊比於我老彭]"는 글에서 "술이부작(述而不作)"을 근거로 하여 허구적 내용의 소설(小說)을 배척하는 소설 비평의 기준을 삼기도 하였다.

또 「양화(陽貨)」편에서는 "공자께서 말씀하시기를, '제자들아! 어찌하여 저 시경을 배우지 아니하느냐? 시는 느낌을 일게 하고, 읽을 만하며, 무리와 어울릴 수도 있고, 원망할 수도 있으며, 가까이는 부모님을 섬길 수 있고, 멀리는 임금님을 섬길

공자(孔子)
명나라 때 구영(仇英)이 그린 그림, 출처 : 위키피디아

수도 있으며, 날짐승과 길짐승이며 풀과 나무들의 이름도 많이 알 수가 있다.' 하시었다.[子曰小子何莫學夫詩詩可以興可以觀可以群可以怨邇之事父遠之事君多識於鳥獸草木之名]"라는 글을 통하여 공자의 문학적 효용성(文學的效用性)에 관한 언급이 후일의 유학적 문학비평의 기준이 되었다.

「팔일(八佾)」편에는 "공자께서 이르시기를, 이(夷)와 적(狄)

의 나라에는 임금이 있어도 여러 하(夏)땅에 임금이 없는 것만 같지 아니하다.[子曰夷狄之有君不如諸夏之亡也]"라는 기록이 보인다. 이 기록을 분석하여 보면, "이적(夷狄)"을 "오랑캐"라고 하여 야만시하여 풀이한 것은 한족(漢族)이 중원 대륙을 통합한 뒤부터 스스로 세계의 중심이라고 으쓱대면서 뽐낸 데에서 비롯된 것이므로 선진시대(先秦時代)의 기록에 나타난 이적(夷狄)을 야만으로 풀이하는 것은 잘못된 것이라고 필자는 생각한다. 공자님의 이 말씀 속에는 당시의 중원에 있는 여러 고장에는 아직 임금이 없었던 지도체재 미비의 군소 집단 부락 단위의 사회이었음을 인정한 것이라고 풀이가 가능하다. 이것은 바꾸어 말하면, 공자의 말씀 속에 드러난 이적(夷狄)은 결코 야만이나 미개인들의 집단이 아닌 군주(君主)가 있는 지도 체재가 확립된 국가단위의 문명 집단이라는 깊은 뜻이 담겨 있음을 알아야 할 가르침이다. 그리고 공자의 말씀 중에 하(夏)가 이적(夷狄)보다 우월하다고 이제까지 풀이하여온 것은 잘못된 풀이이다. 유가(儒家)들의 맹목적인 존주사상(尊周思想)에서 비롯된 잘못들이다. 그 이유는 먼저 공자의 이 말씀이 들어 있는 「팔일(八佾)」편의 앞뒤 문맥을 살펴보는 것이 순리이다.

『논어』의 「팔일」편은 『논어』 전체 20편 중에서 제3편인데, 모두 26장으로 구성되어 있다. 그중에서도 이 이야기는 5번째 기록이다. 「팔일」편의 제1장은,

공자께서 계씨를 평하여 말씀하기를, "팔일무를 집 안 마당에서 춤추게 하니, 감히 이런 일을 하는 것을 보면, 무슨 일인들 하지 못하겠는가?"라고 하셨다.[孔子謂季氏八佾舞於庭是可忍也孰不可忍也]

는 것이다. 이것은 공자께서 노(魯)나라의 대부(大夫)인 계손씨(季孫氏)의 무례함을 평하신 것이다. 여기서 무례하다는 것은 "팔일(八佾)"이 여덟 사람의 춤꾼들이 8줄로 늘어서서 64명의 군중이 추는 천자(天子)가 즐기는 춤인데, 16명의 춤꾼이 4줄로 나뉘어 추는 사일(四佾)을 즐기며 만족하여야 할 대부가 참람한 짓을 한다는 행위를 무례(無禮)한 짓으로 규정한 것이다. 대부가 천자의 행세를 하니, 그러한 정신 상태라면, 무슨 짓인들 다할 수 있는 위험한 인물이라는 것을 꾸짖은 것이다. 또 제2장에서도,

노(魯)나라의 삼가(三家) 사람들은 주(周)나라의 왕실을 기린 『시경』「옹가(雍歌)」를 읊조리며 제사를 마치자 공자께서 말씀하시기를, "시에 이르기를, '제후는 천자를 돕고, 천자는 기뻐서 근엄한 용모로 심원한 생각을 하신다.' 하였는데, 어찌 삼가의 사당에서 천자의 제사 노래를 부르는가?"[68]

....
68 "三家者以雍徹子曰相維辟公天子穆穆奚取於三家之堂."

라고 하시었다. 이 역시 노(魯)나라의 대부(大夫)인 계손(季
孫)·숙손(叔孫)·맹손(孟孫)의 세 집안사람들의 무례한 행동을
비판하신 것이다. 그리고 제3장에서는

　　공자께서 말씀하시기를, "사람이 되어 어질지 못하면,
예는 어떻게 지킬 것이며, 사람이 되어 어질지 못하면, 음악은
하여서 무엇하겠는가?[子曰人而不仁如禮何人而不仁如樂何]"

라고 하여 인(仁)이 예악의 기초이며, 동시에 인간성을 고매하
게 닦는 목적임을 강조하고 있다.
　또 제4장에서는,

　　노(魯)나라 사람인 임방(林放)이 "예(禮)의 근본이 무엇
인지 알고 싶습니다." 하니, 공자께서 답하시기를, "대단하구
나! 그 물음이여! 예를 지키려면, 사치하기보다는 오히려 검소
하여야 하고, 장례를 모시는 일은 형식을 갖추려 하기보다는 오
히려 슬퍼하여야 한다."[69]

고 가르치시었다. 그리고 제5장이 바로 앞에 든 군왕(君王)이
지배하는 이적(夷狄)은 군장(君長)이 없는 하(夏)나라의 여러

----

69 "林放問禮之本子曰大哉問禮與其奢也寧儉喪與其易也寧戚."

고장과는 같지 아니하다고 한 그 말씀이다. 그 다음의 제6장
은,

> 계씨(季氏)가 태산(泰山)에 가서 산제를 지내려 하매 공
> 자께서 염유(冉有)를 보고 말씀하시기를, "자네가 말릴 수가 없
> 겠느냐?" 하시니, 대답하기를, "못 말리겠는데요." 하였다. 공
> 자께서 말씀하시기를, "아! 슬프구나! 태산의 산신께서 예의 바
> 르기가 저 임방(林放)만도 못하다는 말인가?"[70]

하시며 제후의 나라인 노나라의 한낱 대부에 지나지 아니하는
계씨가 천자가 올리는 제사만을 받아 드시는 태산의 산신께
제를 올린다는 무례를 범한다니까 공자께서는 계씨와 계씨의
집사 염유와 태산의 산신까지를 싸잡아 못마땅하게 생각하시
어 한 말씀이다. 여기서 염유는 성이 염(冉)이고, 이름이 구(求)
이며, 자를 자유(子有)라고 하는 사람으로, 공자보다 29세나 어
린 제자이고, 무례한 계씨의 집사(執事)이기 때문에 계씨의 무
례한 행위를 간하여 제지할 수 없겠느냐고 물으신 것인데, 염
유는 일언지하에 못 하겠다고 거절한 것이다. 이 또한 무례한
일이 아닐 수 없다. 그리고 태산의 신께는 천자가 올려야 드시
는 격이 높은 제사를 제후국의 대부가 천자의 행세를 하며 올

---

70 "季氏旅於泰山子謂冉有曰女弗能救與對曰弗能子曰嗚呼曾謂泰山弗如林放乎?"

리는 옳지 아니한 사특한 제사를 그냥 받아 드시면 안 된다는
경고의 탄식이다.

　이상의 1, 2, 4, 6의 4개 장은 모두 공자의 나라인 노나라의
권세가인 대부(大夫) 계손씨를 비롯한 삼가(三家)들이 모두 제
후국의 대부로서 천자의 행세를 하는 무례함을 지적하면서 인
의(仁義)를 강조하신 것이다. 그리고 제5장은 군주가 있는 이
적(夷狄)들은 군주가 없는 제하(諸夏)지방의 군소 집단과는 다
르다고 하신 것으로 풀이하면, 오히려 이적(夷狄)에는 예의(禮
儀)가 있고, 제하(諸夏)에는 예의가 지켜지지 아니한다는 뜻으
로 평한 말씀이 되기 때문이다.

　또 『논어』의 제9편인 「자한(子罕)」에는,

　　공자께서 구이(九夷) 땅에 가서 살려고 하시자, 어떤 사
　람이 말하기를, "그 비루한 나라에서 어찌 사시려 하십니까?"
　하니, 공자께서 말씀하시기를, "군자(君子)가 사는 곳이라면, 어
　떤 더러움이 있겠는가?" 하셨다.[子欲居九夷或曰陋如之何子曰
　君子居之何陋之有].

고 한다. 여기서의 구이(九夷)는 동방에 있는 9군자국을 가리
키니, 현토(玄菟)・고구려・낙랑・만식(滿飾)・부유(鳧臾)・색가
(索家)・동도(東屠)・왜인(倭人)・천비(天鄙)를 가리킨다. 이는
공자께서 군자 나라의 풍습이 사람답게 사는 고장임을 강조하

고 선망하여 마지 아니하였음을 밝힌 것이라고 하겠다.

또 『논어』의 제13편인 「자로(子路)」에는,

> 번지(樊遲)가 어짊[仁]에 관하여 여쭈니, 공자께서 말씀
> 하시기를, "평소 집에서 살고 있을 때에는 공손한 자세를 취하
> 고, 일을 맡아 처리할 때에는 공경히 하여야 하며, 남을 대할 때
> 에는 진심을 다하여야 한다. 비록 문명한 곳으로 가더라도 이
> 세 가지는 버려서는 아니 된다.[樊遲問仁子曰居處恭執事敬與
> 人忠雖之夷狄不可棄也]

고 하신 공자의 말씀을 근거로 하여 이제까지는 "이적(夷狄)"
을 "미개한 사람들[野蠻人]"로 풀이하여 왔으나, 이제부터는
그 반대로 풀이하여야 한다. 그것은 마치 오늘날 우리들 중의
어떤 가족이 세계 제일의 문명국인 아메리카 합중국이나, 유
럽의 어느 나라로 이민을 갈 때에 집안의 어른은 "너희가 외국
으로 이민을 가더라도 한국인임을 절대로 잊어서는 아니 된
다."고 훈계하면서 떠나보내는 것이 위의 공자님의 말씀을 되
풀이하는 것과 같은 것이기 때문이다.

여기서 필자가 이제까지의 "이적(夷狄)"을 "미개한 사람들"
의 대명사처럼 생각하면 아니 된다고 확언하는 것은 공자님이
구이(九夷)에 가서 살고 싶다고 하신 뜻이 군자(君子)의 나라이
기 때문이라고 하셨기 때문이다. 따라서 선진(先秦) 시대에는

이적(夷狄)이 결코 야만(野蠻)의 무리들이 아니었음을 확인할 수가 있다.

또 중화인민공화국의 대학자로 일찍이 『국학개론(國學槪論)』과 『국학십이강(國學十二講)』 등의 역저를 남긴 조취인(曹聚仁)은 그의 『중국학술사상사수필(中國學術思想史隨筆)』이라는 책에서 "공자 그는 바로 은(殷)나라 민족의 유민이다[孔子他是殷民族的遺民]"라고 단정하였다.[71] 이것은 곧 필자가 선진 시대 문학을 우리 천손족의 문학으로 다루는 것이 잘못이나 억지가 아니라는 사실을 거듭 확인시켜 주는 증거가 된다. 은나라 왕실의 선조가 우리 천손족이며, 이른바 은허문자(殷墟文字)라는 갑골문자(甲骨文字)는 바로 우리 조상들이 사용한 옛한글[古韓契]인 것을 이미 앞에서 밝힌 바 있으므로 다시 말하지 아니한다.

4.2.2.5. 묵자(墨子)

『묵자(墨子)』는 춘추 전국시대 노(魯)나라에서 태어나서 이웃의 여러 나라를 떠돌다가 송(宋)나라에서 수레를 만들며 살았던 천한 사람이라고 알려진 묵적(墨翟:1853-1913, 서기 전 480-420)의 저술이라고 한다. 이 작품은 전 15권 53편이 전하

---

71 曹聚仁, 『中國學術思想史隨筆』, (生活·讀書·新知三聯書局, 1986) 쪽 69.

는데, 묵자는 당시의 지주(地主) 계급인 유가(儒家)들을 비난하면서 당시 사회의 혼란과 인간의 불행이 모두 서로 미워하며 싸우는 데에서 비롯되는 것이라고 생각하고, 겸애(兼愛)와 반전(反戰)을 주창하였다. 지은이는 일찍이 송(宋)나라 소공(昭公)의 대부(大夫)를 지냈다고 한다. 그의 정치상의 주장은 세습정치(世襲政治)를 반대하고, 불의(不義)의 전쟁을 반대하면서 절용(節用)·절장(節葬)·비악(非樂)을 강조하였다. 『한서(漢書)』「예문지」에는 원래 71편이었다고 하나, 지금은 53편만이 전한다. 『묵자(墨子)』의 중요 목차는 모두 46편 중에서 제1편

묵자(墨子)
출처 : 위키피디아

「친사(親士)」를 비롯하여 제7편 「삼변(三辯)」까지와 제44편 「대취(大取)」-46편 「경주(耕柱)」는 모두 단권으로 되어 있으나, 제8-10편 「상현(尙賢)」과 제11-13편 「상동(尙同)」, 제14-16편 「겸애(兼愛)」, 제17-19 「비공(非攻)」, 제20-22편 「절용(節用)」, 제23-25편 「절장(節葬)」, 제26-28편 「천지(天志)」, 제29-31편 「명귀(明鬼)」, 제32-34편 「비악(非樂)」, 제35-37편 「비명(非命)」, 제38-40편 「비유(非儒)」, 제41-43편 「경설(經說)」 등은 모두 상중하 3권씩으로 구성되어 있다.

여기서는 이 작품의 맨 앞부분인 「친사(親士)」편의 일부만을 소개한다.

새로 왕위에 올라서 왕을 도와줄 선비가 없으면 나라를 잃게 될 것입니다. 어진 사람을 보고도 빨리 등용하지 아니하면 어진 사람[賢士]은 그 임금을 용군(庸君)으로 생각할 것입니다. 어진 사람을 찾지도 아니하고, 또 찾고도 빨리 등용하지 아니하면 선비와 더불어 나라의 일을 근심할 수 없으니, 어진 사람 구하기를 빨리 하지 아니하고 선비를 홀시하고서 그 나라가 망하지 아니한 예가 일찍이 없었습니다.

옛날에 진(晉)나라 문공(文公)은 다른 나라로 망명하였다가 천하를 바로잡았으며, 제(齊)나라 환공(桓公)은 나라에서 쫓겨 달아났다가 뒤에 제후(諸侯)의 패자(覇者)가 되었고, 월(越)나라 임금 구천(句踐)은 오왕(吳王)에게 항복하는 치욕을 당하였다가 오히려 조용한 가운데 나라의 어진 임금이 되었습니다.

　이 세 사람들은 천하에 이름을 떨칠 수 있게 성공하였거니와 이들은 모두 자기 나라에서 억눌리거나 큰 수모를 겪었습니다. 최고의 성군은 실패가 없고, 그 다음 어진 임금은 실패는 있으나 큰일을 이루었으니, 이는 백성을 잘 다루었기 때문이라고 할 것입니다.(하략)[72]

　이 글은 어느 나라나 그 나라의 군주가 인사 등용을 어떻게 하느냐에 따라서 나라의 운세가 달라지는 그 중요성을 강조한 것이다. 이 작품의 문학성은 다른 제자백가서(諸子百家書)들보다 지나치게 질박하고 강론적인 점에서 조금 떨어지는 것으로 평가되고 있으나 소설적 정취가 높은 면과 사변적(思辨的)인 면에서는 오히려 문학적 가치가 자못 높다고도 인정받고 있다.

4. 2. 2. 6. 열자(列子)

　이 『열자(列子)』는 전국시대 도가(道家)로 알려진 열어구(列御寇:1883-1958, 서기 전 450-375)의 저술이다. 열어구는 그

----

72 "入國而不存其士則亡國矣見賢而不急則緩其君矣非賢無急非士無與慮國緩賢忘士而能以其國存者未曾有也昔者文公出走而正天下桓公去國而霸諸侯越王句踐遇吳王之醜而尚攝中國之賢君三子之能達名成功於天下也皆於其國抑而大醜也太上無敗其次敗而有以成此之謂用民.(하략)"

이름이 어구(圉寇·圍寇)라고도 표기되어 있다. 장자(莊子)의
선배로 알려진 정(鄭)나라 사람이다. 당시의 제자(諸子)들은 거
의가 벼슬길에 나아가서 자기의 경륜을 펴서 백성들을 잘 사
는 나라를 만들어보겠다고 하였으나, 열어구는 정나라의 시골
에 묻히어 조용히 농사를 지으며 산 사람으로, 40년이나 한 마
을에서 살았어도 마을 사람들은 물론하고, 나라의 군주(君主)
와 경대부(卿大夫)들까지도 그를 무식한 사람으로 인정하여 한
사람의 평범한 백성처럼 대하였다는 것으로 유명하다. 그는
정치적으로는 공적을 따라 내실을 구함[循名責實]과 없이 사는
것을 귀하게 여김[無爲而治]이고, 철학적으로는 없이 사는 것
을 귀하게 여김[貴虛]과 새기고 다듬어서 오히려 질박하게 함
[彫琢反朴]을 주장하여 후세인들은 그를 황제(黃帝)와 노자(老
子)의 일파를 벗어나지 못한다고 평하여 도가(道家)의 한 사람
으로 인정하였다.

　현재 전하는 『열자』는 진(晉)나라 사람이 지은 위서(僞書)라
는 설도 있으나, 현재 전하는 이 작품의 내용은 8편으로, 제1편
이 「천서(天瑞)」, 제2편이 「황제(黃帝)」, 제3편이 「주목왕(周穆
王)」, 제4편이 「중니(仲尼)」, 제5편이 「탕문(湯問)」, 제6편이
「역명(力命), 제7편이 「양주(楊朱)」, 제8편이 「설부(說符)」로 되
어 있다. 『열자』는 운명론(運命論)과 이기설(利己說)과 도교적
애자연성(道敎的愛自然性) 및 불교사상(佛敎思想) 등으로 집약

하고 있다.

여기서는 『열자』의 첫째 편인 「천서(天瑞)」편의 글을 조금 인용 소개한다.

(전략) 생하는 것과 생하지 아니하는 것이 있고, 화(化)하는 것과 화하지 아니하는 것이 있다. 생하지 아니하는 것은 생하는 것을 생할 수 있고, 화하지 아니하는 것은 화하는 것을 화하게 할 수 있다. 생하는 것은 생하지 아니할 수 없고, 화하는 것은 화하지 아니할 수 없다. 그러므로 항상 생하고, 항상 화한다. 항상 생하고, 항상 화하는 것은 생기지 아니하는 때가 없고, 항상 변화하는 것은 화하지 아니하는 때가 없다. 음양(陰陽)이 그러하고, 사시(四時)가 그러하다. 생기지 아니하는 것은 의독(疑獨)이요, 화하지 아니하는 것은 갔다가 돌아와서 그것이 끝날 수 없다. 의독의 도(道)는 다할 수가 없다.[73]

이 글은 천지 만물과 우리 인간 사회도 이 생성 변화 속에서 살고 있다는 사실을 알려주는 것으로 열자의 자연 순응(自然順應)의 사상을 엿볼 수 있게 하는 것이다.

---

73 "(전략) 有生不生有化不化不生者能生生不化者能化化生者不能不生化者不能不化故常生常化常生常化者無時不生無時不化陰陽爾四時爾不生者疑獨不化者往復其際不可終疑獨其道不可窮."

4. 2. 2. 7. 맹자(孟子)

『맹자(孟子)』는 춘추 전국시대에 지금의 산동성 추읍현(山東省鄒陰縣)에 있었던 추(鄒)나라 사람으로, 유가(儒家)의 공자(孔子) 다음의 성인(聖人)으로 존경받는 맹가(孟軻:1961-2044, 서기 전 372-289)의 저술로 알려져 온다. 그러나 실은 맹자 자신이 지은 것이 아니고, 그의 제자인 만장(萬章)과 공손추(公孫丑)가 맹자가 말한 것을 기록한 것이라고 한다. 이 작품은 「양혜왕(梁惠王)」,「공손추(公孫丑)」,「등문공(滕文公)」,「이루(離婁)」,「만장(萬章)」,「고자(告子)」,「진심(盡心)」 등 7편으로 구성되어 있는데, 모두 상하(上下)로 나누어져 있다. 편명은 모두 『논어(論語)』처럼 각 편의 첫 어절 2-3자를 취하여 지은 것이다.

맹자는 혼란한 시대에 천하를 두루 돌며 자기를 등용할 제후(諸侯)를 찾았으나 뜻을 이루지 못하고 고향에 돌아와서 제자들을 가르치며 여생을 마치었다. 이 작품에는 그의 정치사상과 인생철학 및 교육관(敎育觀)이 잘 드러나 있다. 대화체 문장 속의 언어는 생동감이 넘치고, 문채(文彩)가 뛰어난 것으로 평가된다. 여기서는 이 작품의 중간 부분인 「이루」장의 하편 첫 부분을 인용 소개한다.

맹자께서 말씀하시기를, "순(舜)임금은 저풍(諸馮)에서 나서 부하(負夏)로 옮겼다가 명조(鳴條)에서 돌아가셨으니, 동이(東夷)의 사람이다. 문왕(文王)은 기주(岐周)에서 나서 필영(畢郢)에서 돌아가셨으니, 서이(西夷) 사람이라 하겠다. 이 순임금과 문왕의 두 성인이 태어난 곳은 떨어진 거리가 천여 리가 넘고, 시대는 천여 년의 차이가 있지만, 뜻을 얻어서 천하에 도를행한 것에 있어서는 마치 부절(符節)처럼 꼭 들어맞으니 선성(先聖)이나 후성(後聖)이 행한 도는 한가지이었다." [74]

맹자(孟子)
대만 국립 고궁 박물관 소장

---

74 孟子曰 '舜生於諸馮遷於負夏卒於鳴條東夷之人也文王生於岐周卒於畢郢西夷之人
也地之相去也千有餘里世之相後也千有餘歲得志行乎中國若合符節先聖後聖其揆
一也.'

　　여기서는 맹자가 인정(仁政)의 도를 실행한 성군(聖君)인 순(舜)과 문왕(文王) 두 사람을 대비하여 그 출신이 순임금은 동이인(東夷人)이고, 문왕은 서이인(西夷人)이며, 두 사람이 살았던 시차가 일천 년이 넘지만 인의(仁義)의 도(道)를 행한 정치는 동일하였다고 갈파하면서 자신의 정치관도 같음을 암시하고 있다. 특히 여기서 우리는 맹자가 순과 문왕을 동서의 갈림은 있으나 같은 이족인(夷族人)임을 강조한 사실에 주목할 필요가 있다. 이족(夷族)은 큰 활을 사용하며 생활하는 문화 수준이 높은 군자족(君子族), 곧 천손족(天孫族)인 환족(桓·韓族)임을 깨달아야 한다. 이제까지 많은 학자들은 이 이(夷)를 "오랑캐[非文明人=野蠻人]"라고 천대하여 이른 말로 풀이하여 왔으나 그것은 매우 잘못된 것이다. 사마천(司馬遷)의 중화사상(中華思想)이 보편화되기 훨씬 이전 사람으로 성현(聖賢)을 숭앙하였던 맹자가 성군(聖君)으로 높이 존경하는 순임금님과 문왕을 오랑캐로 깎아내려 욕을 보이는 어리석은 짓은 결코 하지 아니하였을 것이기 때문이다. 맹자의 이 증언이야말로 필자가 이 문학사에서 이제까지 선인들에 의하여 차이나문학으로 다루어져 왔던 선진시대(先秦時代) 비한인(非漢人)의 문학 작품들 모두를 우리나라 문학으로 다루어야 한다는 주장의 근거 중 하나가 되기도 한다.

　　이제까지 우리나라에서는 이 『맹자』를 문학서로 읽기보다 유학(儒學)의 경전(經典)으로 읽거나, 교양인이라면 반드시 읽어야 하는 철학서로 더 유명하게 다루어 왔다. 이 책을 통하여 인정되는 맹자의 철학 사상은 인간의 심성(心性)은 착하다는 성선설(性善說)과 인의예지(仁義禮智)를 바탕으로 한 사단(四端) 칠정론(七情論)이 유명하다. 또 그의 정치사상은 민본주의(民本主義)를 바탕으로 한 인정(仁政)이 왕도(王道)임을 주장하였고, 경제사상은 「등문공(藤文公)」편에서 사회 분업적(社會分業的) 생산방식을 강조하고 있는 것으로 평가되고 있다.

그리고 오늘날의 차이나인들은 그들의 문학사에서 『맹자(孟子)』를 포함한 사서삼경(四書三經)과 제자백가서(諸子百家書)들을 모두 "제자산문(諸子散文)"이라고 하여 문학 작품으로 다루고 있다.[75]

4. 2. 2. 8. 장자(莊子)

이 『장자(莊子)』는 춘추 전국시대 철학자로 이담(李聃) 이후 도가(道家)의 아조(亞祖)로 추앙되는 송(宋)나라 몽(蒙) 사람인 장주(莊周:1964-2047, 서기 전 369-286)의 저술이다. 일명 "남화경(南華經)"이라고도 하는데, 이 작품도 장주와 그의 제자들

----

75 金啓華 외, 『中國文學史』, 江西敎育出版社, 1989.
　　馬稷高 외, 『中國古代文學史』上下, 湖南文藝出版社, 1992.
　　郭預衡, 『中國散文史』上中下, 上海古籍出版社, 2000.

에 의하여 이루어진 것이
라고 한다. 내용은 원래
『한서(漢書)』「예문지(藝文
志)」에 의하면, 52편이던
것이 현재는「내편(內篇)」
7편,「외편(外篇)」15편,
「잡편(雜篇)」11편 등 33편
으로 구성되어 전한다. 대
체로「내편(內篇)」은 장주
의 작품이고, 나머지는 그
의 제자들의 작이라고 평
하고 있다. 장주는 일찍이

장자(莊子)
『삼재도회(三才圖會)』인물권(人物卷)에서

고향 몽(蒙)지방에서 칠원리(漆園吏)이었다가 이웃 제(齊)나라
와 위(魏)나라를 두루 돌아보고, 초(楚)나라 위왕(威王)의 예빙
(禮聘)을 거절하고, 집신을 삼아서 가난하게 살면서 이 작품을
저술하였다고 한다. 어떤 사람은 전국시대 유일의 문학 대가
(文學大家)라고 높이 평가하기도 한다.

이 작품은 그 편명(篇名)이「내편」은 "소요유(逍遙遊)", "제
물론(齊物論)", "양생주(養生主)", "인간세(人間世)", "덕충부(德
充符)", "대종사(大宗師)", "응제왕(應帝王)"과 같이 3자로 되어
있는데 비하여「외편」과「잡편」은 "병무(騈拇)", "경상초(庚桑

楚)" 등과 같이 2자로 된 편명이 21편이고, 3자로 된 편명이 5
편으로 되어 있다. 그래서 평자들은 오직 「내편(內篇)」만이 장
주의 저술이고, 나머지는 제자들의 작이라고 한다. 그리고 「내
편(內篇)」은 문장도 수려하고, 내용도 순수하고 일관된 장주의
철학과 사상이 잘 나타나 있고, 또 이 작품의 내용은 다른 여러
학자들의 저술들이 통치자 중심으로 독자층을 대상으로 한 글
들인데 비하여 일반 서민들의 삶의 질에 초점을 두었다는 점
을 평자들은 높이 평가한다.

그래서 어떤 학자는 장자를,

　　첫째, 극단적 비관주의자이다.

　　둘째, 대사회 현실에 극단적 불만자이다.

　　셋째, 도피 구전성명(逃避苟全性命)의 선동자이다.

　　넷째, 마음속의 고민을 주관적 환상으로 해소하려 한 사
　　　　람이다.

등으로 신랄하게 비판하기도 하였다.[76]

여기서는 「제물론(齊物論)」에서 장자의 도관(道觀)을 엿볼
수 있는 짧은 글을 일부 소개한다.

　　(전략) 도(道)는 어디에 숨어 있기에 참[眞]과 거짓[僞]이
있고, 말[言]은 어디에 숨어 있기에 옳고[是] 그름[非]이 있는가?

---

76 朱其鎧, 『中國文學史二百四十題』, 山東文藝出版社, 1985.

도는 모든 곳에 있고, 말은 모두가 옳지 아니한가? 도는 편견에
가려지고, 말은 꾸밈에 가려져 있다. 그러므로 유가(儒家)와 묵
가(墨家)의 옳고 그름이 있어서 옳은 것으로써 그르다 하여 그
른 것이 옳아지게 되니, 그 그른 것이 옳아지게 하고자 하면, 그
른 것이 옳아져야 하니, 본연을 밝힘만 같지 못할 것이다.(하
략)[77]

　이 글은 4단으로 구성되어 있는데, 제1단은 도와 말은 본래
하나뿐이건만, 사람들에 의하여 참과 거짓과 옳고 그름으로
나뉘어 혼란을 초래한 현실을 제기한 것이고, 제2단은 사람들
의 편견과 꾸밈에 의하여 본래의 도와 말이 가려지게 된 원인
을 언급한 것이고, 제3단은 유가(儒家)와 묵가(墨家)의 사이에
서로가 자기네 도가 옳고 상대방의 도가 그르다고 분쟁이 일
게 된 결과를 밝힌 것이며, 제4단은 옳고 그름을 따지는 것으
로는 본래의 도를 밝힐 수 없으니, 사람에 의하여 숨겨진 본래
의 도와 말을 구명함만 같지 못하다는 해법을 밝힌 부분이다.
　지금 대만(臺灣)의 진포청(陳蒲淸) 같은 사람은 이 『장자(莊
子)』를 일종의 철리우언(哲理寓言)이라고 하면서 "산문적 예술
정화(散文的藝術精華)"로 높이 평가하고 있다.

77　"(전략) 道惡乎隱而有眞僞言惡乎隱而有是非道惡乎往而不存言惡乎存而不可道隱
　　於小成言隱於榮華故有儒墨之是非以是其所非非其所是欲是其所非而非其所是
　　則莫若以明.(하략)"

4. 2. 2. 9. 순자(荀子)

『순자(荀子)』는 춘추 전국시대 말기의 사상가이며 교육가인 순황(荀況)의 저술로 32편의 글이 전한다. 순자의 이름은 황(況 :2020-2095, 서기 전 313-238)이고, 자가 경(卿)이라서 당시 사람들은 그를 존경하여 순경(荀卿)이라고 불렀다. 조(趙)나라 사람으로, 나이 50이 되어서야 이웃나라 제(齊)국에 유학하여 세 번이나 좨주(祭酒)의 벼슬을 지내고, 초(楚)나라에 가서 난릉령(蘭陵令)을 지낸 뒤에는 이 저술을 지으며 여생을 보냈으니, 그의 문하(門下)에서 배출된 사람들 중에 한비(韓非)와 이사(李斯)가 있다. 한(漢)나라 때에는 선제(宣帝)의 이름 유순(劉荀)을 피하여 손경(孫卿)이라고 불려졌다.

이 작품은 모두 32편으로 구성되어 있는데, 거의가 순자 자신이 지은 것으로 알려져 있는 성악설(性惡說)의 대표적 논설문들이다.

여기서는 이 작품의 맨 앞에 있는 「권학(勸學)」편에서 일부를 소개하겠다.

군자는 말한다. "배움은 중지하면 안 된다. 남색(藍色)은 쪽풀에서 짜내지만, 쪽빛보다 더 푸르다. 얼음은 물이 얼어서 된 것이지만, 차기는 물보다 더하다. 나무는 곧지만 먹줄을 받으면 구부러져 둥근 수레바퀴가 되는데, 그 굽음은 규범에 맞

순자(荀子)
『역대성현명인상(歷代聖賢名人像)』, 북경 고궁박물관
출판사 1994, 위키피디아

추었기 때문이다. 비록 햇볕에 바싹 말려도 다시 펴지지 아니하
고 둥근대로 있는 것은 그렇게 되게 하였기 때문이다. 나무는
먹줄을 받으면 곧아지고, 쇠는 숫돌에 갈아야만 날카로워진다.
군자도 널리 배우되 매일 세 가지로 살펴보면, 슬기는 더욱 밝
아져서 행실에 잘못이 없는 것이다. 그러므로 높은 산을 올라보
지 아니하면, 하늘이 높다는 사실을 알지 못한다. 깊은 산골짜
기를 가까이 가 보지 아니하면, 땅이 얼마나 두터운지를 알지
못한다. 선왕께서 '묻고 배우는 것이 크다는 것을 꼭 알아야 한
다.'고 하신 유언을 듣지 못하였는가? 한(干)과 월(越)과 이(夷)

와 맥(貊)의 아이들이 태어날 때에는 그 울음소리가 모두 같지
만, 자라나면서 풍속이 달라지는 것은 교육이 그렇게 만들기 때
문이다."(하략)[78]

이 가르침은 오늘날에도 그대로 적용되는 천고(千古)의 진
리라고 하겠다. 이 글을 통하여 순자가 교육을 얼마나 중시하
였는가를 짐작할 수가 있다. 사람의 타고난 성품이 착하냐 악
하냐를 떠나서 그 어느 쪽의 사람에게도 교육은 꼭 필요한 것
임을 잘 알려 주고 있다.

또 "한(干)과 월(越)과 이(夷)와 맥(貊)의 아이들"을 견준 것
은 "한(干)": "월(越)"과 "이(夷)": "맥(貊)"의 대비가 아니고, 미
개한 "한(干)과 월(越)": 군자국 사람 "이(夷)와 맥(貊)"의 견줌
으로 보아야 한다.

4. 2. 2. 10. 한비자(韓非子)

『한비자(韓非子)』는 춘추 전국시대 말기의 법가(法家)로 유
명한 한비(韓非: 2053-2101, 서기 전 280-234)가 지은 55편의 글
이다.

---

78 "君子曰學不可以已青取之於藍而青於藍氷水爲之而寒於水木直中繩輮以爲輪其曲
中規雖有槁暴不復挺輮使之然也故木受繩則直金就礪則利君子博學而日參省乎己
則智明而行無過矣故不登高山不知天之高也不臨深谿不知地之厚也不聞先王之遺
言不知學問之大也干越夷貊之子生而同聲長而異俗教使之然也.(하략)"

한비는 한(韓)나라의 귀족 출
신으로 일찍이 이사(李斯)와 같
이 순자(荀子)를 찾아가서 공부
하고, 한왕(韓王)에게 극단적
공용주의(功用主義)의 법치(法
治)를 건의하였으나 중용되지
못하고, 뒤에 진시황(秦始皇)의
초빙을 받아 진(秦)에 갔다가
동문수학(同門受學)의 벗 이사
(李斯)의 모함에 빠져 옥사하였

한비(韓非)
출처 : 위키피디아

다. 여기서는 그의 「주도(主道)」편에서 일부를 인용 소개하겠
다.

    도(道)라는 것은 만물(萬物)의 시초(始初)이며 시비(是
非)의 실마리가 된다. 그러므로 밝은 임금은 시초를 지켜서 만
물의 근원을 알고, 실마리를 다스려서 잘하고 잘못한 것의 단초
(端初)를 안다. 그러므로 텅 비고 고요한 마음으로 명령을 기다
리면 이름에 관한 명령은 스스로 내려지게 되고, 일에 관한 명
령은 스스로 정(定)하여지게 된다. 마음을 비우면 실지의 정을
알게 되고, 고요하면 행동의 올바른 것을 알게 된다. 말이 있는
자는 스스로 명칭을 지으며, 일이 있는 자는 스스로 형식을 만
들게 된다. 명칭과 형식이 함께 어울리면 임금은 곧 하는 일이

없이도 실정(實情)으로 돌아가게 된다. (하략)[79]

여기서 우리는 한비(韓非)가 말하는 도(道)가 노자(老子)가 말한 도와 같은 면이 있음을 알게 된다. 텅 비고 고요한 마음으로 아무런 작위(作爲)도 없이 우주(宇宙)가 만물을 화육 생성(化育生成)하는 자연 법칙의 원리를 터득하는 것이 밝은 임금의 길임을 설파하고 있다. 또 이 글은 문예면에 있어서도 대구(對句)와 압운(押韻)의 수사법(修辭法)을 활용하고 있는 명문이기도 하다. 예를 들어 보이면, "만물지시 시비지기야(萬物之始 是非之紀也)"에서 "만물지"와 "시비지"는 대구이고, "시"와 "기"는 같은 운(韻)이다. "수시이지만물지원(守始以知萬物之源)"과 "치기이지선패지단(治紀以知善敗之端)"도 "수시이지만물지"와 "치기이지선패지단"이 대(對)이고, "원"과 "단"이 같은 운이다. 이처럼 『한비자』는 수사면(修辭面)에서도 문예성(文藝性)이 높은 것으로 평가되고 있다. 오늘날의 대만(臺灣) 학자들은 차이나 고대 문학의 대표적 우언(寓言) 작품집이라고 극찬한다.[80]

---

79 "道者萬物之始是非之紀也是以明君守始以知萬物之源治紀以知善敗之端故虛靜以待令令名自命也令事自定也虛則知實之情靜則知動者正有言者自爲名有事者自爲形形名參同君乃無事焉歸之其情故曰君無見其所欲君見其所欲臣自將彫琢君無見其意君見其意臣將自表裏曰去好去惡臣乃見素去舊去智臣乃自備. (하략)"

80 陳蒲淸, 『中國古代寓言史』, 駱駝出版社, 1987.

4. 2. 2. 11. 공손용자(公孫龍子)

춘추 전국 말기의 조(趙)나라 사람으로 유세객(遊說客)의 신분이었던 공손용(公孫龍 : 2003-2083, 서기 전 320-250)의 저술로 알려진 14편의 글이다. 현재는 「적부(跡府)」, 「백마론(白馬論)」, 「지물론(指物論)」, 「통변론(通變論)」, 「견백론(堅白論)」, 「명실론(名實論)」의 6편이 전한다. 우리나라 논리학사의 기초가 되는 작품으로 유명하다. 여기서는 「백마론(白馬論)」의 예문 일부를 소개한다.

> 백마가 말이 아니라면 말이 되는가?[白馬非馬可乎?]
>
> 답하기를, 말이 된다.[曰可]
>
> 묻기를, 무슨 이유인가?[曰何哉]
>
> 답하기를, 말이라고 하는 것은 겉모양을 이름 붙인 것이기 때문이고, 희다는 것은 빛깔을 이름한 것이기 때문이다. 색을 이른 것은 겉모양을 이르는 것이 아니다. 그러므로 백마는 말이 아니라고 한다.[曰馬者所以命形也白者所以命色也命色者非命形也故曰白馬非馬.]
>
> 묻기를, 백마가 있으면 말이 없다고 말할 수는 없다. 말이 없다고 말할 수 없는 것은 말이 아닌가? 백마가 있으면, 말이 있다고 한다. 희다고 말이 아니라는 것이 무엇인가?[有白馬不可謂無馬者非馬也? 有白馬爲有馬白之非馬何也?]
>
> 답하기를, 말을 구하면 누런 말도 좋고, 검은 말이라도 좋지

만, 백마를 구하면서 누런 말·검은 말은 데려올 수 없다. 백마
도 곧 말이니까 구하는 바에는 한 가지인데, 구하는 것이 한 가
지이라면 백마는 말과 다른 것이 아니다. 구하려는 것과 다른
것도 아니다. 구하는 것이 같으면 누런 말이나 검은 말도 있으
면 좋다. 말이 있는데도 안 된다는 것은 무엇인가? 옳은가? 그
른가? 그 실상이 분명하지 아니하다. 그러므로 누런 말이나 검
은 말이나 한 가지이다. 마땅한 말이 있으면 좋은 일이고, 꼭 백
마가 있어야 하는 것은 아니다. 백마가 말이 아니라는 것은 살
펴보아야 한다.(하략)[曰求馬黃黑馬皆可致求白馬黃黑馬不可致
使白馬乃馬也是所求一也所求一者白者不異馬也所求不異如黃
黑馬有可有不可何也可與不可其相非明故黃黑馬一也而可以應
有馬而不可以應有白馬是白馬之非馬審矣.(하략)]

　이 이야기는 이른바 백마비마론(白馬非馬論)으로 유명한 논
리학 이론에서 자주 논의되는 공손용의 논변 명제(論辯命題)이
다. 여기에서 우리는 우리의 상고시대 논리학의 수준을 파악
할 수가 있다.

4. 2. 2. 12. 손자병법(孫子兵法)

　『손자병법(孫子兵法)』은 춘추시대(春秋時代) 제(齊)나라 사람
으로, 성명을 손무(孫武), 자를 상경(常卿)이라고 하며 간략히
불러 손자(孫子)라고 하는 이가 오(吳)나라의 임금 합려(闔閭)

를 위하여 지은 병법서 (兵法書)이다. 이 책은 13편으로 되어 있다. 그 편명들은 ① 시계 (時計) ② 작전(作戰) ③ 모공(謀攻) ④ 군형(軍形) ⑤ 병세(兵勢) ⑥ 허실(虛實) ⑦ 군쟁(軍爭) ⑧ 구변(九變) ⑨ 행군 (行軍) ⑩ 지형(地形) ⑪ 구지(九地) ⑫ 화공(火攻) ⑬ 용간(用間)이다. 오나라 임금 합려는 이

손빈(孫臏)
『역대성현명인상(歷代聖賢名人像)』, 북경 고궁박물관출판사 1994, 위키피디아

책을 보고 손무에게 궁녀 180명을 주고 두 부대로 나누어 연습을 시키어 그의 뛰어난 재주를 확인하고 장군(將軍)을 삼았다고 한다.

여기서는 "용간(用間)"의 앞부분 일부를 소개한다.

손자는 말하였다. "무릇 군대 10만을 일으켜 천리 밖으로 가면, 백성들의 부담과 관가에서 만들어내야 할 비용이 하루에 천금이 든다. 나라가 안팎으로 소란하게 동요되어 도로가 막

히어 일을 할 수 없게 되는 사람들이 70만 호나 된다. 이러한 상태로 몇 년을 버티며 하루의 승리를 위하여 싸우면서 작위에 따라 주는 녹봉을 아끼어 적의 사정을 알지 못하는 것은 더할 수 없이 어질지 못한 일이다. 그러한 장수는 남의 장수가 아니며, 국왕을 도와주는 사람도 아니고, 승리하는 임금도 아니다. 그러므로 현명한 임금과 어진 장수는 움직이기만 하면 승리하여 여러 사람들보다 뛰어나게 성공하는 것은 먼저 아는 것이 있기 때문이다. 먼저 안다는 것은 귀신에게서 취하는 것이 아니고, 일의 성패를 점을 쳐서 알 수 있는 것도 아니며, 일정한 법칙에서 경험을 통하여 알 수 있는 것도 아니다. 반드시 적의 사정을 아는 사람에게서 알 수 있는 것이다. 그럼으로 간첩을 쓰는 것이다. 간첩을 쓰는 방법은 다섯 가지가 있다. 향간(鄕間)이 있고, 내간(內間)이 있으며, 반간(反間)이 있고, 사간(死間)이 있으며, 생간(生間)이 있다. 향간이라고 하는 것은 그 고장에서 살고 있는 사람을 써서 정보를 알아내는 것이고, 내간이라고 하는 것은 그 나라 벼슬아치를 써서 정보를 알아내는 것이며, 반간이라는 것은 적의 간첩을 역으로 써서 적정을 알아내는 것이고, 사간이라는 것은 이쪽에서 일부러 거짓된 일을 하여 아군을 시켜 적에게 누설시키어 적을 교란하는 것이며, 생간이라는 것은 적국 안으로 깊이 파고 들어가서 정보를 수집하고 돌아와서 보고하게 하는 첩보활동이다. 그러므로 삼군 안에서 군사의 일에 관한 한 친근하기가 간첩보다 더 친근한 자는 없으며, 은혜로운 상(賞)은 간첩들에게 주는 것보다 후한 것이 없고, 일이 비밀스럽기가 간첩보다 더 비밀스러울 수는 없다. 지혜가 뛰어난 성인이 아니고는 간첩을 쓸 수 없으며, 인의를 겸비한 사람이 아니면 간첩을 부릴 수가 없고, 미묘한 재능이 있는 사람이 아니면 간첩을 써도 좋은 열매를 얻을 수가 없다. 미묘하고도 미묘한 것이 첩보활동을 통한 정보의 수집이다. 정보활동이야말로 쓰이지 아니하는 곳이 없다."[81]

지금 우리처럼 남북한이 적대시하며 싸우다가 휴전 중인 상황에서는 손무공이 말하는 첩보활동이야말로 적의 의도와 상황을 알기 위하여 반드시 활용하여야 할 일이다.

4. 2. 2. 13. 오자병법(吳子兵法)

『오자병법(吳子兵法)』은 춘추 전국시대 위(衛)나라 사람으로 용병(用兵)을 좋아하였던 오기(吳起)가 지은 병법책이다. 오기는 일찍이 증자(曾子)에게서 학문을 배우고, 노(魯)나라 임금을 섬기었다. 때에 제(齊)나라가 노나라를 침공하매 노나라에서

---

81 "孫子曰凡興師十萬出兵千里百姓之費公家之奉日費千金內外騷動怠於道路不得操事有七十萬家相守數年以爭一日之勝而愛爵祿百金不知敵之情者不仁之至也非人之將也非主之佐也非勝之主也故明君賢將所以動而勝人成功出於衆者先知也先知者不可取於鬼神不可象於事不可驗於度必取於人知敵之情者也故用間有五有鄕間有內間有反間有死間有生間五間俱起莫知其道是爲神紀人君之寶也鄕間者因其鄕人而用之也內間者因其官人而用之也反間者因其敵間而用之也死間者爲誑事於外令吾間知之而傳於敵生間者反報也故三軍之事親莫親於間賞莫厚於間事莫密於間非聖智不能用間非仁義不能使間非微妙不能得間之實微哉微哉無所不用間也."

는 오기를 대장으로 삼아 방어하려 하였으나 오기의 아내가
제나라 사람이라 의심하였다. 오기는 제나라 편이 아니라는
것을 확인시키고자 자기의 아내를 죽이었다. 노나라에서는 오
기를 장수로 삼아 제나라를 쳐서 크게 이겼다. 오기는 인간적
으로는 많은 사람들에게서 질시와 악평에 시달리기도 하였다.
오기는 장수가 된 뒤에 병사들과 똑같이 생활하며 사병이 등
창이 나면, 그 아픈 고름을 직접 입으로 빨아서 병을 낫게 하여
군졸들을 감동시키기도 하였다.

여기서는 『오자병법』의 첫머리 나라 다스리는 꾀[圖國]의 일
부를 소개한다.

오자가 말하기를, "옛날에 나라를 다스리는 임금은 반
드시 먼저 백성들을 가르친 뒤에 만민과 친하였다. 4가지 불화
(不和)가 있으니, 나라에 불화가 있으면 군대를 내어서는 아니
되고, 군내에 불화가 있으면 전쟁터로 군대를 내어 진을 칠 수
없으며, 군진 안에서 불화가 있으면 나아가서 싸워서는 아니 되
고, 싸우는 마당에서 불화가 있으면 결코 이길 수가 없다. 이런
까닭으로 도(道)가 있는 임금은 앞으로 그 백성들을 쓰고자 할
때에는 먼저 화합하게 한 뒤에 큰일을 실행하였다. 그리하여 감
히 사사로운 꾀를 믿어서는 아니 되며, 반드시 조상의 사당에
아뢰고, 거북의 등가죽을 불에 태워 길흉을 점쳐 본 뒤 천기와
시절을 참작하여 보아 좋은 때에야 군사를 낼 것이다. 이에 임

금이 백성들의 목숨을 사랑하고, 백성들의 죽음을 애석하게 생각하는 것이 이처럼 지극한 줄을 알게 하면, 나라가 어려운 때를 만났을 때에 백성들은 전쟁터에 나아가 죽음을 영광으로 알고, 도망하여 살아남는 것을 욕된 것으로 생각할 것이다."(제1장)

위(衛)나라 무후(武侯)가 오기에게 물어 말하기를, "군사를 다스리고, 사람의 재능을 헤아리고 나라를 굳게 할 방법을 알고 싶습니다." 하였다. 오기가 대답하여 말하기를, "옛날의 현명한 임금은 반드시 임금과 신하의 예의를 조심스레 지키었으며, 윗사람과 아랫사람도 예의를 엄숙히 하였고, 관리들과 백성들을 모아 편안하게 하여 그 풍속을 따라서 가르치며, 어질고 능력이 있는 인재들을 모아 뜻밖의 괴로운 일을 대비하였습니다. 제(齊)나라 환공(桓公)은 능력이 있는 군사 5만 명을 모아 제후의 우두머리가 되었으며, 진(晉)나라 문공(文公)은 앞서 가는 군사 4만 명을 불러 그 뜻을 이루었고, 진(秦)나라 목공(穆公)은 적진을 잘 무너뜨리는 군사 3만 명을 두어 이웃에 있는 적국들을 복속시키었습니다. 그러므로 힘이 센 나라의 임금들은 반드시 그 백성들을 잘 헤아리어 알고, 백성들 중에서 담력이 있고, 용기와 힘이 있는 사람들을 길렀으며, 진(秦)나라는 그들을 모아 600명으로 된 부대[卒]를 만들어 즐겁게 나아가 싸우게 하였습니다. 그 힘을 본받아서 충성과 용맹을 나타내려는 사람들이 있으면, 그들을 모아 하나의 졸(卒)부대를 만들고, 높은 곳을 넘고 먼 곳을 뛰어 몸이 가볍고 발이 빨라 잘 달리는 사람들을 모아 또 하나의 졸(卒)부대를 만들었으며, 임금의 신하로서 그 지위를 잃었을 때에 윗사람에게 공을 보이려는 사람들을 모아 하나의 졸(卒)부대를 만들고, 성을 버리고 지키는 자리를 떠난 사람으로 그 부끄러움을 씻으려는 사람들을 모아 또 하나의 졸(卒)부대를 만들었습니다. 이 다섯 졸(卒)부대는 군대로는 훈련이 잘된 날랜 부대가 됩니다. 이 3,000명의 군대가 있으면, 안에서는 나가서 에워싸인 성을 풀어내어 지킬 수가 있고, 밖에서는 들어와 성을 무찌를 수가 있었습니다." (제5장)[82]

이 글에서는 오자(吳子)의 병법의 원리가 나라를 다스리는 사람이 그 나라 백성들을 편안하게 행복을 누리며 잘 살 수 있게 하는데 큰 목적을 두고, 그러한 나라를 유지하기 위하여 군사의 필요성을 강조하고 있다. 제5장의 글은 다섯 가지 특기를 가진 병졸들을 모집하여 그들의 장기(長技)를 살리어 5개의 부대를 만들어 훈련에 의하여 정예부대를 이루면 나라의 안팎으

82 吳子曰昔之圖國家者必先教百姓而親萬民有四不和不和於國不可以出軍不和於軍不可以出陣不和於陣不可以進戰不和於戰不可以決勝是以有道主將用其民先和而後造大事不敢信其私謀必告於祖廟啓於元龜參之天時吉乃後舉民知君之愛其命惜其死若此之至而與之臨難則士以進死爲榮退生爲辱矣.(제1장)
武侯問曰願聞治兵料人固國之道起對曰古之明王必謹君臣之禮飾上下之儀安集吏民順俗而教簡募良材以備不虞苦齊桓募士五萬以霸諸侯晉文召爲前行四萬以獲其志秦穆置陷陳三萬以服隣敵故強國之君必料其民民有膽勇氣力者秦爲一卒樂以進戰效力以顯其忠勇者聚爲一卒能踰高超遠輕足善走者聚爲一卒王臣失位而欲見功於上者聚爲一卒棄城去守欲除其醜者聚爲一卒此五者軍之練銳也有此三千人內出可以決圍外入可以屠城矣.(제5장)

로 평안을 유지할 수 있다고 주장한다.

4. 2. 2. 14. 삼략(三略)

『삼략(三略)』은 한(漢)나라 건국 공신인 장량(張良)이 황석공(黃石公)에게서 받았다는 병법서(兵法書)이다. 대체로『육도(六韜)』와 함께 일컬어져 "육도삼략"이라고 한다. 또 세상에서는 흔히『황석공병법(黃石公兵法)』, 또는『태공병법(太公兵法)』이라고도 한다.

『삼략(三略)』은 원래 주(周)나라 건국 공신인 강태공(姜太公)이 지은『육도삼략(六韜三略)』이었는데, 진시황(秦始皇)이 분서갱유(焚書坑儒)를 할 때에 없어진 것을 황석공이『삼략』만을 제자 장량에게 전하여 주어서 따로 전하게 되면서『황석공병법(黃石公兵法)』으로 둔갑하게 된 것이라고 한다. 그 내용은 상략(上略)·중략(中略)·하략(下略)의 3편으로 구성되어 있는데, 상략이 하략

장량(張良)
『만소당죽장서전(晩笑堂竹莊書傳)』,
출처 : 위키피디아

보다 내용이 훨씬 우수하다는 뜻이 아니고, 서술 편의상 세 부분으로 나누었다는 뜻이다. 략(略)은 "병략(兵略)"의 뜻이고, 「상략」은 다시 22장으로 나누어 예상(禮賞) 제도와 간웅(奸雄) 배척의 일과 성공과 실패의 사례를 설명하고 있으며, 「중략」은 5장으로 나누어 삼황(三皇)과 오제(五帝)와 왕자(王者)와 패자(霸者)의 순으로 정치의 수준을 권변(權變)에 따라 설파하고, 「하략」은 6장으로 도덕과 국가의 안위에 관한 설명을 하고 있다. 여기서는 「하략」편의 맨 끝장만을 소개하기로 한다.

어진 신하가 요직에 있으면 사악한 신하는 밖으로 밀려 간다. 사악한 신하가 요직에 있으면 어진 신하는 죽임을 당하게 된다. 등용되는 것과 추방되는 일이 마땅 함을 잃으면 대대로 앙화와 큰 혼란이 일어날 것이다. 대신이 임금을 의심하면 많은 간사한 무리들이 모여들게 될 것이다. 신하가 임금만큼 높아지면 상하의 구별이 없게 된다. 어진 사람을 중상한 자는 삼세에 걸쳐 앙화를 받을 것이며, 어진 사람을 숨기어 가린 사람은 그 해(害)를 그 스스로가 받게 되고, 어진 사람을 시샘하는 사람은 그 이름이 온전할 수가 없으며, 어진 사람을 진출시키는 사람은 그에게 오는 복이 자손들에게까지 전하여질 것이다. 그러므로 군자는 급하게 어진 사람을 천거하여 진출시키어 아름다운 이름이 더욱 빛나게 되는 것이다.

한 사람이 이롭고자 백 사람을 해롭게 하면 국민들이 성곽을

떠나게 되며, 한 사람이 이롭겠다고 일만 사람들을 해롭게 하면
온 나라가 곧 흩어져 달아날 것을 생각하게 될 것이다. 한 사람
의 이로움을 없이하여 백 사람들을 이롭게 한다면 사람들은 그
은혜를 사모하게 될 것이고, 한 사람이 이롭기를 취하지 아니하
면 일만 가지 정치가 곧 안정되어 살기 좋은 나라가 될 것이
다.[83]

이 글에서 보듯이 『삼략』은 직접 군사를 동원하여 전투에
임하여 어떻게 싸워야 이길 수 있다는 내용이 아니라, 지도자
가 어떻게 생각하고 어떻게 처신하면 나라가 편안하고, 국민
들이 살기 좋은 나라가 되어 전쟁이 없게 할 수 있는가를 깨우
치게 하는 정치 철학과 인재 등용의 방법들을 이론적으로 제
시하고 있는 것이 특징이다. 이 책의 내용은 일반인들에게도
처세술(處世術)을 익히는데도 훌륭한 교본이 될 수 있다.

4.2.2.15. 여씨춘추(呂氏春秋)

이 작품은 춘추 전국시대가 끝날 무렵에 복양(濮陽) 사람으
로, 양적(陽翟) 지방의 부호이었던 여불위(呂不韋)라는 이가

---

83 "賢臣內則邪臣外邪臣內則賢臣斃內外失宜禍亂傳世大臣疑主衆奸
集聚臣當言尊上下乃昏君當臣處上下失序傷賢者殃及三世蔽賢者身受其害嫉賢者其名不全進賢者
福流子孫故君子急於進賢而美名彰焉利一害百民去城郭利一害萬國乃思散去一利
百人乃慕澤去一利萬政乃不亂."

당시의 전국의 학자들을 모아 각자가 성취한 학문과 사상을 기록하게 하여 저술한 것이라고 한다. 당시 진(秦)나라는 소양왕(昭襄王 : 재위 2027-2083, 서기 전 306-250)이 주나라 난왕(赧王) 50(2068, 서기 전 265)년에 진나라 선태후(宣太后)가 죽자 서자인 안국군(安國君) 주(柱)를 태자로 삼았다. 안국군에게는 아들이 20명이나 있는데, 그중에 안국군이 미워하는 하희(夏姬)라는 부인의 아들 초(楚)가 있었다. 안국군은 초를 조(趙)나라로 볼모로 보내놓고, 오히려 조나라를 자주 침공하여 초를 괴롭혔다. 때마침 여불위는 조나라의 수도인 한단(邯鄲)에서 장사를 하다가 우연히 초를 만나자 초를 진나라 왕을 만들기로 작심하고, 초에게 접근하여 진나라의 다음 임금이 되게 하겠다고 초에게 약속을 굳게 하였다. 여불위는 진나라로 들어가 안국군의 사랑을 독차지하면서도 대를 이어줄 아들이 없는 화양부인(華陽夫人)의 환심을 사고, 화양부인에게 초를 여러 아들들 중에서 가장 어진 이라면서 친아들처럼 생각하게 하였다. 그리고 초에게도 화양부인을 친어머니보다 더 가깝게 잘 모실 것을 일렀다. 그리고 여불위는 자기가 사랑하여 이미 자기 아이를 임신하고 있는 애첩을 초에게 바치었다. 얼마 뒤인 단제기원 2082(서기 전 251)년에 소양왕이 죽고, 안국군이 왕위에 오르니, 화양부인은 왕후가 되고, 왕후는 초를 천거하여 초가 태자에 봉하여졌다. 안국군은 왕위에 오른 지

1년 만에 죽어 시호를 효문왕(孝文王)이라고 하였다. 효문왕의 뒤를 이어 초가 왕위에 오르니, 이가 곧 장양왕(庄襄王)이다. 장양왕도 재위 3년만인 2086(서기 전 247)년에 죽으니, 실은 여불위의 아들인 나이 어린 태자 정(政)이 왕위를 이어 등극하매 여불위가 섭정을 하였다. 이 왕이 바로 뒷날의 진시황(秦始皇)이 되었다고 한다.

진시황(秦始皇)
『삼재도회(三才圖會)』인물권(人物卷)에서

이 책은 내용이 「십이기(十二紀)」·「팔람(八覽)」·「육론(六論)」으로 되어 있는데, 「십이기(十二紀)」는 1년 12개월을 비정하여 1기를 각각 5편씩 전체 60편을 실었으며, 이 책의 요지를 이루고 있다. 옛 어른들은 이른바 제자백가서(諸子百家書)들을 분류할 때에 『논어』, 『맹자』, 『순자』 등을 유가서(儒家書)라고 하고, 『노자』, 『장자』 등을 도가서(道家書)로 분류하고, 『한비

자』는 법가서(法家書)로 분류하면서 이 『여씨춘추』는 잡가서
(雜家書)로 분류하였다. 이 책을 잡가서로 분류한 것은 이 책의
내용이 잡되어서가 아니고, 그 내용의 영역이 종합적이고 너
무 다양하여 해박하기 때문에 이른 말일 뿐이다. 여기서는 「십
이기(十二紀)」에서 몇 줄만 인용 소개한다.

(전략) 일반적으로 물은 그 성질이 맑은데, 흙이 물을 흐
리게 하기 때문에 물은 그 맑음을 보존하지 못한다. 사람의 성
질은 오래 살 수 있는데, 물건들이 사람을 미혹에 빠트리므로
사람이 오래 살 수가 없다. 사물이라는 것은 생명을 기르는 것
이 성질이지, 성질로 기르는 것이 아니기 때문이다.

오늘날 세상 사람들은 어리석은 많은 사람들이 생명을 걸고
사물을 기른다. 이는 곧 무엇이 중요하고, 무엇이 중요하지 아
니한가를 잘 모르는 것이다. 세상에는 중요한 것이 중요하지 아
니한 것이 될 수도 있고, 중요하지 않은 것이 중요한 것이 될 수
도 있다. 만약 이와 같이 한다면, 늘 무엇을 하든 실패하지 아니
하는 일이 없다. 이와 같은 태도로 임금노릇을 하면 도리에 어
긋나게 될 것이고, 이와 같은 태도로 신하노릇을 하면 질서가
어지러워지게 될 것이며, 이와 같은 생각으로 자식노릇을 한다
면 방탕하고 무례한 자식이 될 것이다. 나라에 이러한 세 가지
중에 하나만 있을 경우에는 반드시 나라가 망하게 될 것이다.

지금 여기 어떤 소리가 있는데, 귀로 들으면 반드시 기분이

좋아질 것이나, 이미 그 소리를 들은 사람이 다른 사람으로 하여금 그 소리를 들으면, 귀머거리가 될 것이라고 하면 반드시 듣지 아니할 것이다. 여기 어떤 아름다운 미인이 있는데, 눈으로 그 미인을 보면 반드시 기분이 좋아질 것이지만, 이미 본 사람이 그 미인을 보면 눈이 먼다고 다른 사람들에게 말하면 사람들은 반드시 보지 아니할 것이다. 여기에 맛있는 음식이 있는데, 이를 입으로 먹어보면 반드시 기분이 좋을 것이나, 이미 그 음식을 먹어본 사람이 다른 사람에게 이 음식을 먹으면 벙어리가 된다고 하면 사람들은 반드시 먹지 아니할 것이다. 이러한 까닭에 성인은 소리와 색과 맛이 있는 음식들이 생명에 이로우면 그것들을 취하고, 생명에 해로우면 그것들을 취하지 아니하고 버리었으니, 이것이 생명을 온전하게 지키는 길이다. 세상의 부귀한 사람들은 그 소리와 색과 맛있는 음식에 매혹되는 사람들이 많아서 밤낮으로 구하려 한다. 요행으로 그것들을 얻으면 어쩌지를 못한다. 그것들에 현혹되어 자기가 자기를 어쩌지 못하는데, 어찌 생명을 상하지 아니하겠는가?(하략)[84]

---

84 "(전략) 夫水之性淸土者汨之故不得淸人之性壽物者汨之故不得壽物也者所以養性也非所以性養也今世之人惑者多以性養物則不知輕重也不知輕重則重者爲輕輕者爲重矣若此則每動無不敗以此爲君悖以此爲臣亂以此爲子狂三者國有一焉無不必亡今有聲於此耳聽之必慊已聽之則使人聾必弗聽有色於此目視之必慊已視則使人盲必弗視有味於此口食之必慊已食之則使人瘖必弗食是故聖人之於聲色滋味也利於性則取之害於性則舍之此全性之道也之貴富者其於聲色滋味也多惑者日夜求幸而得之則逋焉逋焉性惡得不傷?(하략)"

라고 한 이 글은 사람으로서 사람다운 사람의 생명과 같은 인
간의 본성을 잘 지켜 나아갈 수 있는 길을 제시하여 주고 있다.
황금만능주의에 도취되어 사람으로서의 착한 본성과 도덕적
윤리의식이 쇠퇴하여지는 오늘날의 세태까지도 잘 경계하고
있다.

이 작품은 오늘날 차이나 사람들에게서는 매우 교훈성이 높
은 훌륭한 고대 우언집(古代寓言集)으로 평가하고 있다.[85]

4. 3. 신화(神話)

신화(神話)는 아득히 먼 옛날 인류의 신앙과 자연 현상과 사
회 현상의 원시적 이해와 믿음에서 비롯되는 초자연적 환상의
옛일들을 이른다. 이는 대체로 하늘과 땅 사이에 사람이 처음
있게 된 이야기에서 나라를 처음 세운 영웅이야기와 씨족의
시조 출현에 관한 이야기에 이르기까지 입에서 입으로 전하여
오다가 어느 시기에 글자로 옮겨져 일종의 서사문학의 형태로
생산되어 고대 사회의 역사 연구와 작가들의 창작 자료로 활
용되는 중요한 문학적 가치를 지닌다.

여기서는 우리 선인들의 한 뿌리가 되는 순(舜)임금님이 동
이인(東夷人)이라는 맹자(孟子)의 언급에 따라 우리 천손족(天

---

85 陳蒲淸, 『中國古代寓言史』, 駱駝出版社, 1987.

孫族)의 한 선조(先祖)로 보고, 그의 선계(先系)를 사마천(司馬
遷)의 『사기(史記)』 권1, 「오제본기(五帝本紀)」 제1과 『중국역
사간편(中國歷史簡編)』에 근거하여 살펴보기로 한다.

순임금은 보통 "제순유우씨(帝舜有虞氏)"라고 일컬어지는
데, 성(姓)은 요(姚)이고, 이름은 중화(重華)이다. 전욱(顓頊)의
5세손이라고 한다. 그러면 순임금의 5대조인 전욱은 어떤 사
람인가? 황제 헌원(黃帝軒轅)의 증손자(曾孫子)라고 한다. 그러
면 황제 헌원은 어떤 사람인가? 소전(少典)의 아들로 성(姓)은
공손(公孫)이고, 이름은 헌원(軒轅)이라고 한다. 그런데 그 아
버지인 소전은 다만 유웅국(有熊國)의 임금[君]이라고만 기록
되어 있다. 이를 대야발(大野勃)의 『단기고사(檀奇古史)』에서
살피면, 제1세 단제(檀帝) 때의 중신(重臣)인 고시(高矢)는 바로
순임금의 작은아버지라고 밝히고 있다. 이러한 사실을 전제로
하여 역시 차이나의 선진시대(先秦時代) 신화를 우리 역사와
문학 속에 포용하여 뒤틀려 잘못 알려져 온 우리의 정체성(正
體性)을 바로잡아야 한다.[86]

여기서는 크게 두 가지로만 나누어 "천지창조(天地創造)의
신화와 인물신화(人物神話)로 나누어서 엿보기로 한다.

----

86 司馬遷, 『史記』
劉修橋, 『中國歷史簡編』, 新文豊出版公司, 1979.
大野勃, 『檀奇古史』, 陰陽脈診出版社, 2004.

4. 3. 1. 천지창조(天地創造)

천지 창조에 관한 신화로는 인물신화로도 볼 수 있는 반고 (盤古)와 여왜(女媧)의 이야기가 가장 대표적이다.

4. 3. 1. 1. 반고(盤古)

현재 차이나 신화로 알려진 천지 창조의 이야기는 거의 인물 신화와 겹쳐진다. 채정인(蔡正人)의 『고신화선석(古神話選 釋)』에서 예를 들어 보이면, 아래와 같다.

반고(盤古)는 아직 하늘과 땅이 나누어지지 아니하여 한 덩이로 뒤엉켜 있을 때에 달걀과 비슷한 가운데서 출생하여 1만 8천 년을 사는 동안에 하늘과 땅이 쪼개지면서 맑은 양은 하늘이 되고, 흐린 음은 땅이 되었다. 반고는 그 속에서 하루에 아홉 번 변하여 하늘에서는 신(神), 땅에서는 성(聖)이 되었다. 하늘은 매일 약 3m씩 높아지고, 땅은 매일 약 3m씩 두터워졌 으며, 반고는 매일 약 3m씩 자랐다. 이와 같이 1만 8천 년이 되 니, 하늘은 더할 수 없이 높고, 땅은 더할 수 없이 깊어졌으며, 반고는 더할 수 없이 키가 커져서 뒤에 이들이 천황(天皇)과 지 황(地皇)과 인황(人皇)의 삼황(三皇)이 되었다.(하략)[87]

----

87 "天地混沌如雞子盤古生其中萬八千歲天地開闢陽淸爲天陰濁爲地盤古在其中一日 九變神於天聖於地天日高一丈地日厚一丈如此萬八千歲天數極高地數極深盤古極 長後乃有三皇.(하략)"

고 하여 천지 창조에 앞
서 반고(盤古)라는 사람
이 먼저 태어난 1만 8천
년 뒤에 비로소 양기(陽
氣)는 하늘이 되고, 음기
(陰氣)가 땅이 되어 반고
는 하늘에서는 신(神),
땅에서는 성(聖)으로 다
시 1만 8천 년을 살아
마침내 천지인(天地人)
의 삼황(三皇)이 되었다
는 것이다.

반고(盤古)
삼재도회(三才圖會)에서 인용

　　이것이야말로 우리나
라 천손족의 삼신사상(三神思想)을 뿌리 삼아서 이루어진 신화
임을 짐작할 수가 있다.

4. 3. 1. 2. 여왜(女媧)

　　위에서 인용한 바 있는 『고신화선석(古神話選釋)』에 의하면,
여왜(女媧)는 옛날의 신성녀(神聖女)로 만물을 화육(化育)한 사
람이라고 한다. 여왜에 관한 이야기 일부를 소개한다.

(전략) 지나간 옛날 사극(四極)이 무너지고, 구주(九州)가 갈라지며, 하늘도 꺼지고, 땅도 두루 솟구치었으며, 시뻘건 불꽃이 활활 타며 꺼지지 아니하고, 물도 넓은 바다처럼 흘러 멈추지 아니하며, 사나운 짐승들이 선량한 백성들을 잡아먹고, 독수리들은 노인과 어린이들을 낚아채어갔다. 이에 여왜가 오색의 돌을 다듬어서 그 돌로

여왜보천도(女媧補天圖)
淸初에 소운종의 그림, 대만 국립
고궁 박물관 소장

뚫어진 푸른 하늘을 깁고, 자라의 네 발을 잘라서 사극(四極)을 세우고, 흑룡을 죽이어 구주(九州)의 중앙인 기주(冀州)를 건지어내고, 갈대풀을 태워 만든 재를 쌓아가지고 홍수를 멈추게 하였다.(하략)[88]

고 한다. 이것은 일반적으로 "여왜의 보천(補天) 신화"라고 하여 유명하다. 이 여왜는 생황(笙簧)을 처음 만들기도 하고, 복

----

88 "(전략) 往古之時四極廢九州裂天不兼覆地不周載火爁炎而不滅水浩洋而不息猛獸食顓民鷙鳥攫老弱於是女媧鍊五色石以補蒼天斷鼇足以立四極殺黑龍以濟冀州積蘆灰以止淫水.(하략)"

희(伏羲)의 누이라고도 하고, 복희의 부인이라고도 하며, 복희
는 물고기의 비늘로 몸이 되어 있고, 여왜는 뱀의 몸통으로 되
어 있다고도 한다.[89]

이러한 천지개벽(天地開闢)에 관한 신화는 『회남자(淮南子)』
에도 아래와 같이 실리어 전한다.

하늘과 땅이 아직 형태조차 없었던 때에 무형의 모양
[풍익(馮翼)]으로 떠돌고, 그것은 정적과 엄숙한 무형의 모양[洞
灟]으로 막연할 뿐이었다. 이것을 태시(太始)라고 불렀다. 태시
는 허확(虛霩)을 낳고, 허확은 우주(宇宙)를 낳고, 우주는 기(氣)
를 낳았다. 그 기는 구별이 있어서 맑고 밝은 기는 희미하게 뻗
치어 하늘이 되고, 탁하고 걸쭉한 기는 엉키어 덩어리가 되어
대지(大地)가 되었다. 맑은 기가 모이기는 아주 쉽고, 탁한 기가
응고되기는 어려워서 하늘이 먼저 이루어지고, 땅은 나중에 정
하여졌다. 하늘과 땅의 정기가 겹쳐져서 음양이 되고, 음양의
정기만 모이면 사시(四時)가 되며, 사시의 정기가 흩어져서 만
물이 되고, 양의 뜨거운 기운이 싸이어 불을 낳고, 화기의 정
(精)이라는 것이 해가 되었으며, 음의 차가운 기운이 쌓이어 물
이 되고, 물 기운의 정이라는 것이 달이 되었다. 해와 달의 음기
(淫氣)의 정(精)이라는 것이 별들이 되었으며, 하늘은 해와 달과

---

89 蔡正人, 『古神話選釋』, 長安出版社, 1983.
    聞一多, 『神話與詩』, 華東師範大學出版社, 1997.

별들을 받아들이고, 땅은 큰물과 먼지와 티끌들을 받아들이었
다.(하략)[90]

하늘과 땅이 한 덩이로 붙어 있었던 혼돈 상태에서 천지가
쪼개지고, 사시(四時)와 만물(萬物)이 생기고, 별들과 티끌 먼
지들이 천지에 가득하게 된 과정을 설명하고 있다.[91]

4. 3. 2. 인물(人物)

신화적 인물로는 태호(太皞) 복희(伏羲)·염제(炎帝) 신농씨
(神農氏)·황제(黃帝) 헌원(軒轅)·치우(蚩尤)·후직(后稷)·소호
(少昊)·전욱(顓頊)·요(堯)·순(舜)·과보(夸父)·형천(刑天)·우
공(愚公)·팽조(彭祖) 등의 이야기가 유명하다.

4. 3. 2. 1. 복희(伏羲)

오늘날 산동성(山東省) 사람들은 스스로들이 오늘의 "중국
화하문화(中國華夏文化)"를 처음 일으킨 사람들이 동이족(東夷
族)이라는 자긍심을 가지고 복희(伏羲)를 그들의 시조로 생각

----

90 "天墜未形馮馮翼翼洞洞灟灟故曰太始太始生虛霩虛霩生宇宙宇宙生氣氣有涯垠淸
陽者薄靡而爲天重濁者凝滯而爲地淸妙之合專易重濁之凝竭難故天先成而地後定
天地之襲精爲陰陽陰陽之專精爲四時四時之散精爲萬物積陽之熱氣生火火氣之精
者爲日積陰之寒氣爲水水氣之精者爲月日月之淫氣精者爲星辰天受日月星辰地受
水潦塵埃.(하략)"

91 出石誠彦,『支那神話傳說の 硏究』, 中央公論社, 1960.

한다.

복희(伏羲·宓犧·虙戲)는 일명 포희(包犧·包義·庖犧·炮犧)라고도 하는데, 그에 관한 기록은 『태평어람(太平御覽)』 권 78에는 『시함신무(詩含神霧)』에서 인용한 것으로 "큰 발자국이 뇌택(雷澤)에 들어났는데, 화서(華胥)가 그것을 밟고 복희(宓犧)를 낳았다.[大跡出雷澤華胥履之生宓犧]"고 하였다. 사마정(司馬貞)의 『보사기 삼황본기(補史記三皇本紀)』에는 복희는 "뱀의 몸통에 사람의 머리를 하고 있는데, 성덕이 있었다.[蛇身人首有聖德]"고 하였다.[92]

복희는 보통 태호(太皞)라고도 일컬어지는데, 『산해경(山海經)』의 「해내경(海內經)」에는 태호가 하늘을 오르내리는데 이용한 이상한 나무에 관한 이야기가 아래와 같이 기록되어 있다.

> 아홉 개의 언덕이 있는데, 물이 그것을 둘러싸고 있다. 그 아홉 개의 언덕은 도당구(陶唐丘)·숙득구(叔得丘)·맹영구(孟盈丘)·곤오구(昆吾丘)·흑백구(黑白丘)·적망구(赤望丘)·참위구(參衛丘)·무부구(武夫丘)·신민구(神民丘)라고 하였다. 이곳에 나무가 있는데, 푸른 잎에 자줏빛 줄기, 그리고 검은 꽃에 누런 열매를 맺으니, 그 나무를 건목(建木)이라고 하였다. 이 나

----

92 蔡正人, 『古神話選釋』, (長安出版社, 1982), 쪽 50-53.

솟대
출처 : 위키피디아

　무는 키가 100길(약 33m)이나 되며, 가지는 없고, 위는 아홉 갈
래로 꼬불꼬불하게 휘어져 있으며, 아래는 아홉 차례나 뒤얽혀
뭉쳐 있다. 그 열매는 삼씨와 같고, 그 잎은 팥배나무와 같다.
이 나무로 태호 복희씨가 하늘을 오르내렸고, 황제(黃帝)가 이
나무를 있게 하였다.[93]

<hr />

93 "有九丘以水絡之名曰陶唐之丘叔得之丘孟盈之丘昆吾之丘黑白之丘赤望之丘武夫
之丘神民之丘有木青葉紫莖玄華黃實名曰建木百仞無枝有九欘下有九枸其實如麻
其葉如芒大皥爰過黃帝所爲."

고 하여 오늘날까지 우리들에게 이어져 오는 솟대문화 또는 소도신앙(蘇塗信仰)의 원형을 짐작할 수 있게 한다.

또 사마광(司馬光)의 『계고록(稽古錄)』에는,

사마광(司馬光)
『만소당죽장서전(晚笑堂竹莊書傳)』,
출처 : 위키피디아

태호 복희씨(太昊伏羲氏)는 성(姓)이 풍(風)인데, 목덕(木德)으로 하늘을 이어 왕이 되어 완구(宛丘)에 도읍하였다. 우러러 하늘에서 날씨를 알아보고 굽어서 땅에서 법을 살피었다. 이에 처음으로 팔괘를 만들고, 신명의 덕과 통하며 만물의 뜻을 따랐다. 실마디를 묶어서 그물을 결었고, 밭을 일구기도 하였으며 물고기도 잡았다. 상고시대 사람들은 초야에서 살면서도 농사짓기와 누에치기를 알지 못하고, 오직 새들과 길짐승들을 잡아서 그 고기를 먹고 그 가죽들로 옷을

만들어 입었다.(하략)[94]

고 하여 태호 복희씨를 인류 문명의 시조(始祖)로 언급하고 있
다. 다만 문제는 한족(漢族)이냐, 이족(夷族)의 한족(韓族), 곧
천손족(天孫族)이냐에 대한 언급은 없으며, 오늘날의 일부 학
자는 "복희와 여왜(女媧)는 남매(男妹)이면서 부부(夫婦)가 되
어 인류의 시조가 되었다.[伏羲,女媧原是以兄妹爲夫婦的一對
人類的始祖]"고도 언급하고 있으니, 이는 곧 이족(夷族) 곧 천
손족(天孫族)의 후예가 인류의 시조임을 강조한 것으로 보아야
할 것이다.[95]

4. 3. 2. 2. 염제(炎帝)

염제(炎帝)는 신농씨(神農氏)를 가리킨다. 앞에서 인용한
『고신화선석(古神話選釋)』에 의하면,

> 염제 신농씨(炎帝神農氏)는 사람의 몸통에 소의 머리를
> 하고 있다. 신농이 이미 세상에 태어나매 아홉 개의 우물이 저
> 절로 뚫어졌다. 한 우물을 길어 올리니 여러 물들이 모두 움직

---

94 "太昊伏羲氏風姓以木德繼天而王都宛丘仰則觀象于天俯則觀法于地于是始作八卦
以通神明之德以順萬物之情作結繩而爲罔罟以佃以漁上古之民處于草野未知農桑
但逐捕禽獸食其肉衣其皮.(하략)"

95 聞一多,『神話與詩』, 華東師範大學出版社, 1997.

이었다. 신농씨가 다스릴 때에 하늘이 곡식으로 비를 내리 듯하
니, 신농씨가 마침내 밭을 갈아 그 곡식을 씨로 심고, 흙으로 그
릇을 빚고, 쇠를 불리어 생활 연모를 만들고, 농기구들을 만들
어 풀밭을 개간한 뒤에 오곡이 잘 자라게 하고, 온갖 실과들을
거두었다.

　신농씨는 붉은 채찍을 가지고 온갖 풀들을 다루어 그 맛이
보통인지, 독이 있는지, 차가운지, 따뜻한지의 성질과 냄새와
맛이 주관하는 것들을 다 알아내어 백곡과 함께 널리 퍼뜨렸으
므로 온 세상 사람들이 그를 신농(神農)이라고 불렀다. (하략)[96]

고 하여 농업의 신이며 동양 의약(醫藥)의 신으로 알려진 염제
(炎帝)는 소의 머리에 사람의 몸통을 한 상상의 인물임을 알려
주고 있다. 한국의 진주 강씨(晉州姜氏)들은 그들의 시조 할아
버지로 모시고 있다.[97]

　또 사마광(司馬光)의 『계고록(稽古錄)』에서는 이렇게 말하고
있다.

　　염제 신농씨(炎帝神農氏)는 성이 강씨(姜氏)로 복희를
이어 화덕(火德)으로 왕이 되어 천하를 다스리었다. 이때에 백

---

96 "炎帝神農氏人身牛首神農旣誕九井自穿汲一井則衆水神農之時天雨粟神農遂耕而
　種之作陶冶斤斧爲耒耜鉏耨以墾草莽然後五穀興助百果藏實. 神農以赭鞭鞭百草盡
　知其平毒寒溫之性臭味所主以播百穀故天下號神農也. (하략)"
97 姜云培, 『神農五千年』, 財團法人 斯文會, 1995.

성들은 점점 많아지고, 새와 짐승들은 점점 적어졌다. 염제는 곧 백성들에게 온갖 곡식들의 씨앗을 뿌리도록 나무를 깎아 따비를 만들고 나무 줄기를 다듬어 쟁기를 만들어서 봄에는 밭을 갈고, 여름에는 김을 매고, 가을에는 거두어서 겨울에는 저장하여 백성들이

염제(炎帝) 신농(神農)
『삼재도회(三才圖會)』인물권(人物卷)에서

배불리 먹을 수 있는 방법을 가르치었으므로 "신농씨"라고 일컬어지게 되었다. 염제는 한 사람의 힘만으로는 제가 먹을 양식을 넉넉히 할 수 없으므로 반드시 일을 서로 바꾸어서 하기도 하고, 물건이 있는 것과 없는 것을 서로 바꾸도록 밝은 낮에 저자를 벌여 천하의 백성들이 몰려들어 모아진 천하의 물화를 서로 사고팔아 물러가면 각자가 필요한 것을 가질 수 있는 방법을 가르치었다.[98]

---

98 "炎帝神農氏姜姓繼伏羲以火德王天下是時民益多禽獸益少炎帝乃敎民播種百谷斲木爲耜揉本爲耒春耕夏耘秋穫冬藏民食以充故號曰神農氏炎帝以一人所爲不足以自養必通功易事留遷有無乃敎民日中爲市致天下之民聚天下之貨交易而退各得其所."

고 하여 신농씨는 교역의 시조(始祖)임도 밝혀주고 있다.

한편 근래에 잃어버린 한국 역사를 도로 찾기 위하여 개인의 자기 돈을 들여 9차례나 고조선(古朝鮮) 유적지를 탐방하고 기행문 형식으로 잃어버린 우리 역사를 복원하고자 온갖 힘을 다하는 제봉(堤鳳) 김세환(金世煥)은 염제(炎帝)에 관하여 다음과 같이 보고하고 있다.

> 염제 신농(炎帝神農)은 한족(桓族=夷族)의 고시씨(高矢氏)의 후예로 호북성 수주시 역산진 열산(湖北省隨州市歷山鎭烈山)에 있는 "신농동(神農洞)"이라는 석굴에서 태어나 섬서성 보계시(陝西省寶鷄市)의 상양산(常羊山)과 강수(姜水)에서 자랐다고 한다.
>
> 탁록(涿鹿)의 판천지야(阪泉之野)에서 황제(黃帝)와 겨루다가 화합하여 치우(蚩尤)를 공격하였다는 신농영지(神農領地) 안인 상칠기(上七旗)에는 지금도 염제구지(炎帝舊址)인 작전지휘 본부라는 건물이 퇴락(頹落)한 채로 버려져 있다.
>
> 1세(世) 염제 신농(炎帝神農)은 호남성 다릉현(湖南省茶陵縣)에서 돌아갔으며, 염릉현 당전향 녹원파(炎陵縣塘田鄕鹿原坡)에 능과 사당이 있고, 또 섬서성 보계시 상양산(陝西省寶鷄市常羊山)에도 능과 사당이 있다. 호북성 수주시 역산진 열산(湖北省隨州市歷山鎭烈山)에는 능은 없고 사당만 있다. 이 사당 옆에는 양(羊)을 치던 여자가 꿈에 신룡(神龍)을 보고 잉태하여 굴에서 염

제 신농(炎帝神農)을 출생하였다는 전설이 있는 "신농동(神農洞)" 굴이 있다. 이 전설 역시 동정녀(童貞女)로서 위대한 인물을 탄생시킨 예수 탄생 전설과도 흡사한 점이 있다. 그리고 탁록시(涿鹿市)에 있는 삼조당(三祖堂)에 소상(塑像)이 안치(安置)되어 있다.

여기서 참고사항을 적어보면, 차이나 역사에서 신농(神農) 씨족(氏族)이 통치한 기간이 621년간이고, 열산 염제(烈山炎帝) 강신농(姜神農 1)을 비롯하여 여덟 황제(皇帝) 강임괴(姜臨魁 2), 강승(姜承 3), 강명(姜明 4), 강선(姜宣 5), 강내(姜來 6), 강이(姜裏 7), 강유망(姜楡罔 8)이 다스린 것으로 되어 있다. 그러므로 탁록(涿鹿)의 전투에 참가한 신농(神農)은 열산 염제(烈山炎帝)가 아니고 강유망(姜楡罔)임이 틀림없다.[99]

라고 하여 신농씨는 물론하고 치우천황까지도 실존 인물로 증명하고 있다.

4. 3. 2. 3. 황제(黃帝)

황제(黃帝)에 관한 이야기도 『산해경(山海經)』의 「서차삼경(西次三經)」에 의하면,

---

99 金世煥, 「蚩尤의 浮刻으로 우리 古代歷史의 方向構想」, 『鐵道車輛技術』122호, 鐵道廳, 2006.

🐛 (전략) 또 서북으로 420리를 가면 밀산(峚山)이다. 그 산 위에는 단목(丹木)이 많은데, 둥근 잎에 줄기가 붉고, 노란 꽃이 피며, 붉은 열매를 맺는다. 그 맛은 엿과 흡사하여 먹으면 배가 고프지 아니하다. 단수(丹水)가 여기서 발원하여 서쪽으로 흘러서 직택(稷澤)으로 들어간다. 그 못 안에는 백밀(白峚)이 많고, 옥고(玉膏)가 있어서 마치 끓는 물처럼 솟아나오는데, 황제(黃帝)가 이것을 먹고 마시었다. 이 옥고는 검은 옥도 생산하니, 이 검은 옥으로 논물을 대듯 단목에 물을 주면, 단목은 5년이면 오색이 맑고, 오미가 향기로워진다. 황제는 밀산(峚山)의 옥꽃을 따서 종산(鐘山)의 남쪽에 뿌리었다. (하략)[100]

고 하여 황제의 건강과 장수한 비법에 관한 이야기를 전하여 주고 있다.

또 『산해경』의 「대황동경(大荒東經)」에는 황제가 소처럼 생긴 짐승의 가죽으로 북을 만들어 두개골로 북을 치니 500리 (2,000km) 밖까지 들렸다는 이야기가 있다.

🐛 35. 동해의 한 가운데 유파산(流波山)이 있는데, 바다 쪽으로 7,000리(28,000km)나 쑥 들어가 있다. 그 위에 소처럼

---

100 "(전략) 又西北四百二十里曰峚山其上多丹木員葉而赤莖黃華而赤實其味如飴丹水出焉西流注于稷澤其中多白玉是有玉膏其原沸沸湯湯黃帝是食是饗是生玄玉玉膏所以出以灌丹木丹木五歲五色乃清五味乃馨黃帝乃取峚山之玉榮而投之鐘山之陽.(하략)"

생긴 짐승이 있는데, 푸른 몸빛에 뿔이 없고 외발이다. 이 짐승이 물속을 드나들 때면 반드시 비바람이 일며, 그 빛은 해와 달 같았고, 그 소리는 우레와 같았다. 이름을 기(夔)라고 하였다. 황제(黃帝)가 이 짐승을 잡아 그 가죽으로 북을 만들어 뇌수(雷獸)의 뼈로 두들기니, 그 소리가 500리 밖에까지 울리어 천하에 위엄을 떨치었다.[101]

고 하였는데, 여기서 뇌수(雷獸)는 곧 뇌신(雷神)을 가리킨다.

위에서 인용한 바 있는 제봉(堤鳳) 김세환(金世煥)은 현재 중화인민공화국 국가에서 황제(黃帝) 헌원(軒轅)을 그들의 시조로 떠받들고 있는 현실을 아래와 같이 자세히 보고하고 있다.

헌원(軒轅) 황제(黃帝)는 환족[桓族(한족=夷族)]의 후예(後裔) 소전(少典)의 아들로 섬서성 황릉현(陝西省黃陵縣), 곧 황토(黃土)벌에서 서기 전 2689년에 태어나서 10세 때인 서기 전 2679년에 즉위(卽位)하여 100여 년 동안 재임(在任)하고, 111세인 서기 전 2,579년에 승하하였다고 한다. 그러므로 치우(蚩尤) 천황보다 18년 더 생존한 것으로 계산이 된다. 탁록(涿鹿)의 판천야(阪泉野)에서 신농(神農)과 화합하여 탁록의 들판에서 치우(蚩尤) 천황과와의 싸움에서 승리함으로서 삼보지구(三堡地區)

---

101 "東海中有流波山入海七千里其上有獸狀如牛蒼身而無角一足出入水則必風雨其光如日月其聲如雷其名曰夔黃帝得之以其皮爲鼓撅以雷獸之骨聲聞五百里以威天下."

에 웅거(雄據)하면서 치우성(蚩尤城)보다 큰 규모로 황제(黃帝)의 도성(都城)을 토성(土城)으로 구축(構築)한 유지(遺址)와 황제천(黃帝泉)과 응룡사(應龍祠) 옛터 등의 유적(遺蹟)이 지금도 남아 있으나 오랫동안 돌보지 않았는지 큰 나무도 없는 농사를 짓는 들판이었다.

　죽어서는 섬서성 황릉현(陝西省黃陵縣)에 있는 교산(橋山)에 장사를 지낸 능(陵)이 있고, 그 산 밑에 사당이 있으며 사당 뜰에는 황제가 심었다는 5천 년이 되었다는 측백나무가 있다. 그런데 탁록(涿鹿)에도 교산(橋山)에 황제릉(黃帝陵)이 있다고 한다.

　황제릉(黃帝陵)은 곤륜산(崑崙山)에서 시작하여 천산산맥(天山山脈)을 거쳐 교산(橋山)으로 정기(精氣)가 뻗어 내린 태조봉(太祖峰)·중조봉(中祖峰)으로 이어지는 내룡(來龍)에 좌청룡(左靑龍) 우백호(右白虎)가 뚜렷하고, 앞에 강이 있고 조산(祖山)과 안산(案山)이 가로놓인 천하의 명당(明堂)이라고 자랑하고 있다.

　섬서성 황릉현의 교산(橋山)에는 황제능(黃帝陵)과 황제묘(黃帝廟)에 "헌원 황제지위(軒轅 黃帝之位)"라는 비(碑)가 있다.

　탁록시(涿鹿市)에는 삼조당(三祖堂)이 있고, 거기에는 황제·신농·치우의 소상(塑像)이 안치되어 있다.

고 밝히고 있다. 허나 사마광의 『계고록』에서는 유웅씨(有熊氏)라고 하여 다음과 같이 소개하고 있다.

곤륜산(崑崙山)
티베트 고원의 서쪽에서 북쪽으로 경계를 이루는 산맥, 출처 : 위키피디아

황제 유웅씨(黃帝有熊氏)는 성이 희(姬)이며, 이름은 헌원(軒轅)이라고 한다. 유웅국(有熊國)의 임금 소전(少典)의 아들이다. 출생하면서부터 신령하여 어려서 말을 할 수 있었으며, 어린 나이에 숙성하여 자라면서 민첩하고도 총명하였다. 염제씨가 이미 몰하자 그 자손의 덕이 쇠하여 치우(蚩尤)가 난을 일으키어 일반 백성들에게까지 그 화가 미치게 되는데, 도둑들이 간악하여 사람 죽이기를 거리낌 없이 행하매, 황제가 곧 5병을 다스리어 치우를 정벌하러 나아가서 탁록(涿鹿)의 들판에서 치우와 싸워 그를 잡아 죽이었다. 제후들은 모두 신농씨를 버리고 황제에게로 귀부하였다. 황제와 염제의 자손들은 판천(阪泉)의 들판에서 싸웠는데, 3번 싸워 이긴 뒤에 그 뜻을 이루니, 제후들이 모두 황제(黃帝)를 받들어 신농을 대신하여 천자(天子)로

모시었다.(하략)¹⁰²

고 하여 황제(黃帝)는 치우(蚩尤)와 싸워 이기고, 신농씨(神農
氏)의 자손들과도 싸워서 이긴 뒤 제후들의 추존에 의하여 천
자(天子)가 된 것으로 설명하고 있다. 이는 송(宋)나라 한족(漢
族)들이 그들의 선대를 황제의 후예로 정립하려는 의도에서
비롯된 것으로 풀이된다.

4. 3. 2. 4. 치우(蚩尤)

치우(蚩尤)에 관하여 『산해경』의 「대황북경(大荒北經)」에서
는 치우와 황제(黃帝)의 관계를 다음과 같이 언급하고 있다.

계곤산(係昆山)이라는 곳이 있는데, 공공(共工)이 놀던
언덕이 있었다. 활을 쏘는 사람은 감히 북쪽을 향하지 못한다.
푸른 옷을 입은 황제(黃帝)의 딸 발(魃)이라는 사람이 있었다.
치우(蚩尤)가 무기를 만들어 황제(黃帝)를 치니, 황제가 이에 응
룡(應龍)을 시키어 기주(冀州)의 들판에서 공격하게 하였다. 응
룡이 물을 모아둔 것을 치우가 풍백(風伯)과 우사(雨師)에게 청
하여 비바람을 휘몰아치게 하였다. 황제가 이에 하늘의 딸 발

102 "黃帝有熊氏姬姓曰軒轅有熊國君少典之子生而神靈弱而能言幼而徇齊長而敦敏
成而聰明炎帝旣沒子孫德衰蚩尤始作亂延及于平民罔不寇賊奸宄奪攘矯虔黃帝
乃治五兵以征之與蚩尤戰于涿鹿之野禽而殺之諸侯皆去神農氏歸黃帝黃帝與炎
帝子孫戰于阪泉之野三戰然後得其志諸侯咸尊黃帝爲天子代神農氏.(하략)"

(魃)을 내려 보내니, 비가 그치고 마침내 치우까지 죽이었다. 발은 다시 하늘로 올라 가지 못하여 그곳에 머무니, 비가 오지 아니하였다. 숙균(叔均)이 황제께 그러한 사실을 말하면서 "뒤에 그를 적수(赤水)의 북쪽에 머물게 하소서." 하였다. 숙균은 이에 발 을 관리하는 사람이 되었다. 발(魃)이 가끔 그곳을 도망하니, 그를 아주 쫓아내려는 사람들이 명령하듯 "신이여! 북쪽으로 가소서." 하였다. 그전에 물길을 깨끗하게 하고, 크고 작은 도랑들을 정비하여 물이 잘 흐르게 하였다.[103]

고 하여 치우(蚩尤)를 악인으로 표현하며, 황제에 비하여 형편 없이 초라한 인물로 표현하고 있으나, 우리나라 임승국(林承國)은 그의 『한단고기』에서 이 치우(蚩尤)에 관하여 다음과 같이 언급하고 있다.

(전략) 치우천왕은 〈삼성기 전〉 하편의 신시 역대기에 의하면 14세 자오지한웅(慈烏支桓雄)을 가리킨다. 사실 치우천황은 중국과 한국을 포함한 동방의 군신(軍神)이다. 그의 무덤에서 연기 같은 것이 휘날리면 난리가 난다는 전설이 널리 퍼져 있고, 그 연기를 치우의 깃발이라 한다고 하며, 우리나라에도

---

103 "有係昆之山者有共工之臺射者不敢北鄕有人衣青衣名曰黃帝女魃蚩尤作兵伐黃帝黃帝乃應龍攻之冀州之野應龍畜水蚩尤請風伯雨師縱大風雨黃帝乃下天女曰魃雨止遂殺蚩尤不得復上所居不雨叔均言之帝後置之赤水之北叔均乃爲田祖魃時亡之所欲逐之者令曰神北行先除水道決通溝瀆."

여러 곳에 치우사당이 모셔져 있다. 한마디로 우리 민족의 강력
함을 상징하는 고대 제왕의 이름이다.(하략)

라고 하여 군신(軍神)으로 높이 기리고 있다.[104]

또 지금의 산동성(山東省) 임치시(臨淄市)의 관광 안내서로
제작된 해유준(解維俊) 주편(主編)의 『주진제도(走進齊都)』에서
왕효련(王曉蓮)은,

치우(蚩尤)
한(漢)대의 석판, 출처 : 위키피디아

----

104 임승국, 『한단고기』, 정신세계사, 1987.

(전략) 임치(臨淄)는 정말로 동이족(東夷族)들이 먼저 백성들을 거느리고 앞서 개화하여 찬란한 문명을 창조한 중심구역이다.(중략) 복희(伏羲)는 팔괘와 글자를 만들고, 아울러 앞일을 예측하는 기술을 행하였고, 신농(神農)은 풍년을 노래하며 악기를 만들었으며, 치료와 제약 등의 기원을 열었다. 후직(后稷)은 집과 옷을 만들어 처음으로 몸을 가리게 하였으며, 치우(蚩尤)는 쇠붙이를 만들었고, 이예(夷羿)는 화살을 만들었으며, 배와 수레를 부리었고, 순(舜)은 〈소악(韶樂)〉을 만들었다.(하략)[105]

고 하면서 복희(伏羲)·신농(神農)·후직(后稷)·치우(蚩尤)·이예(夷羿)·순(舜)임금 등을 모두 동이족(東夷族)이라고 전제 선언하고, 그들이 이룩한 업적들이 곧 화하문화(華夏文化)의 근본이었음을 주장하였다. 그리고 지금의 중화인민공화국 국민들의 긍지라고 선전하고 있다.[106]

또 제봉(堤鳳) 김세환(金世煥)은 그의 중공 기행 보고서에서 치우(蚩尤)천황의 유적들에 관하여 이렇게 증언하고 있다.

(전략) 등소평(鄧小平)이 서력 1980년대에 "중국의 화하족의 시조(始祖)는 황제(黃帝)이며, 염제(炎帝) 신농(神農)과 더

---

105 "(전략) 臨淄正是東夷族先民率先開化創造燦爛文明的中心區域(중략)伏羲劃八卦 刻文字竝行推演豫測之術神農歌豊年制琴瑟更開醫藥本草等源后稷開居制衣弊體 之始蚩尤造冶夷羿制箭修輿舟車舜作韶樂.(하략)"

106 解維俊,『走進齊都』,(百花文藝出版社, 2004), 쪽 4-5.

불어 중국의 시조는 염제와 황제로서 우리는 염황자손(炎黃子
孫)이라"고 대대적으로 선전하기 시작하였다.

　그런데 1997년도에는 염황자손(炎黃子孫)이라던 표어가 "염
황치자손(炎黃蚩子孫)이라"고 바뀌어 있었다. 그렇게 한족(漢
族)들이 미워하던 치우천황(蚩尤天皇)을 화하족(華夏族)의 조상
으로 모셔다가 중국의 시조는 염제와 황제와 치우제(蚩尤帝)의
세 분을 합쳐서 염황치라고 부르며, 중화민족은 "염황치자손"
이라고 선전하며, 삼조당(三祖堂)을 세워놓고 거대한 이 사당
안에 세 분의 소상(塑像)을 모셔놓고 있었다.(중략) 치우(蚩尤)는
환웅(桓雄) 14세 자오지(慈烏支)천황이신데, 최근에 중국에서
치우천황을 헌원 황제와 신농 염제와 더불어 중국의 시조로 추
앙하고 있다. 그러나 치우천황은 서력 기원 전 3,897년에 신시
(神市)에 건국한 배달나라의 제14세 자오지(慈烏支)천황으로 신
농 염제와 헌원 황제와 동시대에 활동한 분이다. 당시에 홍산
(紅山) 문화권에서 금속 제련으로 동두철액(銅頭鐵額)의 투구와
병기를 만들어 전술(戰術)에 능통하였으며, 중원의 청구(靑丘)
에 도읍을 옮기고 덕망 있는 치세로 세력을 넓히고 있었다.

　그런데 살기 좋은 곳으로 동진(東進)하는 유망(楡罔)의 염제
신농과 헌원 황제가 치우 영역의 북방전진 요새인 탁록성(涿鹿
城 : 치우성)을 침입하므로 치우천황께서 대결하여 백전백승의
전적(戰績)으로 명성을 떨친 우리 이족(夷族=九黎族)의 수령이
었다. 그런데 탁록의 들판에서 불행하게도 전사하였다고 한
다.(중략) 치우제(蚩尤帝)라고 "삼조당(三祖堂)에서 부르는 치우

천왕은 단제기원 전 414(서기 전 2747)년에 태어나서 단제기원 전 373(서기 전 2706)년에 즉위한 환웅(桓雄) 14세(世) 자오지 (慈烏支)천황으로서 산동성 청구(山東省青丘)에 황제(黃帝)보다 27년이나 먼저 도읍(都邑)을 정하고 황하 하류(黃河下流) 지역과 황해연안(黃海沿岸)의 평야를 통치한 환족(桓族)인 구려국(九黎國)의 덕망이 높은 천황이었다. 이때에 서방에서 동진(東進)하여온 황제(黃帝)의 세력이 치우(蚩尤)의 영역이며 북방 요새 기지인 탁록(涿鹿)을 침입한 것이다. 몇 차례 격전을 하였는데 전승하였다. 그러나 단제기원 전 264(서기 전 2597)년에 탁록(涿鹿)의 싸움에서 황제(黃帝)와 신농(神農)의 연합군에게 패하여 전사하였다고 한다. 재위는 109년간이었다.

치우천황(蚩尤天皇)은 당시에는 황제(黃帝)와 신농(神農)의 대적자로서 금속 무기를 만들고, 전략가(戰略家)로서 왕성한 전력(戰力)과 81명의 형제간의 유대로서 절대로 우세한 위치에 있었다. 그러나 전쟁에서 패한 후에는 악한(惡漢)의 대명사로 몰리어 시신(屍身)을 7등분하여 여러 곳에 묻었다고 한다. 우선 탁록지구(涿鹿地區)에 동·서·남의 세 분묘가 있다. 회래현 탑사촌(懷來縣塔寺村)에 있는 동분(東墳)은 머리를 묻어 장사지낸 곳이라고 하는데, 봉분은 산과 같고 비석(碑石)은 네 마리의 백룡이 새겨진 무자비(無字碑)이며 홍위병(紅衛兵) 난동 때에 땅에 묻어 난을 모면하고 다시 복원하였다고 한다. 1000년이 되었다는 고목 운삼수(雲杉樹)가 몇 그루 있으며 마을 안에는 사당도 있고 탑도 있다. 사당터에는 백룡사(白龍祠)도 남아 있어서 치우능(蚩尤陵)으로 유력시되고 있다. 서분(西墳)은 탁록현 보대향(涿鹿縣保岱鄉)에 있다. 원래는 지체(肢體)를 묻은 네 개의 분묘가 있었는데 세 개는 없어지고 제일 큰 분묘도 삼분지이는 없어지고 황폐되어 있고, 자료도 없이 전설로만 전하여오고 있는데, 당국에서는 무관심하다고 한다. 남분(南墳)은 반산진(礬山鎭)에 있는데, 허물어진 분묘와 비석이 세워져 있다. 그리고 문상현(汶上縣)에는 청대(清代)의 비석에 근거하여 최근에 조성한 분묘가 있다.

탁록의 들[涿鹿之野]의 치우제(蚩尤帝)를 근거로 살펴보면, 탁록(涿鹿)의 황제(黃帝) 유적과는 대조적이다. 치우제(蚩尤帝)의 유적은 치우성지(蚩尤城址)와 전투진지(戰鬪陣地)로 전방 요새인 북채(北寨)와 지휘본부인 중채(中寨)와 보급기지(補給基地)이었다는 남채(南寨) 등의 유적지가 있으며, 수량(水量)이 풍부한 용왕당(龍王塘)과 치우천(蚩尤泉)과 천년이 넘었다는 치우송(蚩尤松)과 역시 천년이 넘었다는 느릅나무[楡] 몇 그루가 흩어져 있는 꽤 큰 마을을 이루고 있다.

고 수천 년 전의 옛일이 오늘로 이어지고 있는 역사의 현장을 여러 차례 답사하고 겨레의 참 역사를 뒤틀어 잘못 교육하고 있는 오늘의 현실을 바로잡고자 90노구(老軀)를 돌보지 아니하고 있는 김세환에게 경의를 표한다.

한편 이를 『신시역대기(神市歷代記)』에 따라 살펴보면, 다음과 같다.

제1세 거발환(居發桓) 환웅천제라 하고, 치세는 94년 (서기 전 3897－3807), 세수는 120세이다.

제2세 거불리(居佛里) 천제 재위 86년(서기 전 3803－3718), 세수 102세.

제3세－13세(중략).

제14세 자오지(慈烏誌) 천제 재위 109년(서기 전 2706－2598), 세수 151세. 세상에서는 이 분을 치우천왕(蚩尤天王)이라고도 하며 청구국(靑丘國＝靑邱國)에 도읍을 옮겼다고도 한다.

제15세 치액특(蚩額特) 천제 재위 89년(서기 전 2597－2509), 세수 118세. 서기 전 2550년에 소전(少典)의 아들이라는 황제(黃帝)가 침입하여 싸우다가 패하고 달아났다.

제16세, 제17세(중략).

제18세 거불단(居弗檀) 천제 재위 46년(서기 전 2380－2334), 세수 82세이시었다.

신시나라 1565년 동안에 복희씨(伏羲氏)가 새끼를 꼬아 그물을 만들어 물고기를 잡고 사냥을 하게 하였으며, 팔괘(八卦)를 그리어 앞일을 미리 점을 쳐서 길흉을 알 수 있게 하고, 글자를 만들어 사람들의 생각을 기록하고 뜻을 전하게 하였으며, 신농씨(神農氏)가 나무를 잘라 따비를 만들어 농사짓기를 시작하고, 밝은 낮에 사람들을 모아 저자[市場]를 열어 물건들을 서로 바꾸어 살게 하여 교역(交易) 문화를 이루었으며, 금슬(琴瑟)을 만들어 풍년을 노래하고, 약초(藥草)를 찾아 의약(醫藥)을 개발하였으며, 유소씨(有巢氏)가 나무와 칡끈을 얽어 집을 만들어 백

성들이 편히 살게 하였고, 후직(后稷)이 옷을 만들어 사람들의
몸을 가리게 하였고, 치우(蚩尤)가 쇠를 불리어 무기를 만들었
으며, 이예(夷羿)가 활과 살을 만들어 사냥을 하고, 전쟁을 할 수
있게 하고, 물위를 달리는 배와 땅 위를 달리는 수레를 만들어
백성들의 삶을 편하게 하였다. 이때를 많은 학자들은 "신시(神
市)시대"라고 부른다.

4. 3. 2. 5. 후직(后稷)

대만(臺灣)의 서중서(徐中舒)는 은(殷)나라를 동이족(東夷族)
의 나라라고 하였고, 후직(后稷)은 은(殷)의 선조인 설(契)과 한
아버지에 어머니가 다른 형제라고 하였다.[107] 이 후직(后稷)은
주실(周室)의 선조로 인류의 먹을거리를 대량으로 생산할 수
있는 방법을 보급한 농경(農耕)의 아버지로 높이 평가되는 인
물이다. 그의 출생담은 난생설화(卵生說話)로 유명하다. 역시
『고신화선석(古神話選釋)』에서 그에 관한 기록을 보면, 다음과
같다.

주(周)나라 후직(后稷)은 이름이 기(棄)이다. 그 어머니
는 유태씨(有邰氏)의 딸인 강원(姜原)이라고 하는 이이다. 강원
은 제곡(帝嚳)의 첫째 부인이었다. 강원이 들에 나갔다가 큰 사
람의 발자국을 보고 마음속으로 너무 기뻐서 그 발자국을 밟아

---

107 徐中舒, 『先秦史論稿』, (巴蜀書店, 1992), 쪽 53-55, 120.

보았더니, 몸이 움직여 마치 임신이 되는 것 같았다. 때가 되어
아들을 낳았으나 상서로운 일이 아니라고 생각하여 길거리에
아이를 버렸더니, 말과 소 같은 짐승들이 지나가다가 모두 밟지
아니하고 피하여 갔다. 그 아이를 숲속에 옮겨다 버렸더니, 마
침 산에 많은 사람들이 모이어 있었다. 그 아이를 옮겨서 개천
의 얼음판에 버렸더니, 날아가던 새들이 그 날개로 그 아이를
덮어주었다. 강원은 신기하게 생각하고 마침내 그 아이를 거두
어 길렀다. 처음에 그 아이를 버리려고 하였기 때문에 이름을
버릴 기(棄)라고 하였다. 기가 어렸을 때에 용감하고도 신체가
커서 거인의 뜻을 품었다. 그는 놀이도 나무와 삼과 콩들을 심
기를 좋아하였는데, 삼과 콩이 아주 잘 되었다. 어른이 되어서
는 마침내 농사짓기를 좋아하였다. 토질이 좋은 곳을 찾아 땅에
맞는 곡식을 심어 농사를 지었다. 백성들이 모두 그를 본받았
다. 요(堯)임금이 그 소문을 듣고 그를 거용하여 농사(農師)라는
벼슬을 주어 천하에 이로움을 주게 하였는데 공이 있었다. 순
(舜)임금이 말하기를, "기야! 백성들에게 처음으로 굶주림을 알
게 하였으니, 후직은 때에 맞추어 백곡을 파종하라!" 하고, 기를
태(邰)에 봉하고, 후직(后稷)이라고 불렀다. 다른 성으로 희(姬)
씨라고도 한다. (하략)[108]

----

108 "周后稷名棄其母有邰氏女曰姜原姜原爲帝嚳元妃姜原出野見巨人跡心忻然說欲
踐之踐之而身動如孕者居期而生子以爲不祥棄之隘巷馬牛過者皆辟不踐徙置之林
中適會山林多人遷之而棄渠中冰上飛鳥以其翼覆薦之姜原以爲神遂收養長之初欲
棄之因名曰棄棄爲兒時仡如巨人之志其遊戲好種樹麻菽麻菽美及爲成人遂好耕農
相地之宜宜穀者稼穡焉民皆法則之帝堯聞之擧棄爲農師天下得其利有功帝舜曰棄
黎民始飢爾后稷播時百穀封棄於邰號曰后稷別姓姬氏. (하략)"

이 이야기 중에서 남자 어린 아들을 상서롭지 아니하다고 길에 버리어 소나 말과 새들이 보호하여 성장하게 된 이야기는 고구려(高句麗)의 시조인 동명성왕(東明聖王)의 출생 전후의 이야기와 너무도 흡사하다.

또 『산해경』의 「대황서경(大荒西經)」에는 이런 이야기도 있다.

> 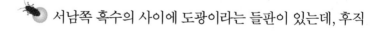 서주국(西周國)이라는 나라가 있는데, 성이 희씨(姬氏)이고, 곡식을 먹고 산다. 어떤 사람이 밭을 지금 갈고 있는데, 그의 이름을 숙균(叔均)이라고 하였다. 제준(帝俊)이 후직(后稷)을 낳았고, 후직은 온갖 곡식을 가지고 내려왔다. 후직의 아우는 태새(台璽)라고 하는데, 숙균(叔均)을 낳았다. 숙균은 그의 아버지와 후직을 대신하여 온갖 곡식을 심어서 처음으로 농사를 지었다. (하략)[109]

고 하여 후직의 일가에서 농사가 시작되었음을 강조하고 있다. 후직이 죽은 뒤의 이야기가 『산해경』의 「해내경」에 실려 있다.

> 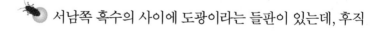 서남쪽 흑수의 사이에 도광이라는 들판이 있는데, 후직

---

109 "有西周之國姬姓食穀有人方耕名曰叔均帝俊生后稷稷降以百穀稷之弟曰台璽生叔均叔均是代其父及稷播百穀始作耕. (하략)"

을 그곳에 장사를 지냈다. 여기에는 맛있는 콩·벼·기장·피 등 온갖 곡식들이 저절로 생산되었다. 겨울과 여름에도 씨들을 뿌리었다. 난새는 절로 노래 부르고, 봉새는 절로 춤을 추었다. 영수(靈壽)가 열매 맺고 꽃이 피며, 풀과 나무가 모여 자라는 곳이다. 여기에는 온갖 짐승들이 서로 무리를 이루어 살았다. 이곳에 사는 풀들은 겨울에도 얼어 죽지 아니하고, 여름에도 가물어 말라 죽지 아니하였다.[110]

고 하여 후직은 죽어서 장사를 지낸 뒤에도 그가 묻혀 있는 곳에서는 온갖 곡식들과 갖가지 짐승들과 새들과 초목들까지 모든 생명체들이 저절로 잘 자라서 죽지 아니하고 오래 살았다는 것이다.

4. 3. 2. 6. 소호(少昊)

소호(少昊)에 관하여는 이미 앞에서 인용한 바 있는 『산해경』에 나오는 「대황동경(大荒東經)」의 첫머리에서,

동해(東海) 밖에 큰 굴형이 소호국(少昊國)이다. 소호는 임금 전욱(顓頊)을 이곳에서 키우고, 그 때에 거문고와 큰 거문고를 버려두었다. 감산(甘山)이라는 곳이 있는데, 여기서 감수

---

110 "西南黑水之間有都廣之野后稷葬焉爰有膏菽膏稻膏黍膏稷百穀自生冬夏播琴鸞鳥自歌鳳鳥自舞靈壽實華草木所聚爰有百獸相羣爰處此草也冬夏不死."

(甘水)가 흘러 감연(甘淵)을 이룬다.[111]

고 한 것을 소개한 바 있다. 동해 밖에 큰 굴형이 있는데, 그곳
이 소호(少昊)의 나라이고, 소호는 이곳에서 전욱(顓頊) 임금을
낳아 길렀다고 한다.

또 『산해경』에 나오는 「대황남경(大荒南經)」에는 "소호가 배
벌(倍伐)을 낳았는데, 배벌이 민연(緡淵)에 내려와 살았다.[少
昊生倍伐倍伐降處緡淵]"고도 하였으며, 「대황북경(大荒北經)」

에는 "얼굴 한 중간에 눈
하나만 박힌 사람이 있
는데, 어떤 사람은 그의
성이 위(威)씨라고 하였
다. 이는 소호(少昊)의 아
들인데 기장을 먹고 살
았다.[有人一目當面中生
一日是威姓少昊之子食
黍]"라고도 하였다. 「서
차삼경(西次三經)」에는,

소호(少昊)
『삼재도회(三才圖會)』인물권(人物卷)에서

 또 서쪽으로 200리(80km)를 가면, 장류산(長留山)이

---

111 "東海之外大壑少昊之國少昊孺帝顓頊于此棄其琴瑟有甘山者甘水出焉生甘淵."

있는데, 그 산에는 백제(白帝) 소호(少昊)라는 신이 살고 있다. 이곳의 짐승들은 모두 꼬리에 무늬가 있고, 새들도 모두 머리에 무늬가 있다. 이 산에는 무늬 있는 옥돌들이 많이 난다. 사실 이 곳은 해의 신, 또는 소호 백제라고도 하는 원신 외씨(貟神魂氏)의 궁궐로 이 신은 저녁놀을 맡아 보고 있다.[112]

고 하여 소호가 백제(白帝)로 장류산의 주신(主神)이 되어 저녁 놀을 관장하고 있다고 하였다.

4. 3. 2. 7. 전욱(顓頊)

전욱(顓頊)
한무량사화상석(漢武梁祠畫傷石),
출처 : 위키피디아

전욱(顓頊)에 관하여는 이미 앞에서 언급한 바 있는 『산해경』에서는 「해내경(海內經)」의 글을 소개하면서 전욱이 황제(黃帝)의 증손으로 사람의 얼굴에 돼지주둥이와 아주 작은 귀에 비늘로 덮인 한류(韓流)와 아녀(阿女)의 사이에서 출생하였다는 이야기를 소개한 바가 있다.

112 "又西二百里曰長留之山其神白帝少昊居之其獸皆文尾其鳥皆文首是多文玉石實惟貟神魂氏之宮是神也主司反景."

또 『산해경』의 「대황남경(大荒南經)」에는 그의 자손에 관한 이
야기가 다음과 같이 실려 있다.

> 또 성산(成山)이 있는데, 감수(甘水)가 이곳에서 끝난다.
> 계우(季禺)가 세운 나라가 있으니, 전욱(顓頊)의 아들로 기장을
> 먹고 살았다. 우민(羽民)이 세운 나라가 있는데, 그 백성들은 모
> 두 깃털이 나 있다. 난민(卵民)이 세운 나라가 있는데, 그 백성
> 들은 모두 알에서 나왔다.[113]

라고 하여 전욱의 아들에 계우(季禺)가 있음을 알려준다. 또 같
은 『산해경』의 「대황북경(大荒北經)」에도 그의 후손에 관한 이
야기가 보인다.

> 숙촉국(叔歜國)이 있다. 전욱(顓頊)의 아들로 기장을 먹
> 고 살며 네 종류의 새들과 호랑이와 표범과 곰과 큰곰 등을 부
> 리었다. 곰처럼 생긴 검은 짐승이 있는데, 이름을 적적(猎猎)이
> 라고 하였다.[114]

는 기록이 있다. 이것은 곧 전욱(顓頊)이 곰 신앙을 가진 천손
족의 일원임을 증명하는 기록이라고 풀이된다.

----

113 "又有成山甘水窮焉有季禺之國顓頊之子食黍有羽民之國其民皆生毛羽有卵民之
國其民皆生卵."
114 "有叔歜國顓頊之子黍食使四鳥虎豹熊羆有黑蟲如熊狀名曰猎猎."

4.3.2.8. 과보(夸父)

과보(夸父)에 관한 신화는 역시 『산해경』의 「북차삼경(北次三經)」에 아래와 같이 기록되어 있다.

> 발구산이라는 곳에는 그 산위에 산뽕나무가 많이 자란다. 거기에는 새가 있는데, 그 모양이 까마귀와 같으나 머리에 무늬가 있고, 하얀 부리에 붉은 발이다. 이름은 정위(精衛)라고 하는데, 제 이름을 부르는 것처럼 울었다. 이 새는 원래 염제(炎帝)의 어린 딸이니, 이름이 여왜(女娃)이다. 여왜는 동해에 놀러 갔다가 물에 빠져 돌아오지 못하였다. 그래서 정위가 되어 늘 서쪽 산의 나무와 돌들을 물어다가 동해를 메웠다.[115]

고 하여 염제(炎帝)의 딸이 동해에서 놀다가 죽어 정위(精衛)라는 새가 되어 서쪽 산의 나무와 돌들을 물어다가 동해를 메웠다는 것이다.

4.3.2.9. 형천(刑天)

형천(刑天)에 관한 이야기도 『산해경』「해외서경(海外西經)」에 아래와 같이 기록되어 있다.

---

115 "發鳩之山其上多柘木有鳥焉其狀如烏文首白喙赤足名曰精衛其鳴自詨是炎帝之少女名曰女娃女娃遊于東海溺而不返故爲精衛常銜西山之木石以堙于東海."

형천(形天)이 이곳에서 황제(黃帝)와 신(神)의 자리를 두고 싸웠는데, 황제가 그의 머리를 잘라 상양산(常羊山)에 장사를 지냈다. 이에 젖으로 눈을 삼고, 배꼽으로 입을 삼아 방패와 도끼를 들고 춤을 추었다.[116]

라고 하였는데, 원문에는 형천을 "形天"으로 쓰고 있으나, 『태평어람(太平御覽)』 권 887과 도잠(陶潛)의 「독산해경(讀山海經)」이라는 시에서는 모두 "刑天"이라고 쓰고 있다. 또 같은 『태평어람』권 555에서는 「산해경」에서 인용하면서 "형천(邢天)"으로도 쓰고 있다. 오늘날 학자에 따라서는 이 이야기를 치우(蚩尤)와 황제(黃帝)의 싸움과 연관시키어 풀이하기도 한다. 그리고 상양산은 헌원(軒轅)이 출생한 언덕의 부근이라고 보기도 한다.

4. 3. 2. 10. 우공(愚公)

우공(愚公)에 관한 이야기는 『열자(列子)』 「탕문편(湯問篇)」에 아래와 같이 기록되어 있다.

태형산(太形山)과 왕옥산(王屋山) 두 산은 그 둘레가 700리(2,800km)나 되고, 높이가 일만 인(약 2,400m)이나 되는

---

116 "形天與帝爭神帝斷其葬之常羊之山乃以乳爲目以臍爲口操干戚以舞."

큰 산이다. 이 두 산은 원래 기주(冀州)의 남쪽과 하양(河陽)의 북쪽에 있었다고 한다. 북산(北山)에 사는 우공(愚公)이라는 사람이 나이가 90인데, 산을 마주하여 살고 있었다. 북쪽으로 산이 막혀 나들이를 하려면 멀리 돌아야 하였다. 하루는 가족들을 모아놓고 계책을 제시하며 상의를 하였다. "우리가 힘을 합쳐서 저 산을 없애보자. 그러면 예남(豫南)이나 한음(漢陰)으로도 바로 갈 수 있을 것이다. 할 수 있지?" 하였다. 가족들은 다 찬성하였다. 그러나 그의 아내만이 이론을 제기하여 "영감님의 힘으로는 조그만 언덕 하나도 무너뜨리지 못할 것인데, 태형과 왕옥산처럼 큰 산을 어떻게 할 것이며, 또 그 많은 흙과 돌들을 어디다 둔다는 말입니까?" 하였다. 다른 가족 모두가 말하기를, "발해(渤海)의 끝 은토(隱土)의 북쪽에 버리면 되지요." 하였다. 우공은 마침내 아들과 손자를 거느리고 세 남자들이 일을 시작하였다. 돌을 깨고, 흙을 파서 키나 삼태기로 발해 끝으로 옮기었다. 이웃에 사는 경성씨(京城氏) 집 과부는 6-7세쯤 되는 어린 아들이 있었는데, 이 아이는 좋아서 경중경중 뛰면서 이 일을 도왔다. 거리가 너무 멀어서 한 번 갔다가 돌아오는데, 여름과 겨울의 계절이 바뀌었다. 하곡(河曲)에 사는 지수(智曳)가 비웃으며 말리기를, "너무하구료! 당신의 어리석음이여! 앞으로 얼마 남지 아니한 나이와 늙은이의 힘으로는 일찍이 이 산의 아주 작은 한 모퉁이도 무너뜨리지 못할 것이요. 게다가 그 큰 산의 흙과 돌들을 어찌할 것인가요?" 하였다. 북산의 우공이 길게 탄식을 하면서 말하기를, "자네의 마음이야말로 어지간히도

꽉 막혔구려! 참으로 꽉 막혀서 좀처럼 뚫리지 않을 것 같네. 과
부와 어린아이만도 못하군! 비록 내가 죽는다고 하더라도 아들
이 있고, 아들은 또 손자를 낳을 것이고, 손자는 다시 아들을 낳
을 것이며, 그 아들은 또 아들을 낳을 것이고, 그 아들에게는 또
손자가 있을 것이니, 자자손손이 끝없이 이어질 것이네. 그렇지
만 산은 더 커지지 아니할 것인데, 무엇이 괴로워 평평하게 못
하겠는가?" 하였다. 하곡의 지수는 할 말을 잃었다. 뱀을 손에
잡고 있는 신(神)이 그 이야기를 듣고 우공이 이 일을 계속할 것
이 두려워서 천제(天帝)에게 보고하였다. 천제는 우공의 정성에
감동하고, 과아씨(夸蛾氏)의 두 아들에게 명령하여 두 산을 업
어다가 하나는 삭동(朔東)에 두고, 하나는 옹남(雍南)에 놓게 하
였다. 이 이후로는 기주(冀州)의 남쪽과 한수(漢水)의 북쪽에는
조그만 언덕조차도 없게 되었다고 한다.[117]

이것은 우화성(寓話性)의 신화이다. 어리석은 바보 우공(愚
公)이 태형산(太形山)과 왕옥산(王屋山)과 같이 크고 높은 산을

---

117 "太形王屋二山方七百里高萬仞本在冀州之南河陽之北北山愚公者年且九十面山
而居懲山北之塞出入之迂也聚室而謀曰吾與汝畢力平險指通豫南達于漢陰可乎襍
然相許其妻獻疑曰以君之力曾不能損魁父之丘如太形王屋何且焉置土石襍曰投諸
渤海之尾隱土之北遂率子孫荷擔者三夫叩石墾壤箕番運於渤海之尾隣人京城氏之
孀妻有遺男始齔跳往助之寒暑易節始一反焉河曲智叟笑而止之曰甚矣汝之不惠以
殘年餘力曾不能毁山之一毛其如土石何北山愚公長息曰汝心之固固不可徹曾不若
孀妻弱子雖我之死有子存焉子又生孫孫又生子子又生子子又有孫子子孫孫無窮匱
也而山不加增何苦而不平河曲智叟亡以應操蛇之神聞之懼其不已也告之於帝帝感
其誠命夸蛾氏子負二山一厝朔東一厝雍南自此冀之南漢之陰無隴斷焉."

옮긴다는 그 생각부터가 매우 황당하지만, 자자손손 오랜 세월을 두고 꾸준히 하면 반드시 성취될 수 있다는 굳은 의지를 보여 천제의 감동을 사서 마침내 기적을 이루어 내었다는 점에서 현대인들에게 주는 교훈이 깊다.

앞으로 우리 천손족 후예들은 "우공이산(愚公移山)"의 정신으로 일치 단결하여 삼위태백산(三危太白山)까지 내 나라를 만들도록 초·중·고등학교 때부터 철저히 교육하여야 한다는 것을 필자는 강력히 주장한다.

4.3.2.11. 희화자(羲和子)

이미 앞에서 인용한 일이 있는 『산해경』의 「대황남경(大荒南經)」에는 다음과 같은 기록이 보인다.

> 동남쪽 바다 밖과 감수(甘水)의 사이에 희화국(羲和國)이 있다. 이 나라에는 희화라고 이름하는 여자가 있는데, 지금 감연에서 해를 목욕시키고 있다. 이 희화라는 사람은 제준(帝俊)의 아내로, 해를 10개나 낳았다.[118]

는 것이다. 이 희화는 앞에서 중화인민공화국의 역사학자인 서양지(徐亮之)가 말한 희화자와는 전혀 다른 인물인 여자임을

---

[118] "東南海之外甘水之間有羲和之國有女子名羲和方日浴于甘淵羲和者帝俊之妻生十日."

알 수 있다.

이상의 신화들 외에도 공공(工共)·팽조(彭祖) 등 여러 이야
기가 있으나 여기서는 줄인다.

5. 한국 다섯째시대 부여(夫餘)와 삼한문학(三韓文學)

이 시기는 북부여(北夫餘)의 건국시인 단제기원 2096(서력
전 237)년부터 가야국(伽倻國)이 건국한 2379(42)년까지인 약
280년간을 가리킨다.

5. 1. 부여(夫餘)의 맞두드리[迎鼓][119]

부여(夫餘)의 풍속에 관한 이야기는 진수(陳壽)의 『삼국지
(三國志)』 「위서(魏書)」의 "동이전(東夷傳)" '부여(夫餘)' 조에
다음과 같이 기록되어 있다.

부여(夫餘)는 긴 성의 북쪽에 있다. 현토(玄菟)와는 거리
가 천리(千里)나 떨어져 있다. 남쪽으로는 고구려, 동쪽으로는
읍루(挹婁), 서쪽으로는 선비(鮮卑)나라들과 닿아 있다. 북쪽에
는 약수(弱水)가 있는데, 그 넓이가 이천 리(약 8만km²)나 된다.

---

119 이 이름은 작품 이름이 아니고 종합 예술적 행사의 이름이나, 이러한 행사가 있었
다면 분명히 문학도 있었을 것이기 때문에 별도로 다룬다.

그 나라 백성들은 토박이들로 궁실과 창고와 감옥 같은 큰 건물들이 있고, 산릉과 넓은 못들이 많아서 동이(東夷)의 영역에서는 가장 넓고 평평하다. 땅은 오곡 농사는 가능하나, 다섯 가지 과실들은 나지 아니한다. 그 나라 사람들은 추물이지만 덩치가 크며, 성질이 강하고 사납지만 근실하고 후덕하여 도둑질을 하거나 노략질을 하지 아니한다.

그 나라에는 군왕(君王)이 있고, 6가지 짐승의 이름으로 벼슬 이름을 지어 말더[馬加], 소더[牛加], 돋더[猪加], 개더[狗加], 개부[犬使]가 있는데, 개부는 심부름을 하는 사람이다. 읍락(邑落)에는 호민(豪民)이 있어서 못사는 백성들을 그 밑에서 살게 하여 모두 종살이를 시킨다. 여러 더(加) 벼슬을 하는 사람들은 따로 네 도(道)로 나가서 그 도의 사람들을 관리한다. 큰 것은 수천 호를 맡아서 다스리고, 작은 것은 수백 호를 관리한다.

음식은 모두 그릇에 담아서 먹으며, 여러 사람들이 모이는 때에는 서로 같이 절을 하며, 잔씻이[洗爵] 예를 하고 술을 마시며, 서로 존경하고 사양하여 자리를 정한다.

은(殷)나라의 달력으로 정월이 되면, 하늘에 제사를 올리는 전국 대회를 열어 여러 날 계속하여 술을 마시고 노래 부르며 춤을 추었다. 그 행사를 이름하여 "맞두드리[迎鼓]"[120]라고 하였

....

120 맞두드리[迎鼓]=이 말은 뒤에 일본으로 전하여져 오늘날 널리 쓰이고 있는 "마쓰리[祭, 祝祭, 祝典]"로 변하였다. 현재 일본의 상징으로 인식되는 "후지산(富士山)"이 우리나라 말 "불티(불덩이가 있는 재)"가 튀는 산[활화산(活火山)]"이 "후지산(富士山)"으로 변한 것과 같다. 또 "영고"는 뜻글말이 아니고, 우리의 옛말을 뜻글의 뜻을 빌어서 쓴 것이다.

다. 이 기간에는 형옥(刑獄)을 다스리지 아니하고, 갇혀있는 죄
수들을 풀어주었다.

　이 나라 사람들은 흰옷을 즐겨 입었다. 흰 무명으로 소매가 넓
은 두루마기를 지어 입는데, 바지도 흰 것을 즐겨 입는다. 신은
가죽으로 만들어 신었다. 외국으로 나갈 때에는 비단옷에 그림
을 그리거나 수를 놓은 담요 천을 매우 즐겨 사용하였다.(하략)[121]

고 하였다. 이 글을 통하여 우리 겨레를 "백의민족(白衣民族)"
이라고 하는 근원을 확인할 수가 있다. 또 나라에 임금이 있고,
6등급의 벼슬아치가 있다는 것은 곧 당시의 부여인(夫餘人)들
의 국력이 결코 작고 보잘 것 없는 소수의 부족국가 수준이 아
니었음을 증명하는 것이라고 할 수 있다. 특히 그 나라의 영토
가 이제까지 만주(滿洲)의 북부 조그만 지역으로 생각하는 것
이 얼마나 어리석은 것인가를 깨우칠 수 있게 하여 주는 증거
가 된다. 나라의 넓이가 8만km²나 되며 호수가 8만이나 되었
다고 하였는데, 이 못이 과연 지금의 어디인가를 추상하여 보
면, 아마도 『장자』에서 말하는 북해(北海), 곧 지금의 바이칼호

---

121 "夫餘在長城之北去玄菟千里南與高句麗東與挹婁西與鮮卑接北有弱水方可二千
　里戶八萬其民土着有宮室倉庫牢獄多山陵廣澤於東夷之域最平敞土地宜五穀不生
　五果其人麤大性强勇謹厚不寇鈔國有君王皆以六畜名官有馬加牛加猪加狗加犬使
　犬使者使者邑落有豪民下戶皆爲奴僕諸加別主四出道大者數千家小者數百家食飮
　皆用俎豆會同拜爵洗爵揖讓升降以殷正月祭天國中大會連日飮食歌舞名曰迎鼓於
　是斷刑獄解囚徒在國衣尙白白布大袍袴履革鞜出國則尙繪繡錦罽.(하략)"

인 것이 틀림없다. 그러면 그 나라의 영토가 매우 넓었다는 것을 거듭 확인할 수가 있다.

그리고 그들이 하늘에 제사를 지내며 음식과 술을 먹고 마시며 춤을 추며 노래를 불렀다는 것은 곧 그들이 당시에 향유할 수 있는 유일한 집단 놀이생활이라고 본다. 이 놀이에서 불리어진 노래의 말이 표기될 수 있는 글자가 만만하지 아니하던 당시로서는 그 노랫말이 그대로 문학이라고 하겠다. 다만 현재 전하여 오는 노래가 없으니 그저 막연한 추측으로 끝날 수밖에 없다.

그리고 이 놀이문학[演戲文學]이야말로 뒤에 "신맞이굿[迎神巫戲]"으로 오늘날까지 이어지고 있음을 알아야 한다.

5.2. 삼한(三韓)의 풍속(風俗)과 연희(演戲)

여기서 삼한(三韓)이라 함은 마한(馬韓), 변한(弁韓), 진한(辰韓)을 가리키는데, 필자는 여기에 예(濊)를 덧붙이면서 이들 나라들은 원래가 지금의 압록·두만 두 강 밖의 대륙에 있었다. 현재로서는 이들 나라 사람들의 문학적 기록물들로 전하는 것이 없기 때문에 차이나계 역사서에서 언급하고 있는 극히 소략한 그때 사람들의 생활풍속에서 어느 정도 문화 감각과 종합예술의 놀이문학[演戲文學]을 느끼며 이해할 수가 있다.

5. 2. 1. 예(濊)의 하늘춤[舞天][122]

『삼국지(三國志)』의「위서(魏書)」의 "동이전(東夷傳)" '예(濊)'
조에 따르면,

예(濊)는 남으로 진한(辰韓), 북쪽으로는 고구려(高句
麗)와 옥저(沃沮)에 닿아 있으며, 동으로는 끝없는 바다에 접하
여 있다. 지금의 조선(朝鮮) 동쪽은 모두 그 나라 땅이다. 호수
는 2만이나 된다. 옛날 기자(箕子)가 이미 조선으로 가서 8조의
가르침을 만들어 가르쳤기 때문에 집집이 문을 열어놓고 지내
며 백성들에는 도둑이 없었다. 그 뒤로 40여 대를 지나 조선후
(朝鮮侯) 준(準)이 몰래 왕이라고 하였다. 진승(陳勝) 등이 일어
나 반란을 일으키매 진(秦)나라·연(燕)나라·제(齊)나라·조
(趙)나라 등의 백성들이 난을 피하여 조선으로 피하여가니 그
수가 몇만 명이 되었다.

연(燕)나라 사람 위만(衛滿)이 북상투[魋]에 이족(夷族)의 옷을
입고 다시 와서 왕이 되었다. (중략) 그들의 풍속은 산천을 소중
하게 생각한다. 산천에는 각각 부분이 따로 있어서 아무나 함부
로 망령되이 드나들지 못한다. 같은 성씨의 사람들끼리는 혼인
을 하지 아니한다. 그리고 꺼리는 일들이 매우 많다. 가족이 병

---

122 하늘춤[舞天]=이 말도 뜻글말이 아니고, 우리의 옛말 "하늘에 바치는 춤"을 뜻
글자의 뜻을 빌어서 쓴 것이다. "天舞(천무)"라고 하면, "하늘이 추는 춤"이 되
므로 본래의 뜻이 달라진다.

들어 죽게 되면 살던 집을 버리거나 헐어버리고 새로 집을 지어
서 산다. 삼을 심어 삼베를 짜고, 누에를 길러서 비단을 짜며 솜
을 만들어서 입는다. 새벽이면 별의 방위를 보아 그 해의 풍흉
을 점쳤다. 그들은 구슬이나 옥을 보배로 생각하지 아니하였
다. 해마다 10월이면, 하늘에 제사를 지내고, 밤낮으로 술을 마
시며 노래 부르고 춤을 추었는데, 그 행사를 "하늘 춤[舞天]"이
라고 하였다. 또 그들은 호랑이를 신으로 생각하여 제사를 올리
었다. 그들은 읍락끼리 서로 쳐들어가면, 문득 그들을 벌하여
그 벌로 살아 있는 소나 말을 바치도록 하였는데, 이를 책화(責
禍)라고 일컬었다. 사람을 죽인 자는 반드시 그도 죽이어 보상
하였다. 그래서 도둑이 별로 없다. 그들은 길이가 약 9m나 되는
창을 만들어 몇 사람들이 함께 사용하였으며, 보병 전투에 능하
였고, 낙랑단궁(樂浪檀弓)이라는 당시의 명품 활이 이 땅에서 생
산되었다. 그 바다에서는 얼룩무늬 물고기들의 가죽이 생산되
고, 그 땅에는 얼룩무늬 표범이 많이 나며, 과하마도 생산되어
삶이 부유하였다.¹²³

123 "濊南與辰韓北與高句麗沃沮接東窮大海今朝鮮之東皆其地也戶二萬昔箕子既適
朝鮮作八條之敎以敎之無門戶之閉而民不爲盜其後四十餘世朝鮮侯準潛號稱王陳
勝等起天下叛秦燕齊趙民避地朝鮮數萬口燕人衛滿虜結夷服復來王之(중략)其俗重
山川各有部分不得妄相涉入同姓不婚多忌諱疾病死亡輒捐棄舊宅更作新居有麻布
蠶桑作綿曉星宿豫知年歲豊約不以珠玉爲寶常用十月祭天晝夜飮酒歌舞名之爲
舞天又虎以爲神其邑落相侵犯輒罰責生口牛馬名之爲責禍殺人者償死少寇盜
作矛長三丈或數人共持能步戰樂浪檀弓出其地其海出班魚皮土地饒文豹又出果下
馬.(하략)"

고 기록하고 있다. 이 글을 자세히 감상하면, 당시의 예(濊)나라는 결코 오늘날까지 식민사관이나, 사대모화사관에 의하여 우리 역사를 압록·두만 두 강 이남으로 끌어내려 좁혀놓은 것과는 전혀 달리 지금의 중공 대륙에 있었음을 새로이 확인할 수가 있다. 진(秦)·제(齊)·조(趙)·연(燕) 나라들의 피란민들이 조선으로 엄청나게 많이 몰려왔다는 것은 곧 조선이 그들의 나라와 이웃하여

백제금동대향로
국립부여박물관 소장

있었다는 뜻이 되기 때문이다.

또 위의 글에서 예나라 사람들이 노래를 불렀다는 것은 곧

그 노랫말이 무엇인가 깊은 뜻을 전달하고 있었을 것이다. 그 것이 바로 그때에 노래 부르면서 춤을 추며 살았던 우리 조상 님들의 놀이이었을 것이다. 그 놀이가 곧 지금 우리들이 말하 는 종합예술이고, 당시의 연희문학(演戱文學)이라고 하여 틀림 이 없을 것이다.

5. 2. 2. 마한(馬韓)의 목탁 춤[鐸舞]

『삼국지』「위서(魏書)」 "동이전(東夷傳)"의 '한(韓)' 조에는 아래와 같이 기록되어 있다.

> 한(韓)은 대방(帶方)의 남쪽에 있다. 동쪽과 서쪽은 바다 로 막혀 있다. 남쪽은 왜(倭)와 닿아 있다. 넓이는 4천 리는 된다. 한은 3종이 있으니, 첫째는 마한(馬韓)이고, 둘째는 진한(辰韓)이 며, 셋째는 변한(弁韓)인데, 진한은 옛날의 진국(辰國)이다.[124]

라고 하였으니, 여기서 우리는 이제까지 이른바 삼한(三韓)의 지리적 위치를 압록 · 두만 두 강 이남[韓半島] 안에 가두어 교 육시켜 온 것은 크게 잘못되었음을 알고 바로잡아야 한다. 그 것은 현재의 압록 · 두만 두 강 이남의 넓이는 실제로는 3천 리

---

124 "韓在帶方之南東西以海爲限南與倭接方可四千里有三種一曰馬韓二曰辰韓三曰 弁韓辰韓者古之辰國也.(하략)"

도 못되는 것을 통칭 "삼천리 반도 강산(三千里半島江山)"이라
고 하나, 이 기록에 의하면 1천 리나 줄어든 것을 알 수 있고,
이는 곧 삼한(三韓)의 위치가 현재의 압록강과 두만강 이북의
만주(滿洲)쪽으로 1천 리가 북상되어 있었음을 확인할 수가 있
음을 밝혀주는 증거가 된다.

　그리고 위의 같은 책 『삼국지』의 '마한(馬韓)' 조에서는 아래
와 같이 언급하고 있다.

　　(전략) 마한은 진한의 서쪽에 있다. 그 백성들은 토박이
　들로 벼를 심고, 뽕나무를 심어 누에를 쳐서 솜을 만들어 비단
　을 짜서 입을 줄 알았다. 이 나라에는 장수(長帥)가 있어서 큰
　자는 스스로 신지(臣智)라고 이름하고, 그 다음은 읍차(邑借)라
　고 하였다. 이들은 산과 바다 사이에 흩어져 산다. 이곳에는 성
　곽이 없다.(중략) 언제나 5월이면, 씨뿌리기를 마친 뒤에 귀신에
　제사를 지내고, 떼를 지어 노래 부르고 춤을 추며 술을 마시고
　밤낮으로 쉬지 아니하였다. 그 춤은 수십 인이 같이 일어서서
　서로 뒤따르며 땅을 발로 구르기도 하고, 몸을 낮추었다가 치켜
　서기도 하며, 손과 발이 서로 따라서 같이 움직이니, 곡조의 꺾
　이는 마디가 있어서 마치 목탁 춤을 추는 것과 같았다. 10월에
　도 농사일이 끝나면 역시 그와 같은 행사를 하였다.[125]

....
125 "(전략) 馬韓在西其民土着種稻知蠶桑作緜布各有長帥大者自名爲臣智其次爲邑借
　　散在山海間無城郭(중략)常以五月下種訖祭鬼神群聚歌舞飮酒晝夜無休其舞數十
　　人俱起相隨踏地低昻手足相應節奏有似鐸舞十月農功畢亦復如之.(하략)"

강강술래

출처 : 2009년 등재, 유네스코 인류무형문화유산

고 하였다. 이러한 마한(馬韓)의 "노래 부르고", "수십 인이 같이 일어서서 서로 뒤따르며, 땅을 발로 구르기도 하고, 몸을 낮추었다가 치켜 서기도 하며, 손과 발이 서로 따라서 움직이니."라는 춤추는 행위에서 우리는 오늘날까지 전하여 오는 이른바 "강강술래 춤"이라는 집단무(集團舞)를 연상할 수가 있다. 지금의 "강강술래 춤"과 함께 노래되는 노랫말은 비록 단조롭기는 하지만, 그런대로 한 편의 시라고 할 수 있기 때문에 당시의 문학 수준을 유추할 수가 있다.

또 『진서(晉書)』권 14, 「마한(馬韓)」조에는 다음과 같이 기록하고 있다.

(전략) 그들은 귀신을 믿는 풍속이 있었다. 언제나 5월이 되면, 밭을 갈고 곡식을 심어 일을 마치고 나면, 여러 사람들이 떼를 지어 모여서 노래를 부르고 춤을 추며 신에게 제사를 올리었다. 10월에 농사가 끝나면, 역시 봄에 하던 행사와 같이 하였다.(하략)

라고 하여 『삼국지』의 기록과 같으나, 다만 좀 더 간결한 것이 다르다.

5. 2. 3. 변진(弁辰)의 소리 가락[音曲]

『삼국지』「위서」의 "동이전(東夷傳)" '변진(弁辰)' 조에는 아래와 같이 기록되어 있다.

변진(弁辰)도 또한 12나라이다. 또 여러 개의 조그만 별읍들도 있다. 각각 그들을 거느리는 사람이 있는데, 큰 곳의 우두머리는 신지(臣智)라고 부르고, 그 다음은 험측(險側)이라고 부르며, 그 다음은 번예(樊濊)라고 하고, 그 다음은 살해(殺奚)라 하며, 그 다음은 읍차(邑借)라고 불렀다.(중략) 이 나라의 풍속은 노래 부르기와 춤추기와 술 마시기를 좋아하며, 큰 거문고라는 악기가 있는데, 그 모양이 축(筑)과 비슷한데, 그것을 연주하면, 또한 소리 가락이 있었다.(하략)[126]

----

126 "弁辰亦十二國又有諸小別邑各有渠帥大者名臣智其次有險側次有樊濊次有殺奚次有邑借(중략) 俗喜歌舞飮酒有瑟其形似筑彈之亦有音曲.(하략)"

고 하였는데, 이 기록에 의하면 변진 사람들도 노래 부르기와 춤추기를 매우 즐긴 것을 짐작할 수가 있다.

또 『진서(晉書)』의 「진한(辰韓)」조에는 "(전략) 그들의 풍속은 마한(馬韓)과 비슷하다고 할 만하며, (중략) 춤추기를 기뻐하며, 큰 거문고를 잘 타는데, 거문고의 모양이 축(筑)과 비슷하다.(하략)"[127]라고 하였다.

이들 기록을 통하여 우리는 우리의 조상들이 술 마시기와 노래 부르기와 춤을 추기를 매우 좋아한 것을 알 수가 있다. 이는 곧 우리 조상이나 지금의 우리들이나 모두 신명(神明)이 있어 행복을 즐길 줄 아는 천손족이었음이 거듭 분명하여진다. 그들이 부른 노래는 지금 전하지 아니하기 때문에 그 노랫말이 어떤 것이었는지를 알 수는 없어도, 당시에 노래된 노래에는 반드시 어떤 노랫말이 있었을 것이니, 그것이 곧 그들의 문학이었을 것이다. 그것은 다만 오늘날의 말로 표현한다면, 문학과 음악과 체육에 해당하는 동작들이 합쳐진 일종의 놀이문학으로서의 연희문학(演戲文學)이 있었다고 보아야 마땅할 것이다.

---

127 "(전략) 其風俗可類馬韓(중략) 喜舞善彈瑟瑟形似筑.(하략)"

금동연가7년명여래입상(金銅延嘉七年銘如來立像)
국보 제119호, 출처 : 국립중앙박물관

V. 맺음말

쌍영총 현실 북벽 묘주도
평남 용강군 지운면 안성리에 위치, 출처 : 위키백과

V. 맺음말

위에서 그동안 우리 천손족(天孫族)들이 잊고 있었던 우리 한국 상고문학사(韓國上古文學史)를 소략하게나마 새로운 시각으로 서술하여 보았다.

이 책에서는 먼저 왜제(倭帝)의 암흑시대부터 오늘에 이르기까지의 주요 국문학사 책들에 나타난 한국 상고문학사의 서술 양상을 조명하였다. 그리고 아주 오랜 옛날부터 우리가 잊고 살면서 관심 밖에 버려두고 있었던, 오늘날의 차이나 땅이 된 아시아 대륙의 중원(中原)에 살았던 본토박이들이 바로 우리 천손족(天孫族)들인 동이족(東夷族)이었으며, 그들이 누리고 즐기며 창작하였던 과거의 각종 문화유산과 문학도 또한 우리의 문화사와 문학사에 포함시키어야 함을 강조하며, 그 문학 작품들에 관하여도 새로 소개하여 보았다.

이제까지의 큰 나라를 섬기며 그들의 비위에 맞추는 줏대 없는 사대사관(事大史觀)이나, 무력으로 침략하여 우리의 국권을 빼앗고, 우리 천손족(天孫族)들을 이 지구상에서 영원히 없이하고자 우리의 고유한 말과 글자와 사람들의 성(姓)과 이름까지 빼앗아간 일본이 우리에게 더럽게 하여 놓은 역사와 문학을 그대로 따르려는 식민사관(植民史觀)에 도취된 사람들에게는 미친놈의 잠꼬대라고 매도(罵倒)되겠지만, 잃어버린 몇천 년의 찬란한 우리 역사와 아시아 대륙의 주인이었던 자랑스러운 우리의 옛 조상님들과 그들이 남겨 놓은 빛나는 겨레의 정체성(正體性)을 되찾으려는 사람들에게는 일리(一理)가 있는 주장이라고 격려의 함성과 박수를 받을 수 있을 것이다.

오늘날 우리가 함께 사는 같은 시기의 역사학계에서 이루어 놓은 많은 국사 도로 찾기의 연구 업적에 비하여 국문학계의 연구 결과는 암흑시대에 안자산(安自山)이 그의 『조선문학사』에서 다룬 상고문학 내용이 조국이 광복된 뒤에 오히려 식민사관의 학자들에게 짓밟히어 우리 천손족들이 상고시대에 누리던 우리의 진정한 문학 작품들이 모두 제외되고, 좁은 압록·두만 두 강 이남[韓半島] 쪽으로 위축되게 되었다. 그리고 저 넓은 대륙에서 살며 이룬 찬란한 상고시대 우리 조상들이 남긴 많은 문학 작품들을 차이나의 것으로 빼앗기어 진정한 우리 천손족들의 문학 자산이 매우 빈약하게 변질되었다.

이러한 잘못은 결국 단제기원(檀帝紀元) 4300~4310년대에 이르러서야 겨우 조동일(趙東一)·이가원(李家源) 두 학자들에 의하여 극히 적은 부분이지만 바로잡아지기 시작하였다. 이 두 사람의 민족 주체사관(民族主體史觀)은 우리 조상들의 활동 무대를 지금의 차이나의 산동성(山東省) 일대와 발해국(渤海國)의 넓은 옛 땅에서 이루어진 그들의 찬란한 문학 작품들을 도로 찾는 문학사로 출판하였다. 그들의 용기가 놀랍기 그지없다.

이제까지 사대주의와 식민주의사관에 빠진 일부 보수계 학자들에 의하여 위서(僞書)로 무시되던 『환단고기(桓檀古記)』의 『삼성기전(三聖紀全)』 상하와 『단군세기(檀君世紀)』와 『태백일사(太白逸史)』를 비롯한 『북부여기(北夫餘紀)』와 『삼일신고(三一神誥)』와 『부도지(符都志)』와 『규원사화(揆園史話)』 등의 문헌들을 일부나마 근래에 와서 몇 안 되는 신진 민족주의 주체사상의 학자들에 의하여 수용되면서 우리 천손족의 정체성(正體性)을 새로 확립하려는 노력으로 확대되고 있음을 본다. 우리 상고문학사의 정체성 회복에 한발 다가선 느낌이 들어 고무적이다.

필자는 이 책에서 앞으로의 우리 천손족(天孫族)들의 정체성(正體性) 확립을 위하여 잃어버린 상고문학사를 다시 찾아 정리 소개하는데 노력하여 보았다.

이것은 결코 지금의 차이나가 행하는 "동북공정(東北工程)"이라는 이름의 횡포와 만행(蠻行)에 대응하기 위하여 감정적으로 대항하는 것이 아니고, 필자가 평생을 진리탐구에 매진하여온 학자적 양심에 의한 진실과 진리를 찾으려는 노력의 결정(結晶)을 이 책으로 엮어본 것이다.

　필자의 이 노력은 아메리카 사람 소냐벡달 허르(Sonja vegdahl hur)·벤 승화 허르(Seunghwa hur) 부부의 저서『Culture shock! Korea』에서 그들은 "韓國 五千年 中國 四千年"이라는 항을 두고 "韓國의 起源"을 잘 설명하고 있는 점에서도 헛된 일이 아님을 깨닫게 한다.*

『culture shock! Korea』의 표지

* 金利光=譯, 『culture shock 韓國人』, 河出出版研究所. 1997.

[참고문헌]

강경구,『古代의 三朝鮮과 樂浪』, 기린원, 1991.

강기준,『다물, 그 역사와의 약속』, 다물, 1997.

姜舞鶴,『단군조선의 농경문화』, 관악, 1982.

姜云培,『神農五千年』, 재단법인 斯文會, 1995.

강태권,『중국·고전문학의 이해』, 국민대 출판부, 2000.

고구려연구재단,『고조선·단군·부여』, 고구려연구재단, 2004.

고려대학교,『육당 최남선 전집』, 玄岩社, 1974.

곽창권,『韓國古代史의 構成』, 범한, 1987.

權永惇,『韓國漢文學史』, 대영문화기획, 1994.

具滋聖,『간과하여 잊혀진 역사를 찾아서』, 이엘씨미디어, 2000.

구자일,『한국 고대역사지리 연구』, 지문사, 1997.

국제한국학회,『실크로드와 한국문화』, 소나무, 1999.

權相老,『朝鮮文學史』, 油印本, 1946.

_____,『三國遺事』, 東西文化社, 1978.

금일권,『한글의 신비[桓契神秘]』, 천부동사람들, 2005.

기수연,『後漢書東夷列傳硏究』, 백산자료원, 2005.

김경일,『중국인은 화가 날수록 웃는다』, 청맥, 1996.

김경현,『오자병법』, 홍익출판사, 1998.

金敎獻,『神檀實記』, 新文館, 1914.

金達鎭,『孫吳兵書』, 문학동네, 1998.

김동애,『중국사학사』1, 자작아카데미, 1998.

金東旭,『國文學史』, 日新社, 1984.

_____ 외,『韓國文學史』, 대한민국 예술원, 1984.

金東春,『天符經과 檀君史話』, 기린원, 1986.

김득황 외,『우리 민족 우리 역사』, 삶과꿈, 1999.

金秉模,『韓國人의 발자취』, 정음사, 1985.

김병주,『한국사를 다시 생각한다』, 서경문화사, 2007.

金三龍,『동방의 등불 한국』, 행림출판, 1994.

金庠基,『東方史論叢』, 서울대 출판부, 1974.

김상일,『한밝文明論』, 지식산업사, 1988.

김석산,『옛날옛날 여기는 우리 땅이었네』, 한국복지재단, 1998.

金錫夏,『韓國文學史』, 新雅社, 1975.

김선규 외,『남북한 국사교과서 분석』, 교육과학사, 2000.

김선자,『김선자의 중국신화』 1-2, 아카넷, 2004.

김선풍 외,『한국민간문학개설』, 국학자료원, 1992.

김성일,『한민족기원대탐사』, 창조사학회, 1997.

김성호 외,『한.중.일 국가 기원과 그 역사』, 푸른숲, 2000.

김수업,『배달문학의 길잡이』, 鮮一文化社, 1983.

_____,『배달말꽃 갈래와 속살』, 지식산업사, 2002.

김시우,『가락국 천오백년 잠 깨다』, 가락국 사적 개발 연구원, 1994.

김시준,『한반도와 중국 동북 3성의 역사 문화』, 서울대학교 출판부, 1999.

金永權,『文化藝術論文選集』(I), 韓國文化藝術振興院, 1979.

金昤燉,『환단고기로 본 고조선과 홍익인간』, 보경문화사, 2000.

김웅세,『한국민의 마음』, 동서문화, 1994.

金源燮,『古代韓史』, 道道, 1989.

김윤식 외,『한국문학사』, 민음사, 1973.

金殷洙,『符都誌』, 가나출판사, 1986.

金載燮,『韓國上古社會』, 동호출판사, 2007.

김재용 외,『왜 우리 신화인가』, 동아시아, 1999.

金在煥,『檀國總史』(1-4), 三一堂, 1981.

김정권 외,『우리 역사 일만 년』, 한배달, 1991.

김정배 외,『한국 고대의 국가 기원과 형성』, 고대출판부, 1987.

　　　　　　『중국학계의 고구려사 인식』, 대륙연구소, 1991.

김정배,『韓國古代史와 考古學』, 신서원, 2000.

金鍾權,『우리 뿌리의 風俗圖』, 正東出版社, 1990.

김종서,『신화로 날조되어온 신시·단군조선사 연구』, 한민족역사연구원, 2003.

　　　　,『중국을 지배해온 대제국 부여·고구려·백제사 연구』, 한국학연구원, 2005.

　　　　,『잃어버린 한국의 고유문화』, 한국학연구원, 2007.

김종성,『남국 통일신라와 북국 발해』, 문예마당, 2004.

金鍾潤,『古代朝鮮史와 近朝疆域硏究』, 동신, 1997.

　　　　,『한국인에게는 역사가 없다』, 그린하우스, 1999.

金俊榮,『韓國古典文學史』, 금강출판사, 1971.

　　　　,『韓國古詩歌硏究』, 螢雪出版社, 1991.

金哲埈,『韓國古代國家發達史』, 한국일보社, 1975.

김태곤 외,『한국의 신화』, 시인사, 1988.

김태성,『중국사 뒷이야기』, 실천문학사, 1998.

김태식,『풍납토성, 500년 백제를 깨우다』, 김영사, 2001.

김태준 외,『우리 역사 인물전승』1, 집문당, 1994.

김하림 외,『중국의 옷 문화』, 에디터, 2005.

金學主,『中國古代文學史』, 明文堂, 2003.

김한규,『한중관계사』I, 아르케, 1999.

金赫濟,『原本集註詩傳』, 明文堂, 1978.

김효신,『上古硏究資料集』, 새남, 1992.

　　　　,『韓國古·中世史硏究』, 새남, 1994.

남경태,『한국사 X파일』, 다림, 1999.

檀君精神宣揚會,『國祖檀君』, 檀君精神宣揚會, 1982.

도수희,『백제의 언어와 문학』, 주류성, 2004.

文定昌, 『韓國古代史』 上下, 柏文堂, 1971.

朴魯春, 『資料韓國文學史』, 새글社, 1962.

_____, 『韓國文學雜考』, 시인사, 1987.

朴相洙, 『大學入試를 위한 새 國文學史硏究』, 一志社, 1971.

박선식, 『한민족 대외 정벌기』, 청년정신, 2000.

박성봉 외, 『三國遺事』, 瑞文文化社, 1985.

朴晟義, 『國文學通論·國文學史』, 宣明文化社, 1975.

_____, 『韓國詩歌文學論과 史』, 예그린, 1978.

朴時仁, 『알타이 문화사 연구』, 탐구당, 1970.

_____, 『알타이 人文硏究』, 서울大學校出版部, 1970.

_____, 『알타이문화기행』, 청노루, 1995.

박원길, 『몽골의 문화와 자연지리』, 두솔, 1996.

박은선, 『어! 발해가 살아 숨쉬고 있네』, 아이필드, 2006.

박정진, 『아직도 사대주의에』, 전통문화 연구원, 1994.

박창범, 『하늘에 새긴 우리 역사』, 김영사, 2002.

박 현, 『한국 고대 지성사 산책』, 백산서당. 1995.

_____, 『한반도가 작아지게 된 역사적 사건 21가지』, 두산동아, 1997.

방학봉, 『중국동북민족관계사』, 대륙연구소 출판부, 1991.

배규범 외, 『외국인을 위한 한국고전문학사』, 夏雨, 2010.

白鐵·李秉岐, 『國文學全史』, 新丘文化社, 1957.

백유선 외, 『청소년을 위한 한국사』, 두리미디어, 1999.

봉기준, 『민족혼 세계얼』, 佺學出版社, 2007.

史書衍繹會, 『三國遺事』, 高麗文化社, 1946.

서영대 외, 『용, 그 신화와 문화』, 민속원, 2002.

설중환, 『다시 읽는 단군신화』, 정신세계사, 2009.

성삼재, 『고조선 사라진 역사』, 동아일보사, 2005.

세계평화교수협의회, 『21세기를 향한 한국인의 가능성』, 一念, 1984.

孫敬植, 『弘益三經』, 개명출판사, 2001.

孫晉泰, 『孫晉泰先生全集』, 太學社, 1981.

宋芳松, 『韓國古代音樂史硏究』, 一志社, 1985.

송원홍, 『배달전서』, 밀알, 1987.

宋鎬洙, 『韓民族의 뿌리 思想』, 개천학술원, 1983.

송호정, 『한국고대사 속의 고조선사』, 푸른역사, 2004.

申正一, 『檀君바른님』, 正華社, 1975.

神 誌, 『三一神誥』, 大洋書籍, 1973.

申采浩, 『朝鮮上古史』, 人物硏究所, 1985.

심백강, 『황하에서 한라까지』, 참좋은세상, 2007.

安耕田, 『한민족과 증산도』, 대원출판, 1989.

安東濬 외, 『韓國古代史管見』, 韓國古典硏究會, 1978.

安自山, 『朝鮮文學史』, 韓一書店, 1922.

안창범, 『한민족의 신선도와 불교』, 국학자료원, 1933.

안 천, 『만주는 우리 땅이다』, 인간사랑, 1990.

安春根, 『韓國古書評釋』, 同和出版公社, 1986.

안호상, 『배달·동이겨레의 한 옛 역사』, 배달(檀)문화연구원, 1972.

_____, 『배달·동이는 동이겨레와 동아문화의 발상지』, 1979.

_____, 『단군과 화랑의 역사와 철학』, 사림원, 1979.

_____, 『겨레 역사 6천년』, 기린원, 1992.

梁在淵, 「公無渡河歌小攷」, 『국어국문학』 5, 국어국문학회, 1953.

梁泰鎭, 『韓國領土史硏究』, 法經出版社, 1991.

양태진, 『영토사로 다시 찾은 환단고기』, 예나루, 2009.

_____, 『일만리 조선강토의 침축사』, 백산출판사, 2011.

언어문학연구실, 『조선문학통사』 상, 북한 사회과학원, 1989.

여욱동, 『우리 민족 국가이념사기행』, 학문사, 2005.

여운건 외, 『동북공정 알아야 대응한다』, 한국우리민족사연구회, 2006.

여증동, 『한국문학사』, 형설출판사, 1973.

_____, 『한국문학역사』, 형설출판사, 1983.

오광길, 『알알문명』, 씨와 알, 1997.

오소영 역, 『진시황릉』, 일빛, 1998.

吳在城, 『三國志東夷傳은 황해 서쪽에서 활동한 우리 역사 기록』, 黎民族史研究會, 1995.

오태환, 『유구한 역사의 흔적 단군의 뿌리』, 돌다리, 2000.

우리어문학회, 『國文學史』, 一成堂書店, 1948.

유명종, 『한국의 원시신앙』, 東亞大學校出版部, 1987.

유소영, 『진시황릉』, 일빛, 1998.

柳鍾國, 『古詩歌樣式論』, 啓明文化社, 1990.

류준하, 『영원한 장손민족』, 대민출판사, 1995.

劉昌惇, 『國文學史要解』, 明世堂, 1952.

尹乃鉉, 『韓國古代史』, 삼광출판사, 1989.

_____, 『商周史』, 民音社, 1984.

윤명철, 『바닷길은 문화의 고속도로였다』, 사계절, 2000.

_____, 『단군신화, 또 다른 해석』, 백산자료원, 2008.

尹榮植, 『百濟에 의한 倭國統治 三百年史』, 하나출판사, 1987.

尹榮玉, 『韓國의 古詩歌』, 文昌社, 1995.

尹熙炳, 『東洋古史辯論』, 桓檀史學會, 1986.

李家源, 『朝鮮文學史』, 太學社, 1995.

이덕일 외, 『우리 역사의 수수께끼』 1-2, 김영사, 1999.

이덕일, 『살아있는 한국사』 1, 휴머니스트, 2003.

이덕일 외, 『고조선은 대륙의 지배자』, 역사아침, 2007.

李島相, 『韓民族의 國威水準』, 普文社, 1990.

李銅載, 『44세기 朝國』, 人類文化研究學會, 1996.

李東春, 『테마로 보는 韓國史』, 아이비 북, 2010.

李明善,『朝鮮文學史』, 朝鮮文學社, 1949.

李美洙,『大韓萬年正統史探究』, 汎潮社, 1986.

李民樹,『朝鮮傳』, 探求堂, 1978.

李丙燾,『原文幷譯註三國遺事』, 東國文化社, 1956.

_____,『韓國古代史硏究』, 博英社, 1981.

_____,『高麗時代의 硏究』, 亞細亞文化史, 1980.

李丙疇 외,『漢文學史』, 새문사, 1998.

이성수,『뜻글에서 밝혀낸 우리 옛땅』, 白山出版社, 1995.

_____,『밝다나라 임금(단군)의 땅』, 이령규, 1997.

이성시,『만들어진 고대』, 삼인, 2001.

이승헌,『한국인에게 고함』, 한문화, 2001.

李 信,『韓民族主體史』, 고려원, 1989.

이은봉,『檀君神話硏究』, 온누리, 1986.

이은선 역,『중국은 가짜다』, 홍익출판사, 2001.

이인택,『신화와 중국문학』, UUP, 2005.

이일봉,『실증한단고기』, 정신세계사, 1999.

李載浩,『韓國史의 闡明』, 集文堂, 1996.

이정복 외,『한국사의 흐름과 인식』, 삼보기획, 1997.

李鍾旭,『古朝鮮史硏究』, 一潮閣, 1993.

_____,『한국고대사의 새로운 체계』, 소나무, 1999.

李重宰,『上古史의 새발견』, 1993.

_____,『百濟史의 秘密』, 上古史學會, 2006.

이진원,『한국고대 음악사의 재조명』, 민속원, 2007.

李泰洙,『한국(韓國)·한민족사(韓民族史)』

李亨求,『韓國古代文化의 起源』, 까치, 1991.

이형구,『단군과 단군조선』, 살림터, 1995.

이훈구,『만주와 조선인』, 성진문화사, 1987.

이희근, 『한국사 그 끝나지 않는 의문』, 다우, 2001.

印權煥, 『토끼傳·水宮歌硏究』, 高麗大學校民族文化硏究院, 2001.

任東權, 『韓國民謠集』, 東國文化社, 1961.

林承國, 『한단고기』, 정신세계사, 1986.

임승국·주관중, 『다물의 역사와 미래』, 다물, 1997.

任源稷, 『역사를 바로잡자』, 청년문화사, 1993.

임재해, 『민족신화와 건국 영웅들』, 천재교육, 1995.

임효재, 『한국신석기문화』, 집문당, 2000.

장기근 역, 『중국문학사』, 문교부, 1961.

張德順, 『國文學史』, 同和文化社, 1975.

張師勛, 『最新國樂總論』, 世光音樂出版社, 1985.

張漢基, 『韓國演劇史』, 東國大學校出版部, 1986.

全圭泰, 『入門을 위한 國文學史』, 새글社, 1966.

전우성, 『한국고대사 다시 쓰여져야 한다』, 을지서적, 1998.

全海淳, 『알기 쉬운 標準國文學史』, 英文社, 1970.

전해종, 『東亞史의 比較硏究』, 一潮閣, 1987.

전호태, 『중국화상석과 고분 벽화 연구』, 솔출판사, 2007.

정동찬, 『살아있는 신화 바위그림』, 혜안, 1996.

鄭尙均, 『韓國古代詩文學史硏究』, 翰信文化社, 1984.

鄭錫元 역, 『中國의 古代神話』, 文藝出版社, 1987.

정수일, 『문명교류사 연구』, 사계절 출판사, 2004.

丁若鏞, 『朝鮮疆域誌』, 文友社, 1928.

鄭淵奎, 『언어 속에 투영된 한민족의 고대사』, 한국문화사, 2002.

_____, 『대한상고사』, 한국문화사, 2005.

정연종, 『한글은 단군이 만들었다』, 죠이징 인터내셔날, 1996.

정용석, 『고구려·백제·신라는 한반도에 없었다』, 東信出版社, 1996.

鄭龍俊, 『要領國文學史』, 經紀文化社, 1959.

鄭寅普,『薝園鄭寅普全集』, 延世大出版部, 1983.

鄭在書,『山海經』, 民音社, 1985.

鄭炯相,『學習 國文學史』, 興龍出版社, 1964.

정홍교·박종원,『조선문학개관』, 사회과학출판사, 1986.

제갈태일,『한사상의 뿌리를 찾아서』, 더불어책, 2004.

趙東一,『한국문학통사』 1-3, 지식산업사, 2005.

조명준 역,『人間孔子』, 흐겨레, 1985.

趙英武,『韓國原始知性과 天符美學』, 문화일보, 1995.

趙潤濟,『國文學史』, 東國文化社, 1949.

趙子庸,『三神民考』, 가나아트, 1995.

조준상,『한민족 뿌리사』, 한민족, 2002.

조효순,『한국인의 옷』, 밀알, 1996.

주강현,『두레연구』, 경희대학교 박사학위 논문, 1999.

지교헌,『한민족의 정신사적 기초』, 한국정신문화연구원, 1988.

지 승,『부도와 혼단의 이야기』, 대원출판, 1996.

池浚模,『三國遺事의 語文學的 硏究』, 이회, 2005.

池炯律,『鄕歌正讀』, 지형률, 1996.

진경환,『古典의 打作』, 月印, 2000.

陳泰夏,『東方文字뿌리』, 이화문화출판사, 1997.

千敬化,『敎養 한국문화사』, 良書院, 1991.

천경화 외,『삶과 문화에 나타난 우리 역사』, 백산출판사, 2002.

千寬宇,『韓國上古史의 爭點』, 一潮閣, 1975.

최규성,『이야기로 배우는 한국의 역사』, 고려원 미디어, 1993.

崔南善,『新訂三國遺事』, 三中堂, 1946.

_____,『國民朝鮮歷史』, 東明社, 1947.

최영주,『돌의 나라 돌 이야기』, 맑은소리, 1997.

최운식,『韓國說話硏究』, 集文堂, 1991.

崔　仁,『韓國學講義』, 昌震社, 1975.

崔在仁,『上古朝鮮三千年史』, 精神文化社, 1998.

최재인,『東北工程을 극복하려면 國史改正 불가피하다』, 한국학술정보,
　　　2009.

최종철,『환웅·단군 9000년 비사』, 미래문화사, 1995.

崔昌圭,『새韓民族史』, 金烏出版社, 1974.

최태영,『한국상고사』, 유풍출판사, 1990.

崔　虎,『三國遺事』, 弘新文化社, 1991.

한국역사민속학회,『역사민속학』, 이론과실천, 1991.

한국역사연구회,『고대로부터의 통신』, 푸른역사, 2004.

河泓鎭,『혼文化의 새發見』, 꿈이 있는 집, 2005.

韓國史硏究會,『古代韓中關係史의 硏究』, 三知院, 1987.

韓相壽,『韓國人의 神話』, 文音社, 1986.

韓舜根,『古記로 본 韓國古代史』, 새암出版社, 1997.

咸錫憲,『뜻으로 본 韓國歷史』, 第一出版社, 1965.

許慶會,『韓國氏族說話硏究』, 全南大學校出版部, 1990.

현종호,『국어고전시가사연구』, 보고사, 1996.

玄鎭健,『檀君聖蹟巡禮』, 芸文閣, 1948.

홍승직 역해,『呂氏春秋』, 고려원, 1996.

황인덕,『한국기록소화사론』, 태학사, 1999.

黃鎭燮,『國文學史解說』, 同和文化社, 1958.

黃浿江,『韓國의 神話』, 檀國大學校出版部, 1988.

북한

류　렬,『조선말역사』, 사회과학원, 1990.

리웅수 외,『조선문학사』, 교육도서출판사, 1957.

문학연구원,『조선문학통사』, 과학원 언어문학연구소, 1959.

사회과학원, 『조선통사』 상, 역사연구소, 1962.

　　　　　『조선고대사』, 한마당, 1989.

일본

金利光 譯, 『culture shock 韓國人』, 河出書房新社. 1997.

藤田豊八, 『慧超往五天竺國傳箋釋』, 泉水東文書藏, 1922.

卞宰洙, 『朝鮮文學史』, 靑木書店, 1985.

小林行雄, 『民族의 起源』, 塙新書, 1972.

出石誠彦, 『支那神話傳說의 硏究』, 中央公論社, 1960.

차이나

姜亮夫, 『古史學論文集』, 上海古籍出版社, 1996.

盖山林, 『陰山巖畵』 I · II, 文物出版社, 1986.

季永海 외, 『滿族民間文學槪論』, 中央民族學院出版社, 1991.

顧　正, 『文字學』, 甘肅敎育出版社, 1992.

顧頡剛, 『古史辨』, 上海古籍出版社, 1982.

僑務委員會, 『中華歷史講話』 上 · 下, 1981.

郭茂倩, 『樂府詩集』, 里仁書局, 1984.

郭預衡, 『中國散文史』 上 · 中 · 下, 上海 古籍出版社, 2000.

郭喜亭, 『考古的故事』, 中國書籍出版社, 2004.

屈守元, 『中國文學簡史』, 四川人民出版社, 1980.

金景芳, 『中國奴隸社會史』, 上海人民出版社, 1987.

金啓華, 『中國文學史』, 江西出版社, 1989.

羅根澤, 『羅根澤古典文學論文集』, 上海古籍出版社, 1985.

羅孟禎, 『古典文獻學』, 重慶出版社, 1998.

老　鐵, 『中華野史』, 大象出版社, 1998.

段玉裁, 『說文解字注』, 藝文印書館, 1967.

湛兆麟,『中國古代文論槪要』, 湖南文藝出版社, 1987.

馬稷高 외,『中國古代文學史』上·下, 湖南文藝出版社, 1992.

馬興榮,『中國古代詩詞曲詞典』, 江西教育出版社, 1987.

孟世凱,『夏商史話』, 中國國際廣播出版社, 2007.

繆詠禾,『文獻學槪論』, 江蘇教育出版社, 2001.

聞一多,『神話與詩』, 華東師範大學出版社, 1997.

문일환,『조선고전문학연구』, 료녕민족출판사, 1993.

박진석,『중조친선3천년』, 연변인민출판사, 1984.

白川靜 著·袁林 譯,『西周略史』, 三秦出版社, 1992.

傅樂成,『中國通史』上·下, 大中國圖書公司印行, 1980.

傅錫壬,『新譯 楚辭讀本』, 三民書局印行, 1988.

富育光 외,『薩滿敎女神』, 遼寧人民出版社, 1995.

司馬光,『稽古錄』, 北京師範大學出版社, 1988.

尙　鉞,『尙氏中國古代通史』, 高等敎育出版社, 1991.

上海辭書出版社,『中國歷史文化名城詞典』, 1985.

徐亮之,『中國史前史話』, 華正書局, 1968.

徐中舒,『先秦史論稿』, 巴蜀書社, 1992.

徐柚子,『詞範』, 華東師範大學出版社, 1993.

孫　淡,『夏商史稿』, 文物出版社, 1987.

孫文良,『滿族崛起與明淸興亡』, 遼寧大學出版社, 1992.

宋新潮,『殷商文化區域硏究』, 陝西人民出版社, 1991.

宋　航,『古墓』, 重慶出版社, 2006.

楊家駱,『正史全文 標校讀本 二十五史』, 鼎文書局, 1975.

楊保隆,『肅愼挹婁合考』, 中國社會科學出版社, 1989.

楊昭全 外,『中朝邊界史』, 吉林文史出版社, 1993.

呂思勉,『中國民族史』, 中國大 百科典書出版社, 1987.

余樹森,『中國名勝詩文鑑賞辭典』, 北京大學出版社, 1989.

余如龍,『磚雕與石刻』, 文物出版社, 2001.

阮　元,『十三經注疏』, 新文豊出版公司, 1815.

王炳華,『絲綢之路考古研究』1・2, 新疆人民出版社, 1993.

王維堤,『龍鳳文化』, 上海古籍出版社, 2000.

龍宇純,『中國文字學』, 臺灣學生書局, 1984.

袁　珂,『山海經校注』, 里仁書局, 1982.

苑　利,『韓民族文化源流』, 學苑出版社, 2000.

韋旭昇,『朝鮮文學史』, 北京大學出版社, 1986.

劉修橋,『中國歷史簡便』, 新文豊出版公司, 1979.

劉葉秋,『歷代筆記槪述』, 木鐸出版社, 1986.

劉玉建,『中國古代龜卜文化』, 廣西師範大學出版社, 1993.

劉麟生,『中國詩詞論』, 淸流出版社, 1976.

尹　達,『中國史學史』, 中州古籍出版社, 1983.

李東源,『渤海史譯文集』, 黑龍江省社會科學院歷史所, 1986.

李笑野,『先秦文學與文化硏究』, 上海財經大學出版社, 2000.

人民敎育出版社歷史室,『중국고대사』, 동북조선민족교육출판사, 1992.

林　幹,『匈奴史料彙編』, 中華書局, 1988.

張其昀,『中華五千年史』, 遠古史, 中國文化大學出版部, 1981.

張傳璽,『中國古代史敎學參考手冊』, 北京大學出版社, 1989.

張永孬,『漢樂府硏究』, 江蘇省新華書店, 1992.

張　毅,『往五天竺國傳箋釋』, 中華書局, 1994.

錢宗範 외,『春秋戰國史話』, 北京出版社, 1981.

曹先擢,『漢字文化漫筆』, 語文出版社, 1992.

曹淑娟,『如夢』, 漢藝色硏, 1991.

曹聚仁,『中國學術思想史隨筆』, 生活・讀書・新知三聯書店, 1986.

朱其鎧,『中國文學史二百四十題』, 山東文藝出版社, 1985.

周法高,『中國語文硏究』, 華岡出版部, 1973.

中國文學史硏究委員會,『新編中國文學史』(1-4), 文復書店, 1919.

中國靑年出版社 編輯部,『中國古代史』(先秦部分), 1978.

陳廣忠,『兩淮文化』, 遼寧敎育出版社, 1995.

陳玉剛,『簡明中國文學史』, 陝西人民出版社, 1985.

陳正焱 外,『中國古代大同思想硏究』, 中華書局, 1988.(64)

陳蒲淸,『中國古代寓言史』, 駱駝出版社, 1987.

蔡正人,『古神話選釋』, 長安出版社, 1983.

肖　馳,『中國詩歌美學』, 北京大學出版社, 1986.

湯炳正,『屈賦新探』, 齊魯書社, 1984.

湯用彤,『理學·佛學·玄學』, 北京大學出版社, 1991.

解維俊,『走進齊都』, 百花文藝出版社, 2004.

華國亮,『先史記』, 一太印刷所, 1987.

黃永武,『中國詩學』, 巨流圖書公司, 1976.

叶舒審,『中國神話哲學』, 中國社會科學出版社, 1992.

ㄹ

ㅁ

ㅊ

ㅋ

《기산풍속도첩, 줄광대》
김준근, 19세기 말, 28.5×35.0cm, 독일 함부르크민족학박물관 소장

새로 읽는
한국고전문학사
● 고대편

초판 인쇄 2019년 6월 5일
초판 발행 2019년 6월 15일

지은이 | 최강현
발행자 | 김동구
디자인 | 이명숙·양철민
발행처 | 명문당(1923. 10. 1 창립)
주 소 | 서울시 종로구 윤보선길 61(안국동)
         우체국 010579-01-000682
전 화 | 02)733-3039, 734-4798(영), 733-4748(편)
팩 스 | 02)734-9209
Homepage | www.myungmundang.net
E-mail | mmdbook1@hanmail.net
등 록 | 1977. 11. 19. 제1~148호

ISBN 979-11-90155-04-5 (04800)
ISBN 979-11-90155-05-2 (세트)
20,000원